TESTEMUNHA FATAL

ROBERT BRYNDZA

TESTEMUNHA FATAL

TRADUÇÃO DE Guilherme Miranda

GUTENBERG

Título original: *Fatal Witness*

EDITORA RESPONSÁVEL
Flavia Lago

EDITORAS ASSISTENTES
Natália Chagas Máximo
Samira Vilela

PREPARAÇÃO DE TEXTO
Fernanda Marão

REVISÃO
Claudia Vilas Gomes

ADAPTAÇÃO DE CAPA
Alberto Bittencourt
(sobre imagem de Henry Steadman)

DIAGRAMAÇÃO
Christiane Morais de Oliveira

Dados Internacionais de Catalogação na Publicação (CIP)
(Câmara Brasileira do Livro, SP, Brasil)

Bryndza, Robert
Testemunha fatal / Robert Bryndza ; tradução Guilherme Miranda. -- 1. ed. -- São Paulo : Gutenberg, 2023. -- (Coleção Erika Foster ; 7)

Título original: Fatal Witness
ISBN 978-85-8235-689-0

1. Ficção policial e de mistério (Literatura inglesa) I. Título II. Série.

23-142557 CDD-823.0872

Índices para catálogo sistemático:
1. Ficção policial e de mistério : Literatura inglesa 823.0872
Aline Graziele Benitez - Bibliotecária - CRB-1/3129

A **GUTENBERG** É UMA EDITORA DO **GRUPO AUTÊNTICA** 

São Paulo
Av. Paulista, 2.073 . Conjunto Nacional
Horsa I . Sala 309 . Bela Vista
01311-940 São Paulo . SP
Tel.: (55 11) 3034 4468

Belo Horizonte
Rua Carlos Turner, 420
Silveira . 31140-520
Belo Horizonte . MG
Tel.: (55 31) 3465 4500

www.editoragutenberg.com.br
SAC: atendimentoleitor@grupoautentica.com.br

PRÓLOGO
SEGUNDA, 22 DE OUTUBRO DE 2018

A batida na porta foi tão suave, quase tímida, que ela nem pensou em deixar o trinco fechado. Assim que a abriu, o homem já estava muito perto e parecia tomado por uma raiva reprimida. Antes que tivesse tempo de reagir, ele passou as mãos enluvadas pela abertura e, com um único movimento incrivelmente rápido, pegou a cabeça dela e tapou sua boca com a mão, segurando, com o outro braço, a parte de trás da cabeça dela. Tirando-a do chão, ele tomou impulso para atravessar o batente e entrar.

As luvas eram pretas e feitas de um couro macio e flexível, mas as mãos dele eram de aço. Ele manteve a cabeça dela virada para trás enquanto a arrastava pela sala, e tudo o que ela conseguia ver era o teto. Ele deu um solavanco com o corpo enquanto fechava a porta com o pé. A mão atrás da cabeça dela apertou uma madeixa de cabelo e a outra pressionou-lhe o nariz, cobrindo a boca. O choque a deixou mole, como uma boneca de pano, e ele a jogou no pequeno sofá-cama.

Ela ficou deitada, zonza, encarando-o. Tudo aquilo não demorou mais do que três segundos.

– Se você gritar, eu te mato. Entendeu? – ele ameaçou.

Ela não teve tempo de entender. O homem foi para cima dela, cheirando a suor e pós-barba e, então, a socou no rosto. A cabeça dela voou para trás, e todo o lado esquerdo da cabeça ficou dormente, quente e gelado. A cama rangeu, e ele subiu em cima dela, montando sobre seu corpo, o cheiro dele ainda mais forte... Opressivo. Ele a socou novamente e, dessa vez, tudo explodiu em estrelas e preto brilhante.

Quando voltou a si, ela não sabia quanto tempo havia se passado. Estava deitada de bruços, e suas mãos estavam amarradas com tanta firmeza atrás das costas que parecia que seus ombros estavam fora de suas articulações. Havia uma fita grossa cobrindo sua boca e uma das narinas. A boca continha um tecido enfiado no fundo da garganta, encostado na parte de trás dela. Ela se engasgou e tentou engolir em seco.

As cortinas estavam fechadas, o que deixava a sala escura. A porta que levava da sala para o quarto estava entreaberta, e pelo vão ela o viu enfiando uma pilha de cadernos em uma mochila. Quando ele chegou, trazia consigo uma pequena mochila azul esportiva nas costas. Era um contraste estranho, aquelas alças azuis sobre o paletó social elegante em risca de giz. Ela tentou engolir novamente, mas o material que tinha na boca estava pressionado com firmeza no fundo da garganta. Aquilo a faria vomitar e se engasgaria. Ela se remexeu na cama. Uma onda de euforia passou por ela quando percebeu que ele não havia amarrado suas pernas.

Ela se virou na cama, e seus olhos vasculharam a sala e a cozinha. *Uma faca*. Precisava pegar uma faca. Voltou a olhar para a abertura na porta. Ele estava tentando encontrar alguma coisa... tirava livros da prateleira, revirava gavetas. Encontrou alguns pen drives e os jogou na mochila. Era ela quem estava amarrada, mas ele parecia assustado. Precisava agir rápido enquanto o homem estava distraído.

Ela moveu a cabeça, e o tecido enfiado em sua boca se movimentou, apertando as amídalas, provocando ânsia de vômito. O sangue correu em seu corpo e fez o hematoma do rosto arder. Quando por fim chegou, centímetro por centímetro, à beira da cama, o colchão fino do sofá-cama se inclinou para a frente e ela perdeu o equilíbrio, rolando para fora da cama e atingindo o chão com um baque, caindo com o lado inchado da cabeça no chão.

O som ecoou pelas tábuas do assoalho, mas ele não notou. Estava possesso, possuído por algo, ainda concentrado no computador, digitando alguma coisa.

Seria preciso muito esforço para se levantar, então ela rastejou até a parede, apoiou-se nela e conseguiu ficar de joelhos, o tempo todo tentando controlar o impulso de vomitar por causa da mordaça que enchia sua garganta. Era difícil respirar, e ela precisou parar duas vezes.

Por fim, quando ela se levantou cambaleante no centro da sala, foi um triunfo. Deu a volta pela cama, o mais rápido que conseguiu, sem firmeza nos pés. Tinha deixado a caixa com o tabuleiro de Scrabble perto da beirada do móvel que ficava abaixo da televisão e sentiu sua perna bater nele. A caixa se desequilibrou, mas ela não conseguiu se agachar para empurrá-la de volta, e todo o conteúdo da embalagem caiu no chão, fazendo um estardalhaço e espalhando peças do jogo por todo o carpete.

Ele ainda estava mexendo no computador, digitando alguma coisa. A cozinha estava a poucos passos de distância. Ela viu o faqueiro perto do forno. Era um conjunto de oito facas, mas o balcão ficava na altura da cintura dela e, com as mãos amarradas com firmeza atrás das costas, ela não conseguiria alcançá-lo.

Para pegar uma faca, ela teria que se debruçar e encaixar o faqueiro embaixo da axila. Torcendo o corpo para o lado, ela se inclinou sobre o balcão. Os braços gritaram de dor quando ela os ergueu atrás das costas. A amplitude de movimento nos braços atados era pequena; ela os mexeu para a esquerda e, usando o espaço entre o lado esquerdo do corpo e do braço, tentou apanhar o faqueiro, mas não conseguiu.

Fez mais uma tentativa, suando pelo esforço. A dor era tão forte que em alguns momentos ela chegou a ver estrelas. Na quarta tentativa, ela conseguiu enganchar o braço sobre o faqueiro, que, com um estrondo, caiu para a frente na beira do balcão.

O faqueiro agora estava na horizontal, quase na altura do balcão. Com um rompante de esperança, ela se virou de costas para as facas e estendeu uma das mãos para pegar uma.

Sua mão se fechou ao redor do cabo da faca comprida de trinchar...

– Não, não, não e não – disse uma voz. Parado perto do balcão da cozinha, ele a observava.

Ela deu um passo à frente, ainda segurando a faca, e ouviu o deslizar suave da lâmina saindo do bloco. Com a faca na mão, ela se virou e andou, de costas, na direção dele, com a faca estendida. Ela não foi rápida o bastante, e ele saiu de seu caminho. Ela tropeçou, tombou para trás e caiu com dor sobre as mãos atadas e o cabo da faca.

– Você não vai me deixar em paz, é isso? – disse ele, indo na direção dela. A voz baixa e controlada. Ela resmungou e esperneou, mas ele a pegou pelas pernas e a arrastou de volta ao sofá-cama.

O homem pegou a faca, e ela o viu olhando ao redor, pensando no que fazer. Ele pegou a parte de baixo do estrado dobrável e o inclinou para cima, erguendo as pernas dela. Seu corpo ficou dobrado ao meio e, em seguida, ela sentiu o peso dele pressionando para dobrar o colchão sobre ela, que estava esmagada sob a armação de metal. Ele dobrou o colchão mais uma vez, colocando todo o peso por cima. Ela sentiu um estrondo de dor quando os ombros saltaram das articulações, e os joelhos subiram até a altura da cabeça. O tecido da garganta desceu mais um pouco, esmagando a traqueia.

E então a faca se cravou em suas costas; depois abriu a lateral de sua bochecha, afundou-se em seu quadril e na carne do músculo de sua panturrilha. Ele estava enfiando a faca através do colchão.

Ela não conseguia respirar, e o homem prosseguia com o esfaqueamento frenético, ao mesmo tempo que ela era esmagada sob o peso do colchão dobrado.

Desejou que a morte viesse rápido, mas os três longos minutos antes de realizar esse anseio equivaleram a uma eternidade.

CAPÍTULO 1

A detetive inspetora-chefe Erika Foster estava parada na sala vazia de uma avarandada casa vitoriana em ruínas. Lá fora, pela janela da frente, uma cinzenta noite de outubro refletia pelo vidro. As tábuas do assoalho estavam apodrecidas em certos pontos e, no alto, uma mancha úmida e amarelada brotava no teto e encontrava a parede e continuava a descer, deixando bolhas no desbotado papel de parede florido. Uma lâmpada lançava um brilho sujo de quarenta watts sobre a sala. Seu celular tocou entre as dobras de seu casaco de inverno e ela o pegou. Era Lenka, sua irmã.

– Erika, acabei de tentar ligar para você por FaceTime – disse na língua materna delas, eslovaco.

– Não instalei no celular novo – respondeu Erika, o que era verdade. Ela passou o celular para a outra orelha e ergueu a gola para se proteger do frio.

– Então, como estão as coisas na casa nova?

– Tudo bem. O pessoal da mudança já entregou todas as minhas caixas e... – A voz de Erika foi sumindo enquanto olhava ao redor, tentando imaginar como deixaria aquilo com cara de casa. Um som agudo ecoou pelas paredes.

Erika saiu da sala e foi para o corredor, os sapatos ecoando nas tábuas expostas. Meia hora antes, ela havia ajustado o termostato em trinta graus, mas a calefação central parecia estar em agonia, incapaz de aquecer as coisas. Houve um silêncio e, em seguida, o ruído dos canos recomeçou, ecoando do patamar escuro acima dela.

– Que barulho é esse? Pode me ligar por Skype?

Erika olhou para o corredor cheio de caixas empilhadas. O distintivo e o rádio da polícia estavam apoiados em cima da última caixa. Por que ela achou que conseguiria dar conta daquilo? Ela não tinha cama, mal tinha móveis. Ela sabia que deveria ter pedido ao senhorio mais um mês no flat alugado e feito alguns ajustes para deixar a casa habitável. Esse era o principal motivo por que ela não queria que a irmã visse o estado do lugar.

– Lenka, também não instalei o Skype. E meu computador está enfiado em alguma das caixas espalhadas pela casa.

– Pensei que tínhamos combinado de você me mostrar a casa nova. Pagou tão caro por ela... Não sei como as pessoas conseguem viver em Londres com o preço das coisas. E também tem o Brexit... Será mesmo o melhor momento para comprar sua primeira casa? – A caldeira deu um último clangor estridente e então ficou em silêncio. – Vejo o tempo todo no jornal que vão começar a expulsar os europeus orientais.

– Não vou ser expulsa. Sou policial e tenho dupla cidadania – disse Erika.

Lenka fez um barulho, algo entre um resmungo e um bufo.

– Pode pelo menos me mandar seu endereço novo para eu poder mandar um presentinho para a casa nova?

– Claro. Seria ótimo ter um aquecedor.

Erika sabia que um presentinho para a casa nova era a última coisa na mente de Lenka. Ela queria o endereço para poder pesquisar na internet.

– Qual o nome do bairro?

– Blackheath. – Erika voltou para o cômodo da frente e colocou a mão no aquecedor antigo sob a *bay window*. Ela sentiu um leve calorzinho aparecer através do metal frio. Não havia cortinas, e ela se viu refletida no vidro. Erika tinha 1,80 m de altura e sempre foi magra, mas notou que estava particularmente esquelética e encovada. O cabelo loiro e curto se arrepiava em tufos bagunçados. Ela foi até a parede e apagou a luz; assim poderia ver pela janela a extensão escura da charneca em frente. A fileira de postes iluminava a estrada que passava pelo meio, lançando círculos laranja na grama ressecada.

– Blackheath significa alguma coisa? – perguntou Lenka.

Erika suspirou.

– Sim, *heath* é uma charneca, um terreno semiárido, e... – ela hesitou. – E chamam de *Black Heath* porque dizem que foi usada como cova coletiva durante a Peste Negra.

– Tem cadáveres *enterrados* aí?

– É o que dizem.

– Você já não lida com mortos suficientes no trabalho no esquadrão de homicídio?

– Não é bem assim. É uma área linda. Com lojinhas alternativas e bares.

– E uma cova coletiva bem na sua porta! – bufou Lenka.

– Nunca vão construir nada ali, então sempre vou ter uma vista livre – disse Erika, repetindo o que o jovem e inexperiente corretor, todo sério, havia dito a ela. – É perto do trabalho, e meu colega, meu amigo, Isaac, mora na esquina. Você se lembra do Isaac?

– O coveiro gay?

– Ele não é coveiro. Ele é médico-legista.

– Erika, como você vai arranjar um namorado se só se cerca de gente morta e homens gays?

– Lenka, não quero um namorado, e não estou cercada de gays. É um amigo apenas. Enfim. Pra mim isso é um recomeço. Vendi a casa de Manchester e, depois de morar de aluguel aqui em Londres por tanto tempo, comprei minha casa. Finalmente sinto que estou seguindo em frente desde que... – Sua voz esmoreceu. Ela ia dizer: *desde que Mark morreu*. O marido de Erika, Mark, também tinha sido policial. Ele havia morrido no trabalho mais de quatro anos antes, durante uma operação antidrogas fracassada. Alguns meses depois da morte dele, Erika se mudou de Manchester para assumir um cargo em Londres. Foram quatro anos difíceis, tanto do ponto de vista pessoal como profissional, mas comprar aquela casa, apesar de todos os defeitos, era mesmo um recomeço.

– Você está feliz? – perguntou Lenka, sua voz se suavizando.

Erika teve que pensar por um momento.

– Não exatamente, mas é o mais próximo que sinto de felicidade em muito tempo. Olha, vou ajeitar meu celular para ligar para você por videochamada. Mas tenho muito trabalho a fazer na casa, e o jardim está um caos.

– Não vou te julgar. Só estou interessada em ver.

– Assim espero. Mande um beijo para as crianças e para Marek.

Depois de desligar o telefone, Erika encontrou um gorro de lã no bolso do casaco e o colocou. Uma lâmpada ficava pendurada no pé da escada, mas a luz não chegava ao patamar superior. Ela seguiu ao longo do corredor, passou pelas caixas e pela porta que dava para um lavabo pequeno, a qual ela mantinha fechada. Quando Isaac a acompanhou na segunda visita à casa, ele comentou que o lavabo o fazia lembrar do filme *Trainspotting*, e que ele meio que achava que veria um jovem Ewan McGregor sair do vaso.

A cozinha parecia ter sido decorada em torno dos anos 1970. Havia uma bancada de madeira pequena com uma pia em estilo Butler embaixo da janela, e a nova geladeira de Erika zumbia no canto, parecendo deslocada em contraste com as paredes amareladas. Tudo o que Erika havia tirado das caixas até agora era uma chaleira, o micro-ondas e algumas canecas. Pensar em revirar as caixas para achar pratos e utensílios e então esquentar alguma coisa para comer na cozinha imunda era muito trabalhoso. Já eram quase 20h, então ela decidiu sair para comer algo na lanchonete a duas ruas dali.

Quando saiu da casa, as ruas estavam vazias e uma névoa pairava no ar. Erika baixou a cabeça e ergueu a gola do casaco enquanto caminhava até a lanchonete. Quando atravessou a porta, um calor delicioso e o aroma de peixe frito a envolveram. Era uma lanchonete britânica à moda antiga, com uma enorme fritadeira prateada. O longo balcão verde de fórmica estava sujo de sal e de gotas de vinagre e, perto do caixa, havia dois potes enormes de ovos em conserva e frascos de vinagre e ketchup. Erika pediu a maior porção de bacalhau com batatas fritas e uma lata de Dandelion & Burdock; depois comeu a refeição direto da embalagem, sentada a uma das mesas perto da janela. A rua estava tranquila, e a névoa parecia estar se adensando. Os outros fregueses estavam levando a comida para viagem, então ela estava sozinha no salão.

Erika olhou para a lata de Dandelion & Burdock. Era uma bebida gaseificada diferente de qualquer outra. Mark a havia apresentado à bebida quando ela se mudou para o Reino Unido, assim como o peixe com batata. Ela encarou a lata. Mesmo quatro anos desde a morte dele, tudo ainda parecia remontar ao marido. Outra lembrança daquele dia fatídico lhe veio à cabeça: Mark deitado, ao lado dela, sangrando por causa da ferida de bala. Erika fechou os olhos. Nunca prenderam o assassino. Naquele dia, não foi apenas Mark que morreu. Cinco outros colegas também morreram. Membros da equipe dela. Ela levou a mão ao pescoço e apalpou a cicatriz onde tinha levado um tiro. A pergunta de Lenka voltou:

Você está feliz?

Erika baixou os olhos para o delicioso peixe com batata frita e pensou na casa em ruínas que lhe pertencia. Ela se sentia contente. Talvez pudesse colocar a felicidade em segundo plano por um tempo e se contentar com estar contente.

Erika saiu da lanchonete pouco depois das 20h30. A névoa estava fria, cobrindo a superfície do asfalto como uma nuvem branca. No caminho de volta para casa, ainda nova na região, ela fez uma curva errada e foi parar em uma estrada estreita com casas avarandadas e alguns postes de luz apagados. Enquanto caminhava, observou como as casas pareciam elegantes e contemplou com pesar a alvenaria jateada e as janelas de guilhotina de vidro reforçado.

Mais ou menos no meio do caminho, as casas davam lugar a um moderno bloco de apartamentos, um pouco recuado da rua e com um jardinzinho bem cuidado na entrada. Todas as janelas estavam às escuras, mas, quando ela estava passando, uma luz se acendeu na janela do térreo. Um grito alto e arrepiante fez Erika parar de repente.

CAPÍTULO 2

O grito veio de trás da janela esquerda do apartamento térreo. Pareceu ecoar nos ouvidos de Erika e então veio de novo, mais longo, fazendo os pelos de sua nuca se arrepiarem. Ela correu pela trilha curta que levava à entrada principal, que era uma porta de vidro de pé-direito duplo que dava vista para um hall sombrio com um piso de *parquet*. Erika mexeu na maçaneta da porta. Estava trancada, e ela conseguia ver uma pequena luz vermelha brilhando ao lado de uma fechadura eletrônica. Ela voltou a correr pela trilha e subiu na grama até o lado esquerdo do prédio. Ergueu o braço e bateu no vidro. Dava para ouvir um choro vindo de dentro.

– Oi? – gritou Erika. – Sou policial!

Revirou o bolso e encontrou o distintivo, bem quando a cortina se abriu e uma mulher pequena de cabelo preto com um corte chanel e uma franja reta apareceu na abertura. Erika não conseguia ver dentro do cômodo. Ela ergueu o distintivo sobre o vidro. A mulher parecia estar em estado de choque. Seu rosto estava mortalmente lívido.

– Sou a detetive inspetora-chefe Erika Foster, sou da Polícia Metropolitana de Londres. Você precisa de ajuda? – A mulher titubeou um pouco e fez que sim. – Consegue abrir a porta para que eu entre? – A mulher parecia estar tendo dificuldade para pensar. Hesitou e, então, fez que sim de novo, e desapareceu atrás da cortina. Erika voltou para a entrada principal. As luzes se acenderam, e ela observou enquanto a mulher, que parecia estar na casa dos 40 anos, saía de uma porta à esquerda e se movia sem firmeza em direção ao vidro. Estava vestindo um macacão jeans largo com uma jaqueta de lã cor de vinho por cima. Nos pés, calçava um par de Crocs verde e meias felpudas cor-de-rosa. Ela hiperventilava, o rosto branco estava úmido de suor, e levou um momento para encontrar o botão que destrancava a porta. Depois de um bipe e um clique, Erika abriu a porta. – Tem mais alguém no apartamento? – perguntou Erika. A mulher fez que sim. – Estão armados? Eles têm uma arma?

– Não. É a minha irmã. Ela está morta – respondeu a mulher. – Ai, meu Deus... Ela está *morta!* É... Tem... Por toda parte!

– Como você se chama?

– Tess. Tess Clarke.

– Você está ferida, Tess?

Outra pausa enquanto a mulher olhava para si mesma. Erika notou que a lã da jaqueta estava encardida e que havia algumas queimaduras de cigarro nas mangas. Tess fez que não.

– Certo. Que bom. Agora, Tess, qual é o nome da sua irmã?

Tess estava olhando fixamente para a frente. Ela tremia, os dentes rangiam e os olhos estavam dilatados como duas grandes poças de tinta preta. Erika se perguntou se os olhos dilatados indicavam uso de drogas, mas também podiam ser um sintoma de choque severo. Ela olhou ao redor e viu que em um canto da área de entrada, perto da porta de vidro, tinha um vaso com uma planta do tipo yucca bem maltratada, e, ao lado dela, um sofá de couro marrom. Ela pegou Tess pela mão e a guiou até lá.

– Pode se sentar aqui. Agora me diz: como se chama sua irmã?

Tess se sentou na beira do assento e colocou a mão trêmula diante da boca.

– Vicky.

– E tem certeza de que não tem mais ninguém dentro do apartamento além de Vicky?

Tess franziu a testa.

– Acho que não... Só fui na sala. O quarto fica nos fundos.

– Certo. Pode esperar aqui? Prometo que vou voltar, só preciso dar uma olhada lá dentro.

Tess fez que sim. Erika sempre tinha consigo luvas de látex, um hábito de tanto entrar em cenas de crime. Tirou um par do bolso e foi até o apartamento.

O cheiro metálico de sangue atingiu suas narinas assim que entrou. A porta da frente dava para um corredorzinho estreito com pé-direito baixo. Logo à direita, havia um banheiro limpo de ar moderno e ladrilhos brancos. Estava vazio.

A sala e a cozinha eram integradas em um cômodo só. Sobre um sofá-cama pequeno, que estava aberto, jazia o corpo de uma jovem, com o rosto entranhado em uma grande poça de sangue. Os braços estavam amarrados atrás das costas. Ao dar a volta, Erika viu que a cabeça da mulher estava virada de frente para a porta. Ela estendeu o braço e colocou os dedos no pescoço dela. A pele estava fria e firme, como massa de vidraceiro, e não havia pulso. O volume de sangue nos lençóis e o fato de que o corpo jazia em um ângulo estranho deixavam claro que tinha sido um ataque violento.

Erika cobriu a boca com o braço, pois o cheiro era demasiado forte, e deu a volta pela sala e pela cozinha, tentando evitar as manchas de sangue no carpete desbotado. No canto de trás, havia uma porta fechada. Ela prestou atenção, mas não ouviu nada. Sabia que deveria esperar reforços, mas Erika, sendo Erika, era impaciente. Ela viu um rolo de abrir massa de madeira perto de um faqueiro tombado e o pegou.

Preparando-se para o pior, abriu a porta, esperando ver um quarto pequeno com uma cama, mas o quarto minúsculo estava completamente escuro. Um estrondo alto se fez de na escuridão.

– O que está acontecendo? – gritou Tess no corredor lá fora, a voz mais alta pelo pânico.

Erika hesitou. Silêncio. Ela colocou a mão na parede, encontrou o interruptor e ergueu o rolo. Luzes fluorescentes se acenderam, iluminando um quarto pequeno que parecia um estúdio de gravação. Havia uma escrivaninha vazia com apenas um computador iMac de um modelo dos mais caros e duas cadeiras de escritório com rodinhas. Na parede atrás da escrivaninha havia um mapa plastificado da Grande Londres coberto por tachinhas coloridas. Também havia artigos de jornal cravados ao redor do mapa. Perto da porta, um microfone alto de metal tombado de lado. Pelo jeito ela o havia derrubado ao abrir a porta.

A janela do canto estava bloqueada por um quadrado gigante de poliestireno. Na ponta oposta do quarto, as paredes estavam forradas pelo que pareciam centenas de caixas de ovo abertas. Ali também havia um pequeno sofá de dois lugares e outro suporte com um microfone de aparência profissional. Uma cortina preta e grossa estava aberta, e parecia que, se puxada, isolaria a pequena cabine de gravação.

– Oi? O que está acontecendo? – veio a voz de Tess.

– Tudo bem por aqui. Derrubei uma coisa. Não tem ninguém aqui! – gritou Erika.

Ela não teve muito tempo para pensar por que o quarto tinha sido transformado num estúdio de gravação, apenas notou que estava vazio.

O apartamento era pequeno, e a mobília da mulher, fora do estúdio de gravação, parecia toda muito barata.

Ela voltou para a sala e chegou mais perto do corpo no sofá-cama. Era difícil dizer a idade da vítima. O cabelo escuro e comprido da mulher estava caído sobre os ombros e a lateral do rosto, e grandes mechas estavam empapadas de sangue coagulado seco. Metade do rosto foi gravemente espancado e o olho esquerdo estava fechado de tão inchado. O pescoço pendia em um ângulo estranho; parecia quebrado.

Erika rodeou o corpo devagar. As cortinas na sala estavam fechadas, e não havia nenhum sinal de que alguém tinha arrombado a porta. Entretanto, uma cadeira estava caída e, além de revistas, alguns objetos estavam espalhados pelo carpete: um castiçal com uma vela, um porta-lápis e, bizarramente, dezenas de peças com letras estampadas de uma caixa de Scrabble.

Eram evidências de uma resistência brutal, mas nenhum sinal de arrombamento. Será que ela conhecia o agressor?

CAPÍTULO 3

Erika conferiu para garantir que não havia adulterado o local do crime e voltou à porta da frente. Tess estava em pé do lado de fora.

– O que foi aquele barulho? – perguntou. O terror do que ela vira ainda estava gravado em seu rosto.

– Derrubei uma coisa. Por favor, você precisa se sentar. – Erika a guiou de volta ao sofá e ligou para a delegacia de Lewisham pedindo reforço policial e uma equipe de perícia para comparecer à cena.

Quando ela desligou, o ambiente estava estranhamente silencioso. As outras duas portas do corredor permaneciam fechadas.

– Sua irmã mora no apartamento? – questionou Erika, pensando no estúdio de gravação instalado no quarto.

Tess fez que sim.

– O apartamento é dela?

– Não. É meu. Do meu marido. Nosso. Vicky aluga dele... Da gente.

– Vocês moram por perto?

– Na esquina. Tenho um restaurante na vila, Goose, com meu marido.

Erika levou um momento para entender o que ela queria dizer. Alguns dos moradores mais ricos chamavam Blackheath de "vila".

Erika perguntou quantos anos Vicky tinha. *Vinte e sete*, Tess respondeu. E Tess explicou que Vicky não tinha aparecido para trabalhar no restaurante e que foi por isso que tinha ido ao apartamento.

– E seu pub é logo na esquina? – Ela estava tentando manter Tess falando até a ambulância chegar; não queria que ela entrasse em choque e desmaiasse.

– Não é um pub – disse Tess. – O Goose é um restaurante de qualidade.

Só na Inglaterra, pensou Erika, *uma pessoa pensaria em acrescentar esse detalhe momentos depois de encontrar a irmã morta de uma forma brutal.* Ela se perguntou quão próxima elas eram. E voltou a olhar para Tess, sentada com a coluna ereta e os tornozelos cruzados em uma postura elegante, que parecia contradizer as roupas desalinhadas e as Crocs.

Erika ouviu uma batida no vidro e ergueu os olhos. O detetive inspetor James Peterson estava do lado de fora. Ele era um homem negro alto e magro de 30 e tantos anos, mas parecia muito mais jovem. O cabelo era raspado rente à escápula na nuca e nas laterais, e ele tinha dreadlocks curtos no alto da cabeça. A postura perfeita sempre fazia Erika pensar em um soldado de brinquedo, de tão ereta. Ele vestia uma calça jeans, tênis e uma jaqueta grossa de lã roxa. Ela se levantou, abriu a porta de vidro, saiu e fechou a porta atrás de si.

– Oi, eu estava saindo do cinema em Greenwich quando recebi o chamado da central...

– Sim. Minha nossa. É o corpo de uma jovem. Parece feio. A irmã que encontrou – disse Erika, apontando para Tess, sentada do lado de dentro. Ela ia dizer alguma coisa quando uma voz irritada gritou:

– James, você ficou com o Ursinho Que Pisca!

Ele se virou, e Erika viu que havia um carro estacionado no meio-fio. A luz interior estava acesa, e Fran, uma loira atraente com a pele muito branca, vasculhava o banco de trás do lado de um menininho que estava afivelado com o cinto de segurança.

Peterson colocou as mãos na calça jeans, e Erika viu um pedacinho branco de alguma coisa saindo do bolso da jaqueta dele.

– É isso que ela está procurando? – perguntou, estendendo a mão e pegando um ursinho branco minúsculo com uma cara fofa e um olho piscando.

– Sim. É o favorito de Kyle, obrigado – respondeu ele, que voltou correndo para o carro.

Antes de Fran aparecer no ano passado com o filho, Kyle, Erika e Peterson tiveram um caso cheio de altos e baixos. Ela havia tentado tirá-lo da cabeça e, na maior parte do tempo, vinha conseguindo, mas era difícil quando trabalhavam juntos. Por um tempo, Erika torceu para que um dia eles voltassem e tentassem pra valer. Ela tentou deixar esse pensamento para trás.

Uma viatura descaracterizada estacionou na frente do prédio com as luzes azuis acesas. A detetive inspetora Moss saiu do veículo, acenou para Peterson e subiu a trilha na direção de Erika. Ela era uma mulher baixa e atarracada com o cabelo ruivo na altura dos ombros e o rosto coberto de sardas.

– Tudo bem, chefe? Eu estava a caminho de casa quando recebi o chamado – explicou. – Peterson está ou não trabalhando? – ela acrescentou, voltando os olhos na direção dele, que ajustava o cinto de segurança de Kyle.

– Está. Eles não estavam conseguindo encontrar o ursinho de Kyle.

Moss ergueu uma sobrancelha.

– Passei a tarde toda tentando encontrar uma prostituta viciada chamada Doris e, quando a prendemos, descobrimos que ela gosta de atirar a própria bosta – contou ela, fazendo uma careta.

– Que nojo.

– Pois é, e eu com esta roupa novinha que comprei na Evans outro dia. Ela apontou para o elegante terninho cinza. – Tive sorte que a mira dela não era boa, mas um dos pobres agentes levou bem na cara...

Erika olhou para trás para checar como estava Tess e viu que ela conversava com um homem mais velho que carregava um saco de lixo cheio. Ele parecia estar tentando escapar da conversa.

Fran saiu com o carro, e Peterson subiu a trilha correndo, alcançando as duas mulheres que voltavam pela entrada que dava para o corredor.

– Preciso mesmo levar esse saco na lixeira – o velho estava dizendo. O homem era completamente careca, com rosto carnudo e queixo duplo. Ele não tinha nem cílios nem sobrancelhas e a pele era muito brilhante. Ele se calou ao ver Erika, Moss e Peterson.

Houve um momento de silêncio, uma breve expressão de pânico passou pelo rosto dele e, em seguida, o velho recuperou a compostura.

– Boa noite. Moro no apartamento dois – disse ele, apontando para a porta no fim do corredor.

– Como você se chama? – indagou Erika.

– Charles, Charles Wakefield.

– Isso aí está vazando – disse Moss, apontando para o saco, de onde gotas de um líquido marrom escorriam sobre o chão ladrilhado.

– Sim, se me derem licença, só vou levar isso lá fora.

– Deixe comigo – Peterson disse, fazendo menção de pegar o saco.

– Não, tudo bem. Eu posso levar – disse Charles, puxando o saco para perto de si.

– Eu levo, assim você já vai conversando com a minha colega – disse Peterson, começando a pegar o saco de novo.

– Prefiro que não faça isso – disse Charles, dando um passo para trás. Ele começou a colocar o saco atrás das costas e então mudou de ideia.

– Tem alguma coisa aí dentro que você não quer que vejamos?

– É claro que não.

Peterson voltou o olhar para Erika. Ela examinou Charles por um momento.

– Sr. Wakefield. Aconteceu um crime naquele apartamento, e a maneira como o senhor está agindo está me dando motivos para querer ver o que tem dentro do saco.

– Crime? – questionou ele, os olhinhos minúsculos se arregalando. – O que aconteceu?

– Minha irmã – disse Tess, voltando a chorar.

– Meu Deus, não!? Ela morreu?

– Sim!

– Por favor, sr. Wakefield. Aconteceu um crime aqui. Mostre o que tem no saco – disse Erika.

– É só meu lixo! Q... q... – Erika conseguia ver que Charles estava ficando agitado. Ele tentava dizer algo, mas sua voz se engasgou com uma gagueira. – Eu... eu s... só qqquero levar meu llll... lixo para fora! – Seu rosto estava vermelho.

– Você precisa me dar o saco – disse Erika, perdendo a paciência com ele e estendendo a mão.

– Não. Não!

Charles voltou pelo corredor até a porta de seu apartamento, deixando um rastro de líquido marrom. Tess o encarava boquiaberta.

– Jesus. Era só o que nos faltava – disse Erika, cansada, para Moss e Peterson.

– Vocês não podem entrar no meu apartamento, não sem um mandado! – disse ele, atrapalhando-se com a chave. Ele abriu a porta e entrou, fechando-a.

– Pode pegar aquele saco? – Erika disse a Peterson. – Tente não arrombar a maldita porta, só se for preciso... Inclusive, Moss, pode dar a volta pelos fundos, caso ele tente pular pela janela? Sabe o que tem atrás do prédio? – perguntou, dirigindo a última parte da pergunta a Tess.

– Um beco. Dá para uma fileira de varandas na rua do lado.

Peterson foi até a porta de Charles, e Moss foi para a entrada principal.

– A equipe de perícia chegou – informou.

Erika viu uma grande van branca estacionando, seguida por uma van de apoio à polícia que chegou segundos depois. Ela se voltou para Tess, que continuava trêmula.

– Ela morreu. Quem faria isso com ela? – quis saber ela.

– Vamos tirar você daqui. Venha até a van de apoio à polícia. Tess, vamos cuidar da sua irmã. E descobrir quem fez isso.

CAPÍTULO 4

Erika voltou para a rua, onde a equipe de perícia descarregava o equipamento. Eles eram chefiados pelo médico-legista Isaac Strong, um homem alto e magro com cabelo escuro e curto que estava começando a ficar grisalho. As sobrancelhas arqueadas e finas sempre davam a ele um ar de indiferença, mas seus olhos castanhos eram calorosos, e tinha se tornado um bom amigo para Erika, além de um colega de confiança.

– Achei que hoje era o grande dia da mudança – disse ele.

– E foi. Mas dei de cara com esse crime no caminho de volta da lanchonete. Tenho um estômago bem forte, mas é muita coisa para digerir. A jovem recebeu diversas facadas. Cheguei a entrar, mas só encostei nas maçanetas.

– Certo. Vou lá ver.

– É o apartamento do térreo, número um – indicou Erika.

Isaac foi ao encontro da equipe de peritos, que estava descarregando caixas de aço prateado, suportes de luz e uma pilha de macacões de plástico. Outra viatura policial chegou com dois jovens policiais e parou atrás da ambulância e da longa fileira de veículos que se reuniam do lado de fora do prédio. Erika foi até a viatura, e o motorista abriu a janela:

– Boa noite, senhora – cumprimentou ele.

Esses dois são tão jovens, pensou ela enquanto olhava dentro do carro.

– Vocês podem bloquear a rua? E, depois que a equipe de perícia tiver terminado o trabalho na entrada do prédio, vejam quantos vizinhos estão em casa e se alguém viu alguma coisa.

Eles concordaram e saíram da viatura. De repente, a rua estreita ficou muito movimentada e, em meio ao som de conversas e motores de carro, Erika ouviu gritos vindo da lateral do prédio. Peterson e Moss estavam meio que carregando Charles, que cambaleava, com um corte feio no alto da careca que sangrava.

– Sou um cidadão britânico! Tenho casa própria! Tenho direitos! – gritava ele enquanto fios de sangue escorriam pela beira de seu queixo.

– O que aconteceu? – indagou Erika, avançando para interceptá-los no jardim da frente.

– Ela! Ela invadiu meu apartamento! Arrombou a porta! – gritou ele.

– Eu o peguei tentando pular pela janela dos fundos com o saco de lixo. O pé dele tropeçou no parapeito, e ele caiu no beco de concreto – contou Moss. Ela estava usando luvas de látex. Uma mão segurava o braço dele, e a outra segurava o saco de lixo.

– E foi lá que o encontrei, caído no beco – disse Peterson. – O senhor precisa ficar *parado*! – acrescentou, enquanto Charles se debatia e tentava se livrar deles, acotovelando seu peito.

– Ei! Acalme-se – disse Erika, vestindo um novo par de luvas de látex e tirando o saco de lixo de Moss.

– Po... por que vocês est... estão me prendendo? – gaguejou ele. O sangue agora escorria para dentro de sua boca e se misturava com cuspe, deixando seus dentes com uma camada cor-de-rosa.

– O senhor não está preso, mas precisa de cuidados médicos – respondeu Erika. Havia uma paramédica na rua com um policial, e Erika a chamou.

– Pode, por favor, cuidar do sr. Wakefield? Ele sofreu uma queda feia.

– Queda feia? Está mais para brutalidade policial! – gritou Charles.

– Minha nossa! – disse a paramédica, uma mulher pequena e com o ar gentil na casa dos 50 anos que tinha um brilho nos olhos castanhos. – Vamos dar uma limpada nesse ferimento, sr. Wakefield. – Ela pareceu aplacar Charles por um momento, e ele permitiu que ela e o policial o guiassem para a ambulância. Quando chegaram ao veículo, ele voltou os olhos para Moss, que ainda estava segurando o saco de lixo preto.

– Eles estão com meu saco!

– Vamos, senhor, vamos nos sentar lá dentro – disse a paramédica. Eles ajudaram Charles a entrar na ambulância, e as portas traseiras se fecharam.

– Aposto que aquele corte vai precisar de pontos – disse Moss.

– Vocês chegaram a olhar dentro do saco? – perguntou Erika.

– Não. Mas ele estava disposto a pular de uma janela para escondê-lo – respondeu Peterson.

Erika pegou o saco das mãos de Moss, apoiou o objeto no chão e desfez o nó. Um cheiro ruim a atingiu; um perfume sintético adocicado misturado a deterioração. Ela tinha o estômago forte, mas sentiu o peixe com batatas consumido na lanchonete se revirar pela segunda vez naquela noite. Ela deu um passo para trás e inspirou o ar puro algumas vezes. Depois ativou a lanterna do celular, prendeu a respiração e a apontou para dentro do saco. Todos espiaram dentro dele.

De cara deu para ver quatro ou cinco purificadores de ar, mas as embalagens de plástico branco estavam manchadas de sangue e algo parecido com lama. Havia algo com pelos no meio do lixo e, quando ela inclinou a lanterna do lado de dentro, viu a ponta do rabo de um gato.

– Ah, não – disse ela, olhando para Moss e Peterson. Eles ouviram um grito abafado de Charles dentro da ambulância. – Podem, por favor, me trazer um pouco de plástico da equipe de perícia e alguns sacos de evidências?

Moss saiu e voltou com um pedaço grande de plástico. Eles foram para o pequeno jardim à frente do prédio e estenderam o plástico no chão. Peterson colocou um par de luvas, e Erika entornou com cuidado o conteúdo do saco.

O cheiro de deterioração era forte demais, mesmo ao ar livre e com o vento forte. Havia saquinhos de chá usados, três latas de Newcastle Brown Ale, uma caixa de leite, alguns pedaços sujos de lenços de papel e dez purificadores de ar. No meio deles, havia os corpos e cabeças de dois gatos em deterioração. Os dois tinham sido decapitados. Erika estendeu o braço para tocar neles de leve.

– Que estranho. Os corpos estão congelados por dentro. Apalpem.

Moss e Peterson apalparam os corpos suavemente com as mãos enluvadas.

– Por que estariam congelados? – perguntou Peterson.

– Ainda não chegou a época das temperaturas congelantes, é muito cedo – comentou Moss.

– Cruz credo – disse Peterson, sentando-se para trás e cobrindo o nariz com a dobra do braço. – Pelo cheiro, parece que estão mortos faz um tempo. Nenhum deles tem coleira.

– Não tem como um gato sem cabeça usar uma coleira – disse Moss, lançando um olhar para ele.

– Quis dizer que não tem coleiras no saco – respondeu Peterson, revirando os olhos.

– Ele colocou *dez* purificadores de ar – disse Erika, contando-os. – O gel de todos eles está cheio. Ele acabou de abrir.

Mais um grito abafado dentro da ambulância. O veículo balançou violentamente, as portas traseiras se abriram, e Charles Wakefield saiu correndo com um pedaço grande de esparadrapo branco balançando na lateral da cabeça.

– Não. Não! Não quero. Não gosto de agulhas! – gritava. Ele foi seguido pelo policial, que o pegou e o imobilizou sobre o capô de uma viatura policial que estava próxima.

Erika, Moss e Peterson correram até a van bem quando o policial estava algemando Charles. Erika olhou para trás e viu que o interior da ambulância estava uma bagunça de curativos descartados e ensanguentados. Outro policial estava com o nariz sangrando e o tampava com um maço de lenço de papel.

– Estou bem – disse ele, a voz grossa e úmida por causa do sangramento nasal.

– Autonomia corporal é um direito meu! – gritou Charles, ainda curvado sobre o capô do carro com as mãos algemadas atrás das costas. – Eu falei para ela que não queria tomar injeção! – Os olhos do homem estavam desvairados de fúria, e o sangue que escorria pelo rosto dele o fazia parecer maníaco.

– Eu só estava tentando dar uma antitetânica nele. Ele está com ferrugem no ferimento – explicou a paramédica, trocando estoicamente o lenço encharcado de sangue do policial ferido por um punhado novo.

– Seus filhos da puta! Eu não fiz nada, não fiz! – gritou Charles com uma intensidade infantil.

– Cale a boca! – disse o policial, empurrando-o sobre o capô.

Erika olhou para o outro lado da rua e viu os vizinhos se reunindo nos batentes da porta. Uma jovem estava com o celular na mão, filmando o espetáculo. O cenário todo já era complexo demais sem Charles esperneando.

– Muito bem, chega! – disse Erika, dirigindo-se a Charles e ao policial que o havia jogado sobre o capô. – Leve Charles para a delegacia, dê uma limpada nele e o incrimine por agredir um agente da lei. Ele pode passar uma noite atrás das grades.

Charles começou a guinchar e a berrar.

– Você não pode fazer isso comigo! Eu só estava tentando viver minha vida. Por favor, não! Por favor, não faça isso!

– Uau. E eu achando que meu filho de 5 anos que é birrento – disse Moss enquanto observava Charles brigar e tentar se livrar do jovem policial.

Ele era mais alto, mas Charles era pesado e corpulento. O policial foi arrastado de um lado para o outro, como um boneco de pano, antes de Peterson intervir e ajudá-lo a recuperar o controle.

– Por favor, senhor, cuidado com a cabeça – disse Peterson, e eles o colocaram no banco de trás da viatura. Enquanto o carro se afastava, Charles olhava pela janela, furioso e mostrando os dentes, de forma que seu hálito formava um círculo de condensação, fazendo Erika se lembrar de um cão raivoso.

CAPÍTULO 5

Uma hora depois, Isaac deu sinal verde para eles entrarem no local do crime. Erika, Moss e Peterson estavam esperando de macacões Tyvek brancos. Seus capuzes estavam erguidos, e eles também estavam usando *face shields* e sapatilhas protetoras descartáveis envolvendo os sapatos. Quando entraram no apartamento, a sala era puro clarão de luz. Dois tripés com lâmpadas fortes estavam montados em cantos opostos. Havia uma lâmpada embaixo do sofá-cama, e Erika conseguiu ver de onde o sangue havia pingado pelo colchão fino até o carpete. A sala era pequena, e o sofá ficava perto da janela da frente. Ela sempre achou que a iluminação do local onde um crime aconteceu dava um ar estranhamente teatral. O fotógrafo estava fazendo closes do corpo, e dois peritos criminais estavam tirando amostras de respingos de sangue da parede e do carpete. O cheiro metálico de sangue coagulado parecia mais forte sob o calor das lâmpadas.

– Certo – disse Isaac, agachando-se perto do sofá-cama. – O pescoço de Vicky está quebrado, e os ombros estão deslocados. Está vendo onde as mãos dela estão amarradas atrás das costas?

– Sim.

– Os dois braços sofreram uma pressão extrema, dobrando-os para trás e deslocando os ombros. Ela também recebeu um golpe no rosto. O dente da frente está lascado.

Erika olhou para a jovem, que parecia tão pequena. Tão vulnerável.

– A moça foi amordaçada; tinha um par de meias enrolado garganta abaixo, coberto com a fita adesiva. Ela foi esfaqueada em lugares que parecem aleatórios. Dorsal, pescoço, bochecha e quadril esquerdo. A faca também penetrou a escápula em vários pontos.

– Tem muito sangue no colchão.

– Sim, o que me faz voltar às punhaladas – disse Isaac. – Esse é um sofá-cama bem vagabundo, e tem várias perfurações no colchão fino... Acho que quem quer que tenha feito isso a dobrou dentro do sofá-cama e saiu apunhalando através do colchão... Acho que o agressor atingiu a artéria subclávia durante este ataque. É uma artéria grande que sai diretamente do coração e transporta sangue para os braços e o pescoço. É o que teria causado essa quantidade de perda de sangue. Vou saber com certeza depois da autópsia.

– Espera, quer dizer que você acha que ela estava dobrada dentro do colchão quando recebeu as punhaladas?

– Sim.

– Quando o corpo foi encontrado, o sofá-cama estava aberto. Então quem quer que tenha feito isso abriu a cama depois que ela morreu, para confirmar que estava mesmo morta?

– Isso quem vai descobrir é você. Eu só falo dos fatos que vejo.

Erika olhou para Moss e Peterson e pôde ver o choque no rosto deles. Já tinham visto algumas cenas de crime horríveis, mas nada assim antes.

– Você tem alguma ideia da hora da morte? – perguntou Erika.

– Ainda não.

– Extraoficialmente, se tivesse que dar uma estimativa?

– Extraoficialmente?

– Claro – disse Erika com um sorriso fraco.

– Com base no que consigo ver, entre 15h e 19h.

– É uma grande janela de tempo – disse Erika.

– É a melhor estimativa extraoficial que consigo dar. Vou saber mais depois da autópsia.

Erika observou o corpo de Vicky atentamente. Ela se inclinou para a frente e ergueu o cabelo da moça com delicadeza. O rosto da jovem estava manchado de sangue e com hematomas. Seus lábios estavam sugados numa careta de medo, mostrando os dentes. Seus olhos estavam arregalados e vítreos. Um olhar de morte.

– Ela não teria conseguido gritar, com a mordaça na boca – disse Erika.

– Não. Duvido que conseguisse até respirar direito – disse Isaac. – Estou surpreso que não tenha se sufocado.

Erika olhou para as cortinas fechadas. A janela ficava perto do jardinzinho com vista para a rua. *Se eu ouvi Tess gritar quando estava passando em frente, será que alguém ouviu essa pobre mulher lutando pela própria vida?*, pensou. Ela se lembrou de como morava perto e pensou no corretor de imóveis que havia vendido a casa. O quanto ele havia feito propaganda de que Blackheath era um lugar seguro, com uma comunidade unida. Até onde ela sabia, ninguém tinha sido brutalmente assassinado em seu endereço antigo.

Todos deram um passo para trás para que dois dos peritos criminais movessem o corpo de Vicky e erguessem a mão direita da garota e depois a esquerda, passando cotonetes embaixo de suas unhas. Erika notou que as unhas eram curtas. Isaac estava à espera com um saco plástico, e os peritos colocaram os cotonetes dentro dele.

Ela observou o restante da sala. Havia um longo rack baixo com uma TV de tela plana, e as prateleiras de cada lado acomodavam quatro suportes de vela de diferentes cores e uma luminária de lava. Erika imaginou que, com a iluminação adequada, o apartamento até era aconchegante, mas as fortes luzes forenses pareciam expor sua pobreza. O papel de parede pendia por causa da umidade em certas partes, e o carpete desbotado era pontilhado por manchas antigas. A mesa de centro, que provavelmente era empurrada para debaixo da janela quando ela abria o sofá-cama, estava riscada e entalhada, e ao lado da janela ficava uma série de prateleiras lascadas que revelavam madeira prensada sob o acabamento de madeira falsa. A porta do quarto com o estúdio de gravação improvisado estava aberta, e Erika entrevia dois peritos criminais trabalhando com escovas finas, espanando em busca de impressões digitais na escrivaninha preta e no batente. O fino pó cinza para digitais cintilava sob as luzes fortes.

– Pode ser interessante descobrir por que Vicky estava na cama tão cedo – disse Peterson. – Ela estava acompanhada?

– Ela estava vestida – disse Moss, apontando a calça jeans azul, as meias brancas e o suéter ensanguentado de Vicky. Erika voltou a atenção para a sala e acenou.

– E quanto à arma do crime? – perguntou ela.

– É muito cedo para saber ao certo – disse Isaac. – Uma faca de lâmina longa e afiada. As facadas são aleatórias, mas finas e precisas.

Erika olhou para a cozinha americana na outra metade da sala. Estava limpa e organizada, mas as luzes iluminavam o linóleo despedaçado e sujo e as teias de aranha no teto. Dava para ver um bloco de facas caído de lado sobre o balcão.

– Tem uma faca faltando naquele faqueiro – notou ela.

– Ainda não encontramos arma nenhuma – disse Isaac.

Erika, Moss e Peterson deram um passo para trás enquanto uma maca de metal de rodinhas com um saco de corpo preto era levada para dentro da pequena sala. Três dos peritos criminais assumiram suas posições e levantaram o corpo de Vicky com cuidado do sofá-cama para o saco aberto. Eles a deitaram de costas com delicadeza, e Erika observou o corpo pender mole e o cabelo cair da frente do rosto. Vicky era pequena, com um rosto que lembrava uma boneca de porcelana, mas os efeitos do *rigor mortis* estavam progredindo rapidamente e sua careta mortal estava mais pronunciada; lábios puxados para trás e olhos arregalados.

– Vou fazer a autópsia hoje à noite – disse Isaac. – Dou mais informações assim que possível.

– Obrigada.

Erika deu uma última olhada ao redor do apartamento para o colchão encharcado de sangue. Ouviu o crepitar do plástico quando o saco de corpo foi fechado com o zíper, sepultando os restos de Vicky na escuridão. Passou pela cabeça de Erika como a vida era frágil. Ela se perguntou como Vicky havia se sentido na última vez em que entrou em casa. Será que estava feliz? Triste? Assustada? Seja como for que estivesse se sentindo, ela provavelmente não fazia ideia de que partiria em um saco preto.

CAPÍTULO 6

Erika, Moss e Peterson seguiram a maca com o corpo da vítima enquanto desciam a trilha curta que levava até a van funerária estacionada ao lado da van de apoio à polícia.

Eles pararam no jardim da frente e tiraram os macacões, depositando-os em sacos plásticos de perícia.

– Você organiza uma busca pela arma do crime? – Erika pediu a Peterson.

– Sim. Vou reunir uma equipe para dar uma olhada nos jardins ao redor – respondeu ele, já se dirigindo à van de apoio.

– Você vai comigo conversar com a Tess? – Erika pediu a Moss, acrescentando: – Mas, antes, pode ir até a van de apoio e cuidar para que ela fique lá dentro, enquanto *isso* segue para a van funerária?

– Pode deixar – respondeu Moss.

Os dois jovens policiais a quem Erika havia pedido que interrogassem os vizinhos saíram do prédio e foram na direção dela.

– Senhora, parece que só havia mais um morador do prédio em casa hoje – disse o mais alto dos dois.

– Certo. Como vocês se chamam? – indagou ela.

– Sou o agente Robbie Grant – respondeu o mais alto, que era muito pálido, com a pele lisa impecável.

– Agente Amer Abidi – respondeu o segundo. Ele também era bonito e novato e, enquanto se apresentava e sorria, a parte superior de uma tatuagem transpareceu em sua pele acima da gola da camisa. – O prédio tem três andares – disse ele, apontando para a entrada do edifício. – E três apartamentos em cada andar. Vicky Clarke residia no apartamento um, Charles Wakefield mora no dois e, no três, tem duas irmãs, Sophia e Maria Ivanova, ambas médicas-residentes.

– Ivanova? – perguntou Erika.

– É búlgaro. No segundo andar tem uma idosa, sra. Wentworth. Ela mora sozinha no número quatro, bem em cima do apartamento de Vicky. Disse que não viu nem ouviu nada. Ela foi para a cama às 20h.

– Ela tem a audição bem fraca e é meio velhinha. A gente teve que esmurrar a porta para ela ouvir – acrescentou Robbie.

– Ela nos contou que o número cinco, em cima de Charles Wakefield, está vago e, no número seis, na frente dela, mora um executivo chamado Ray Fontaine. Ele passa a maior parte do ano trabalhando na China – disse Amer.

– Certo. E o último andar? – perguntou Erika.

– O último andar inteiro é uma cobertura de uma tal Henrietta Boulderstone, que também é a dona do prédio. Ninguém atendeu a porta dela.

Erika observou enquanto os peritos criminais colocavam com cuidado o corpo de Vicky na traseira da van funerária, pronta para levá-la ao necrotério. Moss e Peterson estavam na entrada do veículo de apoio à polícia com Tess, que observava a cena com os olhos arregalados. Ela estava com uma coberta sobre os ombros.

– Bom trabalho, rapazes – elogiou Erika, voltando-se para Amir e Robbie. – Se puderem confirmar todas essas informações, será ótimo.

Eram quase 23h, mas a rua estava movimentada com viaturas policiais e veículos de apoio, e todas as luzes nas casas ao redor estavam acesas.

Estava silencioso e quente dentro da van de apoio à polícia. Em um canto, havia uma pequena área de estar com uma mesa, e Moss se sentou num banco ao lado de Erika. As duas estavam de frente para Tess, que se sentou do lado oposto, com um copo plástico cheio de chá.

– Obrigada pela paciência – agradeceu Erika. – Gostaria de mais um pouco de chá?

– Este é meu *terceiro* copo de chá. O que vocês vão fazer sobre o que aconteceu com a minha... – Nesse momento, a voz dela embargou e ela fechou bem os olhos. Lágrimas escorreram por suas bochechas. – Minha irmã... – completou com um sussurro rouco.

– Tenho uma equipe de perícia excelente trabalhando dentro do apartamento. Temos policiais falando com os vizinhos e vasculhando a região. E logo mais vamos levar tudo isso para a delegacia e nos reunirmos no setor de investigação – explicou Erika. – Você aceita bater um papo informal? Sei que está tarde, mas sabemos que as pessoas costumam se esquecer de coisas depois das primeiras horas cruciais.

Moss pegou uma caixa de lenços e a ofereceu para Tess. Ela pegou um e secou os olhos. Fez que sim com a cabeça.

– No começo da noite, quando eu estava passando pelo prédio, ouvi você gritar lá dentro. Quanto tempo ficou no apartamento de sua irmã antes de encontrar o corpo dela? – perguntou Erika.

– Eu tinha acabado de chegar. Coloquei a chave na fechadura, abri a porta, acendi as luzes e... – Ela engoliu em seco. Os olhos arregalados. – Eu a vi deitada lá e gritei. Eu não gritava assim desde que... acho que nunca gritei assim.

Erika assentiu em sinal de solidariedade.

– Olhei o relógio quando ouvi seu grito. Era pouco depois das 20h30.

– Sim. Saí de casa pouco depois das 8h. Moro virando a esquina.

– Você viu algum vizinho ou alguém na rua quando chegou?

– Não.

– A porta da frente tinha sido arrombada?

– Não. Usei minha chave para abrir a porta.

– Vicky comentou com você se tinha algum receio relacionado à segurança dela?

– Como assim? Não... Não. – Tess balançou a cabeça com insistência.

– Ela conhece bem os vizinhos no prédio?

– São todos velhos. Ela é mais próxima das meninas que moram na frente. As irmãs búlgaras. Elas não são grandes amigas nem nada, mas são as únicas com uma idade próxima da dela, 27 anos.

– Maria e Sophia Ivanova?

– Isso. As duas trabalham por turnos longos no hospital, e Vicky fica muito em casa, então minha irmã costumava pegar encomendas para elas. A mãe delas manda coisas lá do país delas, a Bulgária. Foi assim que se conheceram.

– O que você pode nos falar sobre Charles Wakefield, que mora ao lado? – questionou Erika.

Tess a encarou e ficou em silêncio por um momento. Erika se perguntou se ela ouvira a confusão de quando o prenderam.

– Ele é um homem estranho. Vicky me falou algumas vezes que tinha flagrado o velho ouvindo atrás da porta dela.

– Alguma vez Vicky falou especificamente que ele fez algo que ela tenha achado ameaçador? – perguntou Erika, tomando cuidado para não a influenciar com a pergunta. Tess baixou os olhos para olhar as mãos, pensando.

– Não... – ela por fim respondeu. – Não. Só disse que ele era um pouco estranho. Esquisitão.

– O que você sabe sobre ele?

– Pouca coisa. Mora sozinho... – Ela estreitou os olhos. – Você não acha que ele tenha feito isso com Vicky, acha?

– Neste estágio tudo é uma pergunta – disse Erika. – Vicky tinha um namorado?

O uso do tempo passado pareceu uma pancada para Tess, e ela levou um momento para se recuperar.

– Sim. Shawn. Shawn Macavity. Eles terminam e voltam desde que se formaram na faculdade, há seis anos. Ele mora em Forest Hill.

Erika hesitou; ela não sabia até que ponto poderia sondar tão pouco tempo depois de ver a brutalidade do crime.

– Tess... Tem uma faca faltando, uma faca grande da cozinha.

– Ela nunca usava aquelas facas – disse Tess, no mesmo instante.

– Você sabia que estava faltando uma faca do conjunto?

– Não. Não. Por quc cu saberia uma coisa dessas?

A menção da faca pareceu fazê-la lembrar do que tinha visto. Erika observou Tess fechar a blusa vinho encardida e se encolher no assento. Será que naquele dia ela não pretendia sair de casa? Sob um exame mais atento, ela era muito educada, a coproprietária do que insistia ser um restaurante sofisticado e, no entanto, estava vestida de maneira tão desalinhada.

– A visita desta noite foi planejada? Vicky estava te esperando?

– Como eu disse, ela tinha ficado de trabalhar no turno do almoço de hoje. Mandei mensagens para o celular dela, mas minha irmã não respondeu. Foi por isso que vim... eu estava...

– Estava?

– Estava pronta para dar uma bronca nela... Não foi a primeira vez que ela não apareceu no trabalho. – Tess se dissolveu em lágrimas.

– Quais foram os motivos para ela não aparecer antes?

– Várias coisas. Ou estava de ressaca ou tinha um teste, embora isso acontecesse com cada vez menos frequência nos últimos tempos. E às vezes só não estava a fim. Ela sabe que eu nunca a demitiria.

– Por que não? – perguntou Erika.

– Sou tudo o que ela tem, *tinha*... Não consigo acreditar que agora tenho que usar o passado quando falo dela. Meu marido sempre me fala que devemos manter o trabalho e a família separados. E agora... Vicky. – Ela desatou a chorar mais uma vez. Erika fez algumas anotações.

– Você está indo muito bem, estamos quase acabando – disse Moss, esticando o braço para tocar na mão de Tess, mas ela se encolheu.

– Onde Vicky dormia? O quarto parece ser um escritório ou estúdio de gravação.

– No sofá-cama... – Tess suspirou, como se isso a envergonhasse. – Vicky é atriz, e o trabalho é sempre, digamos, escasso. Faz pouco tempo que ela converteu o quarto em um estúdio de gravação para poder ganhar dinheiro narrando audiolivros, mas nunca deu muito certo. Tinha um podcast e trabalhava para nós para pagar as contas.

– Que tipo de podcast? – perguntou Moss.

– Não me lembro – disse Tess. Erika conseguia ver que Tess estava começando a se fechar de novo, o que era compreensível.

– Você manteve o sobrenome de solteira? Você nos disse que seu nome é Tess Clarke – disse Erika.

Tess se recostou e suspirou.

– *Solteira*. Faz tempo que deixei de ser solteira... – O rosto dela se franziu, e ela pareceu exausta e cansada. Ela suspirou e secou os olhos. – O sobrenome do meu marido também é Clark, mas sem o “e”. Foi um estresse tentar tirar esse “e” – contou ela com desalento. Erika se perguntou quem causava o estresse, as autoridades ou o marido.

– Qual é o nome do seu marido?

– Jasper Clark... Sem o “e”.

– Você tem outros irmãos?

– Não. Nossos pais estão em um asilo na costa sul. Ai, Deus! Como vou contar para eles? Os dois têm demência... Não acredito no que aconteceu. Não acredito que ela está morta.

Tess desabou por completo, chorando de soluçar, com o rosto entre as mãos.

CAPÍTULO 7

Erika e Moss assistiram dos degraus da van enquanto Tess era levada para casa pela oficial de acompanhamento familiar. Apesar das roupas em desalinho e do cabelo despenteado, havia uma certa nobreza na forma como se portava, olhando fixamente para a frente no banco de trás do carro. Erika olhou para Moss, que estava massageando o ombro.

– Você está bem?

– Tive que ir com tudo na porta de Charles Wakefield quando a arrombei.

– Ele nos deu causa provável para entrar... – Erika refletiu por um momento. Isso valeria no tribunal se um juiz pedisse para justificar uma busca? Ela olhou para a movimentação atrás dela e pensou na brutalidade do assassinato. – Vamos aproveitar a chance e dar uma olhada dentro do apartamento dele.

Elas voltaram para dentro do prédio e vestiram novos macacões Tyvek. A luz forte das lâmpadas forenses se derramava para fora da porta de Vicky quando passaram, e Erika notou que as luzes tinham o mesmo efeito no saguão, iluminando as manchas de gordura nos tacos desbotados do piso parquê e na pintura lascada.

A porta de entrada do apartamento de Charles ficava no fim de um corredor curto que saía do saguão, perto de um elevador e uma escada. Erika vestiu um novo par de luvas de látex e abriu a porta com o cotovelo. Encontrou um interruptor e o ligou. A entrada tinha um pequeno corredor com um carpete de estampa de diamante laranja e amarelo desbotado. Quando Moss fechou a porta, um silêncio pesado pareceu cair. Um relógio tiquetaqueava.

O apartamento tinha um cheiro bolorento que ela já tinha sentido em algumas pessoas. Erika nunca conseguiu identificar exatamente o que era... Não era inteiramente desagradável; era algo como o cheiro de cera de ouvido combinado com pele, cabelo ligeiramente mal lavado e um produto de limpeza desconhecido que não conseguia ganhar a batalha por limpeza.

A luz do teto era assombreada, deixando os cantos do corredor na penumbra. Um telefone de disco em cima da lista telefônica jaziam em uma pequena prateleira sob um espelho fino e alto.

– Nossa. Isso me deu um susto – disse Erika, sentindo uma onda de pânico. Ela apontou para um mancebo atrás da porta, que sustentava um longo *trench coat* preto e um chapéu preto de feltro no gancho superior.

– Parece uma pessoa de costas para nós – disse Moss. Erika foi até o mancebo e pegou o chapéu com delicadeza. Ele era pesado e elegante, e a etiqueta interna dizia JUNIPER & BROWN CHAPELEIROS ST JAMES STREET, LONDRES.

– Alerta abacate! – disse Moss. Erika colocou o chapéu de volta no mancebo com cuidado, se virou e entrou atrás dela no banheirinho com cheiro de bolor. O vaso, a pia e a banheira eram verde-abacate, e um carpete marrom cobria todo o chão. Uma fileira de flanelas cor de laranjas secas estava pendurada em um pequeno suporte de madeira ao lado da banheira.

Erika foi até a pia e abriu o pequeno armário quadrado e espelhado em cima dela. Havia três barras de sabonete Imperial Leather empilhadas na prateleira de baixo, um frasco de pós-barba Old Spice, pastilhas para dentadura, um saco de lâminas descartáveis de plástico e uma variedade de medicamentos manipulados. Havia oito frascos ao todo, e os rótulos tinham sido todos arrancados, deixando o resíduo de papel. Erika tirou uma foto deles com o celular.

– Pena que ele arrancou os rótulos. Poderíamos ver o que há de errado com ele, e com certeza tem algo de muito errado com ele – disse Moss, aproximando-se dela perto da pia. – Olhe. Não vejo uma saboneteira magnética há anos. Minha avó tinha uma – ela acrescentou, apontando para o sabonete afixado a um suporte na parede, com um pequeno disco magnético pressionado sobre ele.

Erika ficou incomodada com a medicação descaracterizada. Espiou os comprimidos de alguns frascos e depois fechou o armário. Ela olhou ao redor. O tapete do banheiro estava pendurado sobre o varão da cortina da banheira, com suas ventosas que lembravam as de um polvo para fora.

As fibras do tapete cinza ao redor do vaso estavam compactadas em duas pegadas. O cheiro era úmido e bolorento. O carpete estava seco.

– Se Charles esfaqueou Vicky Clarke em um ataque frenético, ele teria precisado se lavar às pressas. Não está com cara nem cheiro de que ele tenha feito isso aqui – disse Erika.

Elas saíram do banheiro e atravessaram o corredor até a sala de estar. Moss acendeu a luz e, mais uma vez, havia uma única luz no teto que tinha um tom floral escuro, o que dava uma meia-luz cavernosa à sala.

– Cadê a televisão dele? – perguntou Moss. A sala parecia algo saído dos anos 1950, com um conjunto de sofás com capas de renda na parede do fundo. Um toca-discos pesado de madeira repousava num canto, sob um abajur de franjas. Um tique-taque alto enchia o ambiente, e Erika viu um relógio de cuco pequenino no alto da parede perto da porta. Um fogãozinho a gás ficava no chão na frente da poltrona. Do lado, havia uma mesa de canto coberta de renda onde uma lata de cerveja Newcastle Brown Ale estava ao lado de um copo pela metade do líquido marrom. Erika tocou a lata com a mão protegida pela luva. Ainda estava fria. Pendurado no braço da poltrona estava um catálogo de lingerie muito folheado.

Erika o pegou. Todas as mulheres do catálogo usavam sutiãs grandes e transparentes de renda e calcinhas de renda de cintura alta com cintas-ligas. Havia uma caixa grande de lenços de papel equilibrada no braço da poltrona.

– É um catálogo antigo – disse Erika, encolhendo-se um pouco diante das páginas enrugadas.

– Parece que ele está batendo punheta à moda dos anos 1970 – disse Moss. Erika o colocou de volta onde o havia encontrado.

Uma série de porta-retratos num aparador exibia uma senhora com dois meninos. As fotos deviam ter sido tiradas ao longo de um período de vinte anos, mas, mesmo nas primeiras fotos, quando os meninos eram pequenos, a mulher parecia severa e mais velha do que a idade que provavelmente tinha. O cabelo grisalho tinha um corte reto na altura das orelhas e era partido na lateral e preso com um grampo. Na primeira foto, ela foi retratada andando na água de uma piscina natural com os dois garotinhos, que mal chegavam à altura de seus joelhos. Nas fotos subsequentes, os meninos foram ficando mais velhos, passando pela adolescência até a vida adulta, e as fotos eram de piqueniques e dias na praia. Na última foto, a mulher estava sentada numa cama de hospital perto de uma janela por onde a luz do sol entrava, refletindo em seu cabelo grisalho. Ela parecia magra e frágil, e os dois meninos pareciam ter 20 e poucos anos. Em todas as fotos, Erika reconheceu Charles e, mesmo quando era um garotinho, ele tinha o mesmo sorriso ingênuo e sinistro. O outro menino era bonito perto dele, com um sorriso largo e confiante.

Uma grande estante estava cheia de fileiras e fileiras de romances em encadernações de couro cor de vinho da *Reader's Digest*, e toda a prateleira inferior era dedicada a livros sobre Hitler e as duas guerras mundiais.

Elas seguiram para uma cozinha pequena e organizada com armários de fórmica cinza de aparência antiga. Nos fundos do apartamento, ficava o quarto, pouco mobiliado, com uma cama de solteiro e um guarda-roupa.

– Aí está a televisão – disse Erika, apontando para uma TV antiga com um aparelho de vídeo embutido largada em um canto, com o cabo da tomada enrolado com capricho e preso com fita. A tela preta estava coberta por uma camada grossa de poeira. – Não conheço ninguém que não tenha uma televisão.

– Ouvi dizer que Madonna não tem uma televisão – disse Moss. – Isso ajuda?

Erika revirou os olhos.

– Sim. Demais – respondeu ela.

– E esta é a janela da qual ele tentou pular – disse Moss.

A janela tinha um conjunto de cortinas com tecido duplo, com laterais de um tecido vermelho e pesado e uma camada de tecido rendado cobrindo o vidro. Erika afastou a parte rendada para o lado e abriu a grande janela de vidraça única. Não era uma altura muito grande até o gramadinho lá fora e o beco que passava entre as casas.

– Foi ali que ele bateu a cabeça – disse Moss, apontando para o canto enferrujado da moldura da janela.

Erika notou uma pegada enlameada no peitoril da janela e algumas manchas de lama no carpete.

– Por que ele estava com lama nos sapatos? Nós o vimos conversando com Tess no saguão com o saco de lixo. Ele saiu e pegou os gatos mortos? Não, eles estavam meio congelados.

– Talvez devêssemos olhar o freezer – disse Moss.

Ela fechou a janela, e as duas foram à cozinha. Tinha o mesmo ar bolorento do banheiro. Não havia micro-ondas, só um forno a gás antigo com uma grelha em uma prateleira acima dos queimadores. A geladeira zumbia em um canto. Havia um cheiro rançoso de comida frita, mas as superfícies de fórmica estavam limpas e arrumadas. Erika pisou no pedal da lixeira. Estava vazia, com um saco limpo. A pia de metal também estava vazia, com manchas de água. Moss se agachou e abriu as gavetas do freezer.

– Nada além de *waffles* de batata e carne moída... Ah, e um saco de arenque. Nenhum gato morto.

Elas saíram da cozinha para o corredor. Havia uma porta de armário alta com uma chave na fechadura. Erika a abriu. Era cheia de prateleiras até o teto que continham utensílios domésticos, produtos de limpeza, sacos de lixo, lâmpadas, papel higiênico e dezenas de outras barras do mesmo sabonete Imperial Leather do banheiro.

– Sem TV, computador nem rádio, e é um pouco acumulador – disse Moss, tirando os olhos do estoque.

– É, mas nada disso é ilegal – disse Erika.

– Não tem nenhum sinal de que ele precisou se limpar, a menos que tenha usado um macacão protetor e luvas de borracha, mas não tinha nada disso dentro do saco de lixo que o pegamos jogando fora.

– Precisamos olhar as lixeiras coletivas – disse Erika.

– Oba, é o que mais amo fazer – disse Moss. Elas ouviram uma vibração, e o relógio de cuco na sala começou a marcar a hora. Erika sentiu um calafrio. O tempo parecia parado naquele apartamentinho estranho e arrepiante.

CAPÍTULO 8

Uma longa busca nas lixeiras comunitárias não trouxe evidência alguma de roupas nem de lenços ensanguentados. Às 3h, a equipe de perícia finalizou o trabalho dentro do apartamento de Vicky, e as coisas começaram a se acalmar no local. Erika combinou com a equipe de se reencontrarem na delegacia em Lewisham Row às 10h.

– Quer uma carona, chefe? – perguntou Moss. A van forense já tinha ido embora, e a van de apoio à polícia estava se afastando. Estava muito escuro e ventando na rua estreita, e a fita de isolamento soltava um zumbido baixo enquanto vibrava sob a brisa.

– Não precisa. Minha casa nova fica a duas ruas daqui.

– Está tarde. Vou te levar, para garantir que vai chegar bem em casa. – Elas entraram no carro de Moss, que ligou o motor e aumentou o aquecedor. Erika colocou as mãos geladas entre as coxas e se curvou, tentando se aquecer. Moss estendeu um saco com discos de *sorbet*. – Coma. Vai tirar o gosto daquele mergulho no lixo da sua boca.

– Obrigada – disse Erika, pegando um e o colocando na língua. Ela sentiu a massa se dissolver e então uma efervescência deliciosa de açúcar doce e intenso atingiu seu sistema, expulsando a lembrança de se arrastar pelo lixo fétido e pela comida podre.

– O que você pensa agora de Charles Wakefield? – perguntou Moss.

– Vamos deixar o homem preso durante a noite e, amanhã, farei um interrogatório.

– Acha que ele matou Vicky?

– Seria fácil se fosse ele, mas é difícil ligá-lo ao assassino neste estágio. A menos que encontremos DNA.

– Nunca é fácil – disse Moss.

Erika concordou e revirou os olhos.

– Só me dá mais um desses disquinhos.

– Comprei para o Jacob, mas eles nunca chegam inteiros em casa – disse Moss, chacoalhando o saco e o estendendo. – Açúcar é meu grupo alimentar favorito.

– É uma delícia – disse Erika, recostando-se por um momento e fechando os olhos. – Minha nossa! Ontem acordei às 5h para esperar o caminhão com a mudança e não dormi até agora.

Elas se afastaram do prédio, onde um único policial ficaria de guarda durante a noite.

– Olha só, parece com... er... Vai ficar bonita depois de uma reforma – disse Moss, olhando para a casa de Erika quando elas estacionaram na frente.

– Fiz aquilo que as pessoas vivem dizendo, comprar a pior casa na melhor rua.

– Bom. E você conseguiu.

Erika riu.

– Obrigada pela carona. Vejo você de manhã.

– Boa noite, chefe. Vê se dorme!

Moss esperou até Erika entrar pela porta da frente antes de sair com o carro. Estava um gelo lá dentro, e uma brisa descia do corredor. Quando acendeu a luz, ela viu uma fileirinha de pegadas enlameadas ao longo das tábuas de madeira do corredor, que vinham da cozinha. Erika as seguiu e viu que a portinhola para gatos na porta dos fundos estava aberta.

Um miado alto ecoou pela casa e a fez se sobressaltar e, então, ela ouviu mais um miadinho. Erika seguiu as marcas de pata que saíam da cozinha, desciam o corredor, faziam uma curva abrupta e subiam a escada. Erika viu dois olhos amarelos no alto, brilhando na escuridão. Eles refletiam a luz da rua que entrava pela vidraça localizada acima da porta da frente, cujo vidro tinha o número 27 pintado com tinta já desbotada.

– Você é meu invasor noturno? – perguntou ela. O gato deu um miadinho animado e desceu na direção dela, ficando sob a luz. Erika achou que veria um bichano desgrenhado, mas era um lindo gato preto com a pontinha das quatro patas bem branquinhas, como botinhas. Parecia bem jovem e estava magro, mas não subnutrido. Tinha lindíssimos olhos verdes.

O gato parou ao pé da escada e se sentou olhando para ela com o ar confiante, sem piscar. As patas ficaram meio viradas para fora, e a pose fez Erika se lembrar do jeito que Mary Poppins fazia quando alçava voo com o guarda-chuva.

Ela se agachou e estendeu a mão. O gato se levantou e deu a volta pelo seu braço enquanto ela o acariciava.

– Meu Deus, você tem um pelo tão macio – disse Erika quando passou a acariciar atrás das orelhas do bichano. Ele soltou um ronronado baixo e suave que relaxou Erika na mesma hora. – Você é menino ou menina? – ela acrescentou e espiou entre as patas do gato. – Ah, sim. Pau e bolas. Você é menino.

Erika se levantou e foi até a cozinha para ver se o gato a seguiria. Ele a seguiu e se sentou ao lado da velha geladeira que zumbia com a porta enferrujada. Erika tinha herdado uma mesa de cozinha de madeira polida e uma cadeira do antigo morador. Havia pilhas altas de caixas em cima e em volta da mesa. Erika abriu uma caixa que tinha "latas" escrito na lateral e encontrou uma de patê Májka.

Ela olhou para o gato, e ele lambeu os beiços.

– Você tem o talento de invadir casas e de usar seu charme. Está aqui há cinco minutos e estou considerando abrir a última lata do meu patê eslovaco favorito por você... – O gato a olhou com esperança e piscou. – E, assim, eu me transformei na louca dos gatos – disse Erika. Ela encontrou uma xícara e um pires, colocou uma colher de patê no pires e encheu a xícara com água da torneira. Colocou os dois no chão perto da geladeira e observou enquanto o gato se aproximava, lambendo a carne cintilante com a linguinha rosada.

Erika voltou a pensar na misteriosa razão para Charles Wakefield ter dois cadáveres de gato congelados em uma lixeira. Sentiu outra pontada de tristeza ao ver aquelas lindas criaturas mortas. Ela comeu uma colherada do patê da lata, depois deu mais para o gato.

Eram quase 4h da manhã, mas Erika estava completamente desperta. O gato lambia o pires, provocando um tilintar nas tábuas do assoalho enquanto ele o lambia. Uma corrente de ar saía da portinhola aberta. Erika a fechou e confirmou se ainda estava funcionando. Ela teria que arranjar um pouco de óleo e consertar a fixação. Pensou que o gato sairia depois de comer, mas, em vez disso, ele foi atrás dela quando ela voltou ao corredor.

Seus pés ecoaram enquanto entrava na escuridão e, quando viu que o gato a seguia, Erika ficou contente pela companhia. Ela foi apalpando as paredes, os dedos tocando as bolhas de ar sob o papel de parede úmido e descascado, e acendeu o interruptor. Ao longo do corredor havia quatro portas. A primeira era de um quartinho minúsculo com vista para o jardim dos fundos. Do lado ficava um banheiro igualmente minúsculo. A terceira porta dava para outro quarto pequeno, e o quarto maior ficava na frente da casa, e tinha uma *bay window* imensa.

Erika olhou dentro do quartinho, viu o colchão inflável de solteiro no chão, com o edredom e os travesseiros em cima, e ficou contente ao perceber que ainda estava cheio. A casa tinha uma lareira em cada quarto, mas esse era o único em que a lareira não estava vedada.

O gato a seguiu para dentro, saltou na ponta do colchão e se deitou, enroladinho e contente. Erika nunca havia tido um animal de estimação. Aquele gato era de rua, mas do tipo fofo, e havia algo no fato de ele estar com ela em sua primeira noite na casa que a reconfortou.

Ela tirou as roupas de trabalho, mantendo as meias, a calcinha e o sutiã, e vestiu uma calça grossa de pijama com uma padronagem de xadrez escocês. Tinha comprado um pouco de lenha e acendedores no posto de gasolina, e passou alguns minutos preparando e acendendo o fogo na lareira pequenina. Ela se sentou na ponta do colchão e foi acrescentando os pedaços maiores de madeira até as pequenas pétalas de fogo crescerem c sc transformarem em uma labareda, então esfregou as mãos diante da luz reconfortante.

Ela ainda tinha um velho suéter azul de Peterson que ele tinha se esquecido de levar quando o relacionamento terminou. Ela gostava de dormir com aquela blusa. Bateu o olho na etiqueta e leu: "George at Asda".

– Humm. George é um bom nome, o que você acha?

O gato olhou para ela, piscando, e então se levantou e saiu do quarto. Erika o seguiu até a porta, ouvindo os passinhos descendo a escada e entrando no corredor, até escutar o barulho suave da portinhola da cozinha.

– Certo. Tchau, George – disse Erika, surpresa de como ficou triste pelo gato ter ido embora.

Quando voltou ao quarto, o fogo da lareira já estava grande e crepitante. A lenha que ela havia comprado no posto de gasolina chiava e silvava, e Erika observou uma faísca vermelha brilhante voar e cair no colchão inflável.

– Não! – exclamou, percebendo o que estava prestes a acontecer. A centelha caiu e atravessou o plástico fino, soltando um silvo e deixando um grande buraco. O colchão começou a desinflar rapidamente, e edredom e travesseiros se afundaram na altura das tábuas antigas do assoalho. – Merda!

O quarto ficou subitamente menos aconchegante. Erika deitou no colchão, que agora estava achatado como uma panqueca, e tentou se acomodar embaixo do edredom. Ela estava quentinha, mas sentia cada centímetro das tábuas duras do assoalho nas costas. Depois de meia hora virando de um lado para o outro, desistiu de tentar dormir e tirou o celular do bolso.

Erika nunca usava o aplicativo de podcast no celular, mas clicou nele, encontrou a barra de busca e digitou o nome "Vicky Clarke podcast".

O ícone do podcast apareceu em primeiro lugar nos resultados da busca. Era uma foto de Vicky ao lado de uma parede de tijolos, trajando uma jaqueta de couro preto e com os braços cruzados. Ela estava olhando para a câmera com uma expressão muito séria e, em cima, escrito em letras vermelhas em negrito, estava o título: V. A. CLARKE DETETIVE DE CRIMES REAIS.

É um podcast de true crime?, pensou Erika. *Como Tess não se lembraria disso?*

Havia quinze episódios publicados, e cada um lidava com um crime ou série de crimes aparentemente sem solução: incêndio criminoso, vandalismo e *catfishing*. No entanto, um episódio chamou a atenção de Erika e a paralisou, fazendo sua mente voltar a Charles Wakefield. O título era:

O MISTÉRIO DO MATADOR DE GATOS DE CROYDON

CAPÍTULO 9

Erika tinha pouca experiência com tecnologia – foi só recentemente, e com relutância, que comprou um smartphone – e levou um momento para descobrir como tocar o podcast. Ela ajustou o volume, colocou o celular em cima da coberta e começou a ouvir.

Começava com uma melodia repetitiva e sinistra tocada em um piano e, enquanto a luz cada vez mais fraca do fogo brincava no teto do quartinho, Erika se esqueceu das tábuas duras do assoalho embaixo dela. Tess tinha desdenhado bastante das habilidades de atuação da irmã durante o interrogatório, mas a fala de Vicky na introdução a surpreendeu. Ela comandava o microfone com uma voz forte e envolvente.

"O Matador de Gatos de Croydon é o nome dado à criatura mítica que dizem ter matado, desmembrado e decapitado mais de quatrocentos gatos no Reino Unido. A matança começou quatro anos atrás em Croydon e causou medo e pavor nos residentes da Grande Londres.

"Em 2014, relatos de gatos encontrados mutilados em zonas residenciais começaram a se espalhar por toda a região da Grande Londres, chegando até o norte, em Manchester. A polícia abriu imediatamente uma investigação, que durou vários anos. Oficialmente, a Polícia Metropolitana de Londres concluiu que as mutilações **não** *tinham sido realizadas por um humano e deviam ser obra de predadores silvestres ou animais que se alimentavam de gatos mortos em colisões de veículos.*

"No entanto, as mortes continuaram e, em três casos, uma figura sombria foi avistada no circuito interno de segurança. Muitos moradores da região, incluindo veterinários e policiais (que se recusaram a vir a público), ainda estão convencidos de que um indivíduo doente é responsável por essas mortes. E alguns temem que ele transfira sua atenção a pessoas..."

A narrativa então cortava para uma entrevista com uma mulher que morava em Shirley, no sul de Londres. Além das vozes, alguns sons ambientes recheavam a entrevista, como uma colher mexendo o conteúdo de uma caneca e um trem passando ruidosamente nos trilhos do lado de fora. O áudio evocava a imagem de uma cozinha em uma casinha avarandada, com janelas com vista para o jardim dos fundos, talvez com os vidros embaçados pelo vapor da chaleira.

– Meu sono é pesado – disse a mulher com um forte sotaque de Kent. – Mas acordei na hora em que ouvi o barulho.

– Que barulho você ouviu? – perguntou Vicky.

– Aquele barulho medonho de gatos brigando... Um miado arrepiante e terrível. A gente ouve bastante por aqui... mas parou de repente, como se tivessem cortado o som. E foi isso que me fez pensar que tinha algo errado... Acordei Des, o meu marido, e falei para ele descer e dar uma olhada. Quando ele abriu a porta, encontrou o corpo de um gato decapitado na soleira dos fundos. Estava fresco. Ele vasculhou o jardim com uma lanterna e encontrou pegadas enlameadas recentes, masculinas, tamanho 42, atravessando o gramado até a cerca...

Erika se ajeitou no colchão, o piso duro trazendo-a de volta à realidade do quarto. Ela pensou no quarto de Charles Wakefield, em seu apartamento sombrio. A pegada enlameada no peitoril da janela...

O episódio do podcast passava para uma entrevista com um homem que tinha em casa uma câmera de circuito interno. O homem encontrou o corpo de um gato decepado em pedaços na porta dos fundos. As imagens turvas mostravam um vulto atarracado e robusto no jardim dos fundos.

A exaustão e o calor do fogo no quartinho pequeno fizeram a mente de Erika vagar e, enquanto pegava no sono, ela viu uma imagem de Charles como o vulto robusto no alpendre dos fundos. Com as mangas arregaçadas e os olhos arregalados, ele segurava um corpo inerte e peludo enquanto gotas de sangue cobriam o rosto liso e sem pelos.

Erika acordou com um sobressalto. Estava um frio congelante, e uma luz cinzenta cor de mingau era filtrada pelas cortinas finas. Ela se ajeitou e sentiu o piso duro contra os ossos do quadril. Então se sentou, a respiração saindo em um fio de vapor. Eram 7h.

Erika chegou à delegacia de Lewisham Row pouco antes das 9h. Era um dia cinza-claro, com um frio invernal no ar. Mesmo depois de duas xícaras de café, ela ainda tremia por causa do primeiro banho no banheiro novo. Um mergulho gelado sob um fio congelante de água. Para piorar, durante a noite o carro tinha ficado coberto de gelo, e a vasilha de anticongelante que guardava no veículo estava vazia. Quando ela entrou no estacionamento, Peterson chegou logo em seguida e estacionou na vaga ao lado.

Erika também estava com torcicolo por ter dormido de mau jeito no colchão desinflado. Saiu do carro e torceu o corpo, em uma tentativa para se endireitar.

– Bom dia. Você está bem? – perguntou Peterson. – Como está o cafofo novo?

Ela estava prestes a dizer que a casa nova era fabulosa e espaçosa e tudo o que sempre tinha sonhado, mas então pensou: *por que tenho que mentir?*

– Meu colchão de ar estourou, então dormi no assoalho duro. E estou sem água quente.

Peterson sorriu enquanto pegava a mochila e travava o carro.

– Dormi no sofá, então sei como é.

– Aquele sofá é desconfortável, mas eu teria dado tudo para dormir em algo mais macio do que o piso.

– Não fui expulso do quarto. Foi por causa do Kyle. Ele tem terror noturno... Por isso que dormi no sofá – Peterson acrescentou rapidamente.

– Minha mãe tinha terror noturno... ela ficava meio acordada, meio dormindo, gritando como se estivesse possuída por alguma coisa.

– É bem isso! Kyle grita e se debate de um lado para o outro. Os olhos ficam arregalados. Dá medo, e leva séculos para conseguir que ele acorde e se acalme – disse Peterson, segurando a porta aberta para ela. – A única maneira para ele se acalmar é dormindo na cama com Fran. E nossa cama é tão pequena... – Eles entraram no calor da recepção. Era pequena e malcuidada e sempre parecia feder a um misto de vômito e desinfetante de pinho. – Olha, a Bed World que fica seguindo a estrada, perto do DLR, está com uma liquidação.

– Tá. Obrigada pela dica... – Quando eles chegaram ao balcão da recepção, os pensamentos de Erika passaram a Charles Wakefield. – Vejo você na reunião. Vou dar uma olhada no sr. Wakefield e ver se ele gostou da noite na prisão.

Peterson assentiu e passou o cartão-chave no sensor perto da porta, que se abriu com um zumbido, liberando a entrada dele na delegacia central.

– Bom dia. Posso dar uma olhada no registro de ontem à noite, por favor? – solicitou ela ao oficial de serviço na recepção. Ele entregou uma folha em suas mãos.

Erika passou os olhos na lista, que detalhava as prisões e os incidentes da noite anterior, e ficou paralisada quando viu o último registro.

– Mas o quê... – murmurou. – Isso está certo? – ela perguntou, apontando para o registro ao pé da página.

– Sim. Ele saiu logo cedo – disse o oficial em serviço. – Acontece que o irmão de Charles Wakefield é Julian Wakefield, o comissário adjunto da polícia!

CAPÍTULO 10

Erika foi até a porta e liberou a própria entrada. Desceu correndo o longo corredor baixo que passava pela escada central e pelos elevadores em direção à sala de custódia. Telefones tocavam, e oficiais uniformizados e membros da equipe interna passavam na direção oposta, aparentando cansaço, tensão e urgência.

A mente de Erika estava acelerada. *Jesus. Por que Charles não disse que o irmão era o terceiro na linha de comando de toda a maldita Polícia Metropolitana de Londres?* Ela relembrou as fotos na sala de estar de Charles, dos dois irmãos. Ela tinha achado que o irmão parecia familiar.

Erika trombou em Moss, que saía do refeitório dos funcionários com um café.

– Bom dia, chefe. A superintendente quer te ver com urgência na sala dela – informou, dando um gole de café.

– Já estava mesmo pensando que ela ia me chamar – disse Erika. Ela deu meia-volta em direção à escada, sentindo um misto de raiva e nervosismo no peito.

A sala da superintendente Melanie Hudson ficava no último andar, no fim do corredor. Erika bateu à porta e esperou.

– Entre – disse a voz abafada de Melanie.

Quando Erika abriu a porta, ela estava sentada à escrivaninha. Era uma mulher pequena com o cabelo loiro e fino. O comandante Paul Marsh também estava na sala, sentado ereto na cadeira e vestido com o uniforme de gala imaculado. Ele tinha um forte bronzeado, e seu cabelo curto e claro ainda era farto, embora ele tivesse 40 e tantos anos.

– Bom dia, Erika – disse ele.

– Bom dia – Erika respondeu com cautela, entrando no escritório. A vista da janela atrás da mesa mostrava um pedaço de Londres, e, ao longe, em meio à névoa, Erika conseguia distinguir as Casas do Parlamento.

– Por favor, sente-se – disse Melanie, apontando a cadeira à frente da mesa.

Erika tinha uma boa relação profissional com Melanie, mas a relação com Marsh era complexa. Eles haviam treinado juntos como agentes de polícia em Manchester, ele era o melhor amigo de Mark e, por alguns anos, todos foram próximos – mas muita coisa havia mudado desde então. Na opinião de Erika, Marsh tinha deixado de lado o ideal de ser um bom agente de polícia para subir rapidamente na hierarquia.

Houve uma pausa constrangida.

– É bom fazer uma visitinha à minha antiga sala. Está um pouco diferente de quando eu a usava – disse Marsh.

– Ah, é mesmo. Está muito mais limpa – disse Erika. – Antes parecia o quarto de um adolescente. Copos sujos de café velho e roupas de ginástica por toda parte... – Melanie não sorriu. Marsh pareceu irritado. – Presumo que esteja aqui para me explicar por que um suspeito que prendi ontem à noite foi liberado sem minha aprovação.

– Erika, o comandante Marsh encontrou tempo na agenda lotada dele para vir explicar diretamente os acontecimentos de ontem à noite – disse Melanie.

– Nepotismo precisa de explicação? – respondeu Erika. – Acabei de descobrir que o irmão de Charles está no topo da Polícia Metropolitana. Imagino que Julian Wakefield mexeu alguns pauzinhos para que o irmão saísse impune depois de agredir um policial – disse Erika.

Melanie negou com a cabeça e estourou:

– Pelo amor de Deus, Erika, fique quieta e escute!

Não era comum Melanie estourar com ela, e isso a conteve.

– Desculpa, mas não fazia ideia de quem era o irmão dele quando o prendi. Apesar disso, eu deveria ter sido notificada por ele ter sido liberado da custódia – disse Erika, sentindo as bochechas corarem pela repreensão. Marsh tamborilou os dedos na mesa.

– É um assunto delicado, Erika. Um momento muito delicado para a Polícia Metropolitana. Como você sabe, a confiança pública na polícia foi desgastada pela imprensa... – Erika abriu a boca para falar, mas ele ergueu a mão. – Posso garantir que Charles Wakefield não foi liberado sem punição. Ele foi levado ao Tribunal de Primeira Instância de Lewisham às 8h. O caso dele foi o primeiro da fila, e ele foi considerado culpado pela seção 89, agressão a um agente da polícia. Foi o primeiro delito dele... ele não tinha sequer uma multa de trânsito, então recebeu uma suspensão condicional da pena e tem que pagar uma multa de mil libras.

Erika ficou surpresa por ele ter sido condenado, mas se sentiu privada da chance de interrogá-lo.

– Onde ele está agora? – perguntou, depois de uma pausa. – Escondido com o comissário adjunto?

– Não. Ao que parece, Charles tem alguns problemas de saúde. Conheço Julian muito bem e só fiquei sabendo hoje que ele tinha um irmão – disse Marsh.

– O problema é que esse não é apenas um simples caso de agressão a um policial – disse Erika. – Eu queria interrogar Charles Wakefield sobre o assassinato brutal de uma jovem. Ele é vizinho de porta dela, e não sei se ele tem um álibi para o horário do assassinato. Nas semanas antes da morte dela, a jovem havia comentado sobre o comportamento estranho do sr. Wakefield, dizendo que se sentia desconfortável e ameaçada pela presença dele. Quando chegamos ontem à noite à cena, ele estava agindo de maneira muito estranha. – Erika começou a explicar o restante dos acontecimentos da noite anterior e também descreveu os gatos mortos que ele estava tentando esconder, bem como o podcast de Vicky Clarke. Marsh ergueu a mão.

– Você acha que ele é um assassino brutal e o homem que está matando gatos há quatro anos?

– É uma coincidência perturbadora.

– Charles Wakefield, claro, deve ser tratado como um cidadão comum...

– Mas ele é um cidadão comum? – interrompeu Erika. – *Nunca* ouvi falar de alguém ser preso às 23h por agredir um policial e às 9h da manhã seguinte ter sido julgado e condenado!

– Você vai precisar de um motivo muito bom para trazê-lo para interrogatório – disse Marsh. – E para interrogá-lo em relação àquele maldito caso do matador de gatos.

– O nome oficial da investigação é Operação Figueira – disse Erika.

Marsh balançou a cabeça, com o rosto vermelho.

– Os resultados da Operação Figueira determinaram que raposas estavam matando aqueles gatos. Raposas, que existem aos milhares em Londres. Sabe quanto dinheiro e mão de obra policial isso custou? Milhões!

– Sim, mas...

Marsh se inclinou sobre a mesa e apontou o dedo no ar.

– Se eu descobrir que você prendeu o irmão do comissário adjunto por causa da...

– Operação Figueira – completou Erika, sentindo uma pontada de divertimento com o gesto quase hitleriano de Marsh.

– Se eu descobrir que você o prendeu por achar que ele é um maldito assassino de gatos, sua carreira vai acabar, Erika. Estou falando sério!

– Realmente acho que ele pode estar envolvido nesse assassinato.

– Todo e qualquer avanço nesse caso relativo a Charles Wakefield, por menor que seja, terá que passar por mim e Melanie. Você entendeu?

Erika se recostou e cruzou os braços.

– Erika – disse Melanie. – Você entendeu?

Caiu um silêncio. Marsh a encarou. Uma veia pulsava em sua testa e, por um momento, ela sentiu uma leve euforia por irritá-lo. *O alto escalão deve estar em pânico por eu estar liderando o caso,* ela pensou.

– Sim. Entendi, claro.

Marsh pegou o quepe e se levantou da cadeira.

– Melanie. Obrigado pelo café.

– Eu que agradeço por você ter encontrado tempo para se encontrar com a gente – disse Melanie, levantando-se. Erika se levantou da cadeira. Ela se deu conta de que tinha que jogar o jogo.

– Paul. Não sou tonta. Desculpa se eu fiquei... se as coisas se acaloraram. Vou avisar a respeito de todo e qualquer acontecimento.

Marsh parou à porta.

– Obrigado – respondeu. – Como está a casa nova? Está se instalando bem? – ele perguntou, mudando de assunto completamente.

– Sim. Mas vai precisar de alguns ajustes – respondeu ela.

– Blackheath é uma região agradável... Lembra aquele apartamento que dividimos em Manchester no nosso primeiro ano na força? Sem carpete nem calefação central. Camas de acampamento. – Ele sorriu com a lembrança. – Mas era divertido, não era?

Erika sentiu uma pontada súbita de remorso e perda. Ela não apenas havia perdido Mark, mas também havia perdido o antigo Paul Marsh.

O bom amigo que ele era antes de ser dominado por sua sede de poder e promoção. Estava três patentes acima dela, e Erika não sabia mais como conversar com ele e, quando conversava, era um desastre.

– Era divertido – respondeu com um sorriso sincero.

– Sinto falta de Mark. Penso nele com frequência.

– Eu também. O tempo todo.

Houve um breve momento em que pensou ver o velho Paul sorrindo para ela.

– Por favor, tome cuidado com esse caso, Erika. Está bem? – pediu ele.

– Tá.

Ele assentiu, fechou o sorriso e foi embora. Depois que ele saiu, caiu um silêncio enquanto Melanie voltava para trás da mesa.

– Desculpa – disse Erika. – Minha relação com ele sempre vai ser esquisita.

Melanie fez um gesto com a cabeça, concordando.

– Só se lembre que eu também sou sua superiora. Você pode ter intimidade com o comandante Marsh quando fala com ele, mas não pega bem falar com ele dessa forma na minha frente.

– Sim, claro. Então, o que realmente vai acontecer agora? Tenho autoridade aqui como responsável pelo caso, mas nós duas sabemos que o alto escalão vai ficar de olho em mim. Charles Wakefield está fora de questão?

– Ao contrário de Marsh, eu li os detalhes do caso ontem à noite. Foi um assassinato brutal e violento. Neste estágio, eu também estaria vendo Charles Wakefield como um suspeito em potencial. Mas um conselho, Erika. Seja esperta. Jogue o jogo. Não entre nessa história como uma bola de demolição se o membro da família de um oficial de altíssimo escalão está envolvido.

Erika esfregou o rosto.

– Certo. Obrigada.

– E lembre-se que, quando Charles Wakefield deu entrada ontem à noite na sala de custódia, o DNA dele deve ter sido coletado. Ele também está em condicional por três meses. Você pode conseguir muita vantagem com isso. Apenas aja com cautela, não saia pisoteando por esse caso feito um elefante maníaco de coturnos.

CAPÍTULO 11

Erika voltou ao setor de investigação e ficou contente ao ver, em meio aos funcionários da administração, sua equipe regular de oficiais de confiança: Moss e Peterson, bem como o detetive John McGorry, um garoto na casa dos 20 anos com o cabelo escuro, e o detetive Crane, um policial de cabelo claro, mais baixo do que ela e poucos anos mais novo do que Erika.

A detetive resumiu rapidamente os acontecimentos da noite anterior, assim como a condenação e liberação rápida de Charles Wakefield. Ela se dirigiu até uma foto de Vicky que ainda não tinha visto. Era um retrato 10x8 em preto e branco. Vicky olhava diretamente para a câmera com um sorriso de Mona Lisa.

– Quem encontrou isso?

– Peguei em um site chamado *Spotlight*, um registro de atores – respondeu Crane. – Ela fez um pouco de teatro e alguns trabalhos pequenos na TV, mas nada nos últimos dois anos.

– Não gosto da coincidência de que Charles Wakefield tinha dois gatos mortos em um saco, tentou escondê-los de nós, e que Vicky Clarke tinha gravado recentemente um episódio de seu podcast investigativo sobre o Matador de Gatos de Croydon. Vou enviar um link do podcast. Vale a pena escutar.

– Você acha que Charles Wakefield é o Matador de Gatos de Croydon? – indagou McGorry.

– Não vamos focar nisso agora.

– Ele está completamente fora do nosso alcance? – perguntou Crane, que estava sentado com os braços cruzados e olhava com a testa franzida para as fotos do local do crime fixadas nos quadros brancos pendurados ao longo da parede dos fundos do setor de investigação.

– Não. Só temos que tomar muito cuidado ao lidar com ele – disse Erika. Ela percorreu a parede com o quadro branco até as fotos do local do crime, do corpo de Vicky deitado no sofá-cama. – Acho que ela conhecia a pessoa que fez isso – comentou ela, batendo na foto. – Não havia sinal de arrombamento no apartamento. A entrada principal do prédio tem um sistema de entrada com cartões-chaves, e a porta dela tem uma fechadura digital e um trinco. É um apartamento pequeno com apenas uma janela de frente e uma de fundo. A janela da frente estava fechada, e a do quarto dos fundos que ela usava como estúdio de gravação está bloqueada com poliestireno.

Erika seguiu para as fotos que foram tiradas no estúdio de gravação improvisado. A escrivaninha preta estava coberta por sedimentos de pó prateado de impressões digitais, que cintilavam sob a luz do flash da câmera.

– Preciso que pressionem nossos colegas da equipe de perícia. Precisamos dos resultados da autópsia, digitais, DNA, análise de sangue. A equipe de informática está com o disco rígido do computador de Vicky. Preciso saber o que tem nele o quanto antes. Quero os registros telefônicos e dados bancários dela. Precisamos investigar os familiares mais próximos e os amigos. Como em todos os casos, precisamos criar um retrato da vida dela e precisamos fazer isso logo... Cobrem todos os favores que estiverem devendo a vocês. Quem tem os resultados do porta a porta?

– Eu – respondeu Moss, levantando-se. – Estamos um pouco como a delegacia que teve todos os vasos roubados.

– Não entendi.

– Não temos onde nos apoiar – disse Moss. Involuntariamente, Erika sorriu. – Os vizinhos da frente não viram nada, nem as pessoas das casas ao redor. Só três vizinhos em Honeycomb Court estavam em casa na hora da morte de Vicky: Charles Wakefield, a sra. Wentworth, uma idosa que mora no andar de cima, e a dona do prédio, Henrietta Boulderstone.

– Estou planejando ir falar com ela depois da nossa reunião – disse Erika.

McGorry ergueu a mão.

– Sei que toda a história do matador de gatos é um pouco controversa – disse ele. – Mas um amigo meu trabalha na Operação Figueira há dois anos. Posso trocar uma palavrinha e ver se ele tem alguma ligação, mesmo que pequena, com a região. Posso contornar a questão toda de Charles Wakefield e apenas mencionar o nome do edifício.

Erika hesitou.

– Se você conseguir pesquisar sem revelar nenhum nome, por favor, fique à vontade. Mas é bom relembrar que o meu está na reta e, se eu chegar perto de Charles Wakefield, preciso ter um motivo muito bom.

– Claro – disse McGorry.

Erika voltou à foto de Vicky.

– Também deveríamos investigar a carreira dela como atriz. Ela fazia testes? Tinha um agente? Atuar afetava sua vida privada? A irmã dela mencionou um namorado, Shawn, mas atores não têm muita rotina no dia a dia. Seria bom ter o máximo possível de contexto sobre a vida dela. Vamos nos reunir de novo amanhã às 9h.

Depois disso, os policiais começaram a trabalhar, e a sala se encheu do burburinho agitado da movimentação da equipe.

CAPÍTULO 12

Erika achou que Honeycomb Court parecia mais suave sob a luz cinza do dia. A estrutura de concreto parecia menos brutal em meio às fileiras de casas geminadas vitorianas de tijolos vermelhos.

Ela estacionou o carro na rua em frente e saiu com Moss e Peterson. Charles Wakefield estava do lado de fora do prédio, no pequeno gramado da frente, segurando uma lixeira preta ao lado de uma mulher pequena e enrugada. Eles estavam encarando a grama destruída que tinha sido revirada na noite passada pelos carros e vans da polícia. Na noite anterior, Erika não tinha prestado atenção ao jardim que ladeava a trilha de concreto até a porta de entrada. Havia uma faixa curva de capim-dos-pampas, algumas flores mortas e uma macieira carregada de frutas. Algumas maçãs estavam caídas ao redor da árvore, amassadas em duas marcas fundas de pneu.

– Isso é *pavoroso* – disse a mulher pequena, abaixando-se para pegar uma maçã atropelada. Sua voz tinha um tom trêmulo e agudo de clarinete. Charles estendeu a lixeira, e ela a jogou dentro. Ele estava usando uma calça de golfe clara com a cintura alta afivelada na barriga e um pulôver xadrez. A senhora de idade ergueu a cabeça e notou Erika, Moss e Peterson se aproximando. Tinha olhos grandes e turvos, lábios salientes envoltos por rugas e um nariz imenso. A testa era muito pequena, resultando em um couro cabeludo baixo que quase colidia com suas sobrancelhas claras e grossas. – Pois não, podemos ajudar? – perguntou, com a voz imperiosa.

Charles baixou a cabeça e se ocupou pegando as frutas caídas. Erika apresentou todos, e eles mostraram seus distintivos.

– Ah. Então vocês são os responsáveis por baterem em minha Knobbed Russet?

Moss ergueu uma sobrancelha, e Peterson a examinou.

– Como é? – disse Erika. A mulher apontou para a macieira com a bengala. A árvore estava curvada.

– *Isso.* Uma de suas viaturas bateu na minha Knobbed Russet... Essa macieira é muito rara... – Ela se agachou e colheu uma das maçãs, e Erika viu que era feia e deformada, com um inchaço que lembrava um tumor enrugado na lateral. – Não se deixem enganar pela feiura delas. Elas têm um delicioso sabor. Ficam ótimas em tortas ou com uma fatia de queijo. Vocês têm sorte que tivemos uma boa safra este ano – acrescentou a mulher, apontando a bengala para a árvore ainda carregada de frutos. – Tomara que não tenham danificado a estrutura das raízes.

– Como a senhora se chama?

– Sou a sra. Henrietta Boulderstone. E prefiro que me chame de *sra.* Boulderstone, por favor... Esse é o sr. Charles Wakefield. – Havia algo no sotaque e no trejeito dela que indicava que pertencia a uma família tradicional e rica.

– Já nos conhecemos. Espero que sua noite na prisão não tenha sido muito desconfortável. – Henrietta ergueu a cabeça para perscrutar Charles. Então aconteceu algo que Erika não esperava: um brilho avermelhado se espalhou pelo rosto suave e brilhante do homem, corando-o. Houve um silêncio constrangedor, e ele manteve a cabeça baixa. – Estamos aqui para investigar o assassinato de Vicky Clarke.

– Assunto terrível. *Terrível* – disse Henrietta, depois de uma pausa longa.

Ela continuava olhando fixamente para Charles. *Será que estava esperando que ele se explicasse?* pensou Erika. Havia algo de infantil e petulante na maneira como ele os ignorava, tirando uma maçã das marcas de pneu enlameadas.

– A senhora conhecia bem Vicky? – perguntou Moss.

– Trocávamos cumprimentos. Somos de gerações muito diferentes.

– A senhora estava em casa ontem à noite? Um dos nossos agentes tocou sua campainha.

– Sim. Eu estava, mas me recolho muito cedo, às 8h. Tenho sorte de ter o sono muito pesado, e minha campainha não funciona. Só vi *isso* – disse apontando a bengala para a grama revirada – quando acordei hoje cedo. Sou dona dos dois apartamentos na cobertura. Uso um deles como ateliê.

– A senhora é artista?

– Sim. Minha mídia principal é fotografia – disse ela, imperiosa.

Charles havia se afastado do grupo na direção do prédio para colher das marcas enlameadas de pneu as últimas maçãs de aparência deformada.

– A senhora viu algum estranho perambulando por aqui ontem à tarde? Estamos procurando nos horários entre 15h e 20h – questionou Peterson.

Henrietta voltou a atenção para Peterson e olhou para ele com ar de aprovação.

– Depende da sua definição de estranho – disse ela.

– Um desconhecido? Alguém agindo de maneira suspeita.

– Defina "agir de maneira suspeita" – pediu ela com um brilho infantil no olhar, colocando a mão no colar de bronze pesado que usava.

– Por favor, responda a pergunta – disse Erika.

Henrietta passou a língua na boca.

– Não. Não vi ninguém suspeito. Na verdade, não vi ninguém o dia todo até Charles ligar às 18h, e subirmos para tomar ar na minha varanda, não é? – acrescentou, virando o rosto para olhar para ele.

– Er, sim – respondeu ele, erguendo os olhos furtivamente, ainda tentando pegar uma maçã do chão.

– Pare de mexer nisso e venha aqui – retrucou ela. Ele se aproximou puxando a lixeira de plástico consigo. Ele parecia infantil e tímido na presença de Henrietta. – Você chegou à minha porta, bem quando o jornal das 18h estava começando e fomos direto para a varanda.

– Sim – disse ele. – Fiquei por menos de uma hora, uns 45 minutos.

– E durante esse tempo na varanda a senhora não viu ninguém chegar nem sair no térreo? – perguntou Erika.

– Não.

– A que horas você saiu, Charles? – perguntou Moss.

– Umas 19h.

– E voltou para seu apartamento?

– Sim.

– Você viu ou ouviu algo de estranho saindo do apartamento de Vicky?

– Não – respondeu ele.

– Gosto de visitas no *happy hour*, mas também gosto quando as pessoas vão embora – acrescentou Henrietta com a voz retumbante, em contraste com as respostas monossilábicas de Charles. – Não vejo mal nisso. Sou boa amiga, em períodos curtos.

– E, Charles, o que você fez antes disso, das 15h até a hora em que visitou a sra. Boulderstone? – questionou Erika.

– Almocei e peguei um trem para a cidade para dar uma volta no Regent's Park – respondeu ele.

– A que horas?

– Saí pouco antes das 14h, e voltei para casa umas 17h20. Comi alguma coisa, depois subi para ver Henrietta... tenho a passagem do trem.

Erika estava anotando no notebook, e caiu um silêncio enquanto ela terminava de digitar.

– Vicky era sociável? Ela recebia muitas visitas? – indagou ela.

– A irmã e o namorado visitavam mais, pelo que eu via – disse Charles. Henrietta concordou com a cabeça.

– Como ele se chama?

– Shawn Macavity. Ele morou aqui por um tempo com Victoria.

– *Ilegalmente*, devo acrescentar – disse Henrietta.

– Ele morava aqui ilegalmente? Não entendi – disse Erika.

– Os contratos de locação dizem que apenas o inquilino ou as pessoas listadas no contrato podem residir na propriedade. Um contrato de locação é um documento legal, não? – disse Henrietta.

Uma van amarela com as palavras Chaveiro Derren Bryant escritas em letras grandes na lateral estacionou na frente do jardim.

– Se me derem licença, preciso resolver isso – disse Charles, apertando o passo para encontrar o homem que saía da van.

– Charles é um bom homem. Incompreendido. Ele não teve uma vida fácil. Ganhei muito com a amizade leal dele – disse Henrietta com a voz baixa enquanto eles observavam Charles guiar o chaveiro para dentro. – Ele trabalha como zelador aqui no prédio, mas em um sentido muito informal. Ele cuida da manutenção leve das áreas comuns, organiza os jardineiros e se algo precisa de conserto. Ele é confiável e honesto.

– Ele tem a chave de todos os apartamentos? – perguntou Moss.

– Meu Deus, não. Como eu disse, é um acordo muito informal. Todos os apartamentos são residências privadas.

– E os outros moradores? – perguntou Erika.

– Beryl Wentworth, que mora no andar de cima, é reservada. Ray fica fora na maior parte do ano, trabalha na China, algo a ver com computadores. As meninas búlgaras são uma *graça*. Sophia e Maria. Muito inteligentes e educadas. Médicas-residentes. É muito bom ver estrangeiros garantindo seu sustento.

– Elas estão em casa hoje? – perguntou Erika, ignorando a provocação.

– Não, acabamos de bater na porta delas. Sei que trabalham muito... turnos noturnos. – Ela olhou para o jardim revirado ao redor. – Está bem frio, pode me ajudar a subir? Vou mostrar meu ateliê para vocês – acrescentou, olhando para Peterson e oferecendo o braço.

CAPÍTULO 13

O saguão era diferente à luz do dia. As paredes eram azul-celeste, e a luz que entrava pelas janelas parecia dançar pela pintura.

Henrietta olhou de relance para a porta fechada do apartamento de Vicky onde a fita de isolamento estava colada, vedando-a.

– Está muito feio lá dentro? – perguntou a Peterson. Ele abriu a boca e hesitou. – Ah, tão ruim assim... – acrescentou ela. Seu rosto estava pálido.

A porta de Charles estava fechada e dava para ouvir o barulho do chaveiro trabalhando atrás dela. Henrietta se dirigiu de maneira lenta e constante ao elevador no fundo do saguão, segurando o braço de Peterson. Erika e Moss foram atrás. Eles usaram o elevador para subir os três andares e, quando chegaram à cobertura, o pé-direito era alguns centímetros mais alto do que nos outros andares, e o patamar tinha uma longa fileira de claraboias que aumentava a sensação de luminosidade e espaço. Havia uma porta em cada lado do corredor.

– Meu ateliê é aqui – mostrou Henrietta. Ela tirou um molho de chaves do bolso e destrancou a porta. – Entrem, por favor.

Erika se perguntou por que ela os fez subir até lá – seria para exibir seu trabalho? O ateliê era um cômodo inteiro aberto e enorme com uma parede de vidro de um lado com uma vista espetacular de Londres e Blackheath. O sol cintilava atrás das nuvens e parecia que uma tempestade estava se formando no horizonte. A parede oposta tinha uma prateleira alta de madeira com frascos de substâncias químicas e materiais de arte. Ao lado, um freezer e uma geladeira antiga, com a marca Red Bull estampada na porta de vidro transparente, cheia de caixas de filme fotográfico.

– Aquela é minha câmara escura – contou Henrietta, apontando para uma porta atrás do freezer.

As outras paredes estavam cheias de fotografias lindas retratando texturas e cores fortes, bem como formas incrivelmente intrincadas. Em uma foto, Erika viu os contornos uniformes da areia em um fundo do mar cristalino, e outra parecia ser um close extremo de cristais de gelo.

– O que é isso? – perguntou Moss, que estava igualmente intrigada, ao lado de Peterson, diante de uma foto de um disco prateado de textura áspera.

– É uma moeda cunhada na era normanda. É uma ampliação extrema da borda da moeda – disse Henrietta, juntando-se a eles e observando a foto. – Tenho outra assim de uma bola de sinuca. – Ela apontou para uma foto que parecia a superfície rochosa da encosta de um penhasco. – Quando ampliada ao extremo, há picos e vales que parecem fazer parte de uma cadeia montanhosa.

– E o que é isso? – perguntou Peterson, apontando para a foto de uma massa avermelhada que continha várias bolhas e uma elevação coberta de penas.

– O trato digestório de um cavalo. Não tenho o cavalo inteiro aqui no estúdio, apenas o intestino. Fiz uma série de fotos sobre a carne e a anatomia de animais selvagens. Por isso o freezer. – Ela apontou a bengala para o freezer que zumbia nos fundos do ambiente. Erika, Moss e Peterson trocaram olhares. Henrietta percebeu e encarou Erika. – Qual é o problema?

– Algum de seus projetos fotográficos envolve gatos? – perguntou Erika.

– Sim.

– E você pediu a Charles que jogasse esses gatos fora?

– Sim. Ontem, depois que bebemos, pedi que ele deixasse os corpos de dois gatos mortos que eu tinha nesse freezer na lixeira do prédio.

– Onde você encontrou os gatos mortos? – questionou Erika, sentindo-se triunfante, mas também um pouco assustada por seus instintos sobre Charles estarem errados.

Henrietta mancou até uma mesa atulhada perto da janela e folheou uma pilha de papéis.

– Ah, aqui – disse ela, estendendo uma folha de papel. Erika foi até a escrivaninha e a pegou. – Tenho que manter registros oficiais para o Conselho das Artes, que financia parte da minha obra. É uma fatura, de certo modo, da Clínica Veterinária Fogle & Harris em Dulwich. Os corpos de dois gatos que, infelizmente tinham sido sacrificados, foram doados para mim para uso fotográfico.

Erika passou os olhos pela fatura.

– Quanto tempo você guarda os cadáveres antes de jogar fora?

– Eu os congelo, depois os descongelo para a fotografia. Tenho que tomar cuidado com a decomposição, só tenho uma hora antes de as coisas ficarem nojentas. Jogo fora os restos menores na noite anterior do dia da coleta de lixo, assim não ficam fedendo nas lixeiras do prédio. É tudo dentro da lei.

– Por que Charles omitiu essa informação? – disse Erika. – Ele poderia ter poupado muito do nosso tempo.

– Pedi para ele não contar a ninguém sobre esse projeto em particular. As pessoas podem ser muito sensíveis com essas coisas.

– Mas olhe até onde chegou. Ele foi preso... – disse Moss.

– Charles é muito leal. Um amigo muito bom, em detrimento próprio – contou Henrietta.

– Vicky chegou a conversar com você sobre o acordo que tinha com essa clínica veterinária? – perguntou Erika.

Henrietta a encarou, confusa, com as sobrancelhas grossas franzidas.

– Por que ela faria uma coisa dessas?

Erika detalhou brevemente o podcast de Vicky e o episódio que ela havia gravado sobre o Matador de Gatos de Croydon.

Henrietta balançou a cabeça.

– Não, nada disso. Eu nem sabia sobre esse... como você chamou?

– Podcast.

– O que é um podcast?

– É como um programa de rádio – disse Moss.

– Bom, ela nunca falou comigo sobre isso. E, como eu disse, sou bem discreta sobre meu trabalho. Essa é uma rua muito pacata. Um prédio pacato. Estou em choque com essa coisa pavorosa que aconteceu.

– Por que Charles não nos disse logo que tinha gatos mortos no saco? – perguntou Erika quando voltaram ao carro. Ela olhou para a fatura do veterinário. – Ele realmente só estava jogando os corpos fora.

– Ele até bateu em um agente da polícia – disse Moss.

– Mas isso não tinha nada a ver com o assassinato de Vicky Clarke... Isaac estimou a morte de Vicky entre 15h e 19h. Charles precisaria tê-la matado entre 17 e 18h, tomado banho para subir para o apartamento de Henrietta para tomar drinques – disse Erika. Peterson voltou do prédio para o carro.

– Charles acabou de me dar essa passagem de trem e o recibo de segunda-feira – disse ele, erguendo-os. – Ele comprou a passagem na estação de trem de Blackheath às 13h55. E pegou o trem para a London Bridge às 14h03.

Erika pegou os dois recibos para conferir o registro de data e hora.

– Ele pagou em dinheiro – disse ela. – Mas podemos pedir as câmeras do circuito de segurança da estação. Ele disse a que horas pegou o trem de volta para cá?

– Sim. Ele disse que pegou o trem das 17h em London Bridge. Demora uns vinte minutos; se somar mais alguns de caminhada da estação, ele estaria de volta aqui em Honeycomb Court lá pelas 17h20 – disse Peterson.

– Isaac já oficializou o horário da morte? – perguntou Moss.

– Ainda não – respondeu Erika. – Só temos a estimativa de que Vicky Clarke foi morta entre 15h e 19h.

– Ele pode ter matado, teve meia hora – disse Moss.

– Você viu o apartamento dele, onde ele poderia ter se limpado depois do crime? E ainda se livrado da arma do crime? E das roupas ensanguentadas? É tudo muito apertado.

– E o banheiro de Vicky? O assassino pode ter se lavado lá – disse Moss.

– Sim. Repito: estamos esperando as evidências do DNA do local do crime – respondeu Erika.

Eles ficaram em silêncio por um momento.

– Quero conversar com aquelas irmãs, as búlgaras que moram na frente. Ainda não sabemos se elas estavam em casa na segunda – disse Erika. – Mas primeiro quero fazer uma visita ao namorado de Vicky.

CAPÍTULO 14

Erika examinou os botões da campainha. Havia seis "unidades" no prédio em que Shawn Macavity morava. Três pareciam ser empresas: ABELHINHA CRIATIVA ficava embaixo de DEDOS DIGITADORES LTDA. e YOGA PET. O nome SHAWN M estava escrito em caneta esferográfica num pedacinho de papel em cima de SR. AEGEDFIST e PERRY GORDON.

Moss já ia tocar a campainha quando a porta se abriu e uma jovem de cabelo escuro comprido e encaracolado e um *trench coat* saiu às pressas com o cartão de transporte na mão e a bolsa pendurada no ombro. Ela mal olhou para eles enquanto subia a via correndo com seus saltos altos.

– Atrasada para o trem, essa é a vida de Londres... – disse Peterson, virando-se, junto com Moss, para observar a mulher que corria. Erika ficou contente por não ter que tocar a campainha. O elemento surpresa funcionava bem.

No fim do corredor, um lance de escada dava para três portas fechadas. O apartamento de Shawn era o mais afastado. O prédio todo parecia ser mal construído, com paredes finas trepidantes, e os passos ecoavam enquanto eles andavam.

Erika bateu à porta e esperou um momento. Ela bateu de novo e, por fim, um rapaz magro abriu a porta. Ele vestia apenas uma larga cueca cor de vinho e tinha um cabelo castanho comprido e farto que caía sobre os ombros. Seus olhos tinham um ar assombrado.

– Pois não? – disse ele. Por de trás dele, conseguiam ver a quitinete moderna com uma cozinha minúscula e um sofá-cama aberto.

– Shawn Macavity? – perguntou Erika.

– Sim – respondeu, estreitando os olhos, confuso. Ele tinha o sotaque cordial do norte.

– Sou a detetive inspetora-chefe Erika Foster, e esses são a detetive inspetora Moss e o detetive inspetor Peterson – disse Erika enquanto todos mostravam seus distintivos. – Precisamos conversar com você sobre sua namorada.

– Quem? – Ele cruzou os braços. O vento da corrente de ar do corredor arrepiou os pelos em sua pele pálida.

– Vicky Clarke – respondeu Peterson.

– Vicky? Não somos namorados. Faz tempo que não somos. Somos mais amigos agora... – Erika notou que ele estava batendo o pé descalço no chão e parecia agitado. – O que Vicky aprontou?

– Podemos entrar?

Ele hesitou, depois fez sinal para eles entrarem e fechou a porta atrás de si.

– O que leva você a pensar que ela aprontou alguma coisa? – perguntou Peterson.

– Vocês parecem importantes. Roupas à paisana. Só imaginei que...

– Sinto informar que Vicky foi encontrada morta ontem à noite – disse Erika.

Ela observou com atenção o rosto dele murchar.

– Vicky? – disse ele.

– Sim.

– Vicky está morta? – repetiu, incrédulo.

– Infelizmente.

Ele se afundou no sofá-cama, com um baque melodramático das molas do colchão, e colocou a cabeça entre as mãos.

– Não entendo. Onde? – disse ele, olhando para Erika.

– A irmã encontrou o corpo dela no apartamento em Honeycomb Court.

– Vicky? – disse ele mais uma vez. Shawn ficou em silêncio por um momento, depois pareceu se recuperar. – Invadiram o apartamento? Falei para ela se lembrar de trancar a porta. Aquela região anda decaindo muito.

– Ainda estamos investigando – contou Erika. Ela olhou ao redor pela quitinete. Era uma bagunça de roupas e papéis. Pratos sujos estavam empilhados na pia e, no canto, uma guitarra estava em um suporte ao lado de um teclado elétrico.

– Podemos perguntar onde você estava ontem entre 15h e 19h? – perguntou Peterson.

– Vocês acham que fui *eu*? – disse ele, a voz se erguendo em pânico.

– Estamos fazendo a mesma pergunta para todos os que eram próximos de Vicky – respondeu Erika.

– À noite eu estava no trabalho... Aqui perto, no Golden Lamb – contou, apontando na direção da janela.

– A que horas você começa no trabalho?

– Das 18h até fechar, umas 23h30, mas ontem cheguei um pouco antes, uns quinze minutos para... Eu levaria mais ou menos uma hora para chegar aqui vindo de Blackheath de transporte público, então eu não tinha como estar lá nesse horário – disse ele, apertando o cabelo comprido desgrenhado com o ar dramático.

– E onde você estava entre as 15h e as 17h45?

– Passei o dia todo aqui, de boa, cochilando, até dar umas 17h20. Tomei um banho, comi um sanduíche e fui trabalhar às 17h45. É subindo a rua.

– Alguém pode confirmar que você esteve aqui o dia todo? – perguntou Peterson.

– Não, mas eu estava.

– Quando você viu Vicky pela última vez? – indagou Erika.

– Mais ou menos uma semana atrás. Nós, quer dizer, *ela* grava o podcast às quintas e eu estava compondo e tocando a música incidental dos episódios... Espera, não foi na quinta passada, mas na outra. Foi no dia 11 que nos encontramos, no apartamento dela.

– E como Vicky estava?

– Bem. Vicky morreu? Sério?

– Sim.

– Não acredito. Tess, a irmã dela, teria me ligado. Ela sabe?

– Sim. Ela que encontrou Vicky.

– Sim. Claro... Merda!

– Você tem uma boa relação com Tess?

– Eu meio que só conheço ela. Ela e Vicky nem sempre se dão bem.

– Por quê?

– Ela nunca aprovou Vicky ser atriz. Também sou ator. A gente se formou no mesmo ano. O podcast dela... Ela estava começando a se dar muito bem com o podcast sobre crimes. Estava tentando arranjar patrocínio; por enquanto só ganhava algumas libras com links afiliados. – Shawn ainda parecia distraído e em choque.

– Tinha alguma coisa em que ela estava envolvida que poderia tê-la colocado em perigo? – perguntou Erika, desejando ter mais informações sobre os episódios do podcast.

Ele pareceu se desligar por um momento, depois voltou.

– Não. Acho que ela falava mais com as vítimas de crimes. Ela não estava falando com ninguém perigoso, pelo que eu sei.

– Ela mencionou que estava incomodada com alguma coisa, tipo alguma pessoa esquisita perambulando ao redor do prédio? – perguntou Moss.

– É Londres. A gente precisa encarar pessoas esquisitas com tranquilidade.

– O que você quer dizer? – perguntou Erika.

– Não, ela não me falou de ninguém esquisito. Sou de Burnley e todo mundo é muito mais simpático, agradável. Foi um choque quando vim para Londres. Tem umas duas meninas que moram no andar dela, estudantes de Enfermagem; elas são simpáticas. – Ele estava divagando, sem conseguir se concentrar no assunto.

– Você está falando das vizinhas de frente de Vicky? Elas são estudantes de Medicina – disse Erika.

– Isso. Só as encontrei uma ou duas vezes. A velha que é dona do prédio é meio vaca, às vezes pelo menos, e tem um amiguinho estranho. Charles. Ele é um pouco enxerido.

– Em que sentido?

– Toda vez que alguém chega ou vai embora, ele está observando, como um espião. Ele fez um fuzuê quando morei lá, dizendo que a gente estava violando os termos do contrato. Tess se resolveu com Henrietta. Mas eu estava ajudando com o aluguel, e Tess é a dona do apartamento. Não acredito que Tess não me contou, e ela encontrou o... ela encontrou o corpo de Vicky?

– Sim – respondeu Erika.

– Não acredito – disse Shawn, melodramático. – Não acredito que ela morreu.

– O que você acha? – perguntou Erika. Moss e ela estavam voltando ao carro que estava estacionado na rua principal de Forest Hill.

– Ele me parece muito nervoso – disse Moss.

– Acabamos de contar para ele sobre Vicky.

– Eu sei, mas não é estranho como ficou pedindo várias vezes para confirmarmos? Ele ficava dizendo: "Vicky? Sério?" Sem parar.

– Sim, mas não existe uma reação certa.

– Poxa. Estamos fazendo isso há muito tempo. Tinha alguma coisa estranha, não tinha?

– Tinha – concordou Erika. Moss tinha razão, havia algo estranho que ela não conseguia identificar. – Ele é ator. Você acha que estava atuando?

– Se sim, ele precisa pedir o dinheiro de volta para a Escola de Dramaturgia. Shawn não foi muito convincente – disse Moss.

Peterson saiu do pub Golden Lamb, esperou uma pausa no trânsito e atravessou a rua correndo na direção do carro.

– Certo. O álibi dele confere. O gerente disse que Shawn chegou às 17h50. Ficou até fechar.

Erika pensou por um momento.

– Ele poderia ter matado Vicky e voltado a tempo. Ele teria tempo de sobra. Mas Shawn não tem carro. Se ele a matou, teria que matar e depois voltar para Forest Hill para trabalhar. Vamos pedir as imagens das câmeras do transporte público na região.

CAPÍTULO 15

No caminho de volta de Forest Hill a Lewisham Row, Moss estava sentada ao lado de Erika no banco de passageiro e Peterson estava no banco de trás, falando ao celular com Crane, pedindo que ele encontrasse as imagens das câmeras de segurança da estação de trem de Blackheath para poderem verificar o álibi de Charles Wakefield.

– Se Shawn estava no apartamento de Vicky por volta da hora em que ela foi morta, tem uma boa chance de que tenha passado naquele ponto de ônibus – disse Moss. – Ele não tem carro. Ele teria que ter ido a pé, de bicicleta ou de transporte público.

– Ou Uber – considerou Erika. – Peterson, peça para Crane investigar viagens de Uber e táxi – ordenou, se voltando para o colega, que assentiu. – Nada de Isaac – disse, olhando o celular.

– Mal passou um dia – disse Moss.

– Ele me falou que faria a autópsia ontem à noite, assim que voltasse ao necrotério.

– Acabou de passar da hora do almoço – disse Moss.

Erika assentiu, tentando não deixar sua impaciência se transformar em irritação. Isaac era um patologista brilhante, além de um bom amigo. Sabia que, tirando algum imprevisto, ele logo lhe daria um resultado, mesmo que fosse preliminar. Ao parar em um semáforo, ligou para o colega. Caiu direto na caixa postal e ela deixou uma mensagem perguntando se ele estava bem e pedindo para que ligasse assim que pudesse.

Quando eles chegaram, o setor de investigação estava movimentado.

– Chefe, estou com Fiona Watson na linha – disse Crane, estendendo o aparelho para Erika com a mão no fone.

– Quem?

– É a oficial de acompanhamento familiar de Tess Clark.

Erika assentiu e pegou o telefone.

– Tem alguma informação de quando gostaria que Tess identificasse formalmente o corpo da irmã? – perguntou Fiona. O jeito de ela falar era ligeiramente afetado e seco.

– Nosso patologista costuma ser muito rápido, mas ainda estou esperando uma resposta – disse Erika, tirando o celular do bolso para ver se havia uma mensagem ou uma ligação perdida de Isaac.

– Tess quer saber se pode sair.

– Claro. Aonde ela quer ir?

– Trabalho... – Fiona baixou a voz. – Jasper, o marido, passou a manhã toda ligando, dizendo que não consegue cuidar do restaurante sozinho.

– Eles abriram o restaurante hoje?

– Sim. Parece que têm muitas reservas para o almoço – disse ela, com uma nota de desdém. – É logo na esquina em que ela mora.

– Você já falou com o marido, Jasper? – perguntou Erika.

– Sim. Encontrei com ele no café da manhã. Ele preparou uma bela fritada. Com chouriço e tal.

Erika olhou para as fotos na parede. A violência das feridas de Vicky, o rosto e o cabelo cobertos de sangue seco.

– Mesmo se eu tiver novidades, só vamos conseguir organizar uma identificação no fim da tarde – disse Erika.

– Tá – disse Fiona. – Vou para o restaurante também, caso precise entrar em contato com eles rapidamente. Me mantenha a par.

– Tá tudo bem? – perguntou Crane quando Erika desligou o telefone. Ele estava sentado à mesa dele com a tela de computador cheia de arquivos de vídeo. Erika passou a mão no cabelo.

– Se sua irmã morresse de maneira hedionda, você tiraria o dia seguinte de folga?

– Depende do meu trabalho. Se eu fosse um neurocirurgião e tivesse uma cirurgia importante, acho que eu iria trabalhar – pontuou ele. – Se fosse minha sogra, eu abriria um champanhe.

Erika riu.

– Não. É a irmã de Vicky e o marido dela. Eles têm um restaurante em Blackheath. E é horário de almoço de uma terça-feira. Pensei que fossem fechar, em sinal de respeito.

Crane concordou com a cabeça.

– Era de se imaginar que sim – comentou.

Erika continuou:

– A lavanderia perto de onde eu morava em Forest Hill sempre fechava quando uma das senhoras que trabalhavam lá morria.

– Vai ver é a geração mais antiga que tem mais respeito e valor pela vida. Ou talvez eles não possam fechar o restaurante porque precisam do dinheiro.

Erika assentiu e franziu a testa.

– Fiona, a agente de família, acabou de dizer que o cunhado preparou um belo café da manhã para elas, com chouriço e tudo. Não é estranho?

– O chouriço?

– A irmã é assassinada na noite anterior. Tess encontra o corpo. Depois, na manhã seguinte, é um dia como qualquer outro, enchendo a barriga com um belo café da manhã todo gorduroso. É esquisito. Não é?

– As pessoas são esquisitas, chefe. Não se esqueça disso. E ser esquisito não necessariamente significa ser criminoso – disse Crane.

– É, você tem razão – disse Erika. – Desculpa te incomodar com isso.

– Imagina – respondeu. Ele voltou a olhar para a tela do computador e clicou em um arquivo de vídeo que exibia uma imagem do saguão e da bilheteria da estação de trem de Blackheath. Erika encarou a tela de seu computador e digitou uma pesquisa: "*Restaurantes fecham por luto na família?*". Depois deletou a busca, sentindo-se idiota.

O resto da tarde passou devagar. Não chegaram muitas informações à sala de operação e tudo precisava ser confirmado e acompanhado. Erika deixou mais duas mensagens para Isaac. Às 20h, todos já tinham ido para casa, e Erika decidiu encerrar o dia.

Quando já tinha saído do estacionamento e estava prestes a pegar o cruzamento, lembrou-se da liquidação de camas que Peterson tinha comentado. A última coisa que ela queria fazer era visitar uma loja de camas, mas a ideia de dormir no assoalho duro foi um incentivo.

Quando ela parou o carro na frente de Bed World, o estacionamento estava lotado, apesar do horário. Na vitrine, em letras garrafais pretas e vermelhas estava escrito: liquidação de camas de casal queen e king size!

Erika saiu do carro e entrou na loja, determinada a comprar a primeira cama decente que encontrasse e dar no pé. Outros clientes vagavam pela loja e, quando Erika foi olhar uma cama queen size com uma cabeceira moderna, viu Peterson e Fran a duas camas de distância. Ele estava deitado no colchão e ela estava sentada na ponta, testando a resistência.

Erika já estava dando meia-volta para ir embora quando os dois ergueram os olhos e a viram. Peterson ficou paralisado, depois se sentou. Uma expressão estranha perpassou seu rosto, como se tivesse sido pego na cama com a pessoa errada. Fran se levantou e ajeitou a saia.

– Vai comprar uma cama? – perguntou ela.

Erika olhou ao redor.

– Seria ótimo ter alguém com um poder de dedução como o seu na minha equipe – disse ela. A intenção era que fosse uma piada, mas quando acabou de falar percebeu que soou maldoso.

– Erika me contou que está sem cama na casa nova, e comentei dessa promoção – disse Peterson, que agora estava se sentando e ajustando a gravata.

– Sim, dormir em um colchão de ar não é muito divertido – disse Erika. *Você poderia ter me falado que estava pensando em vir aqui à noite*, ela pensou. Houve um silêncio constrangido.

– Bom, um prazer ver você. Vamos deixá-la à vontade – disse Fran. Ela virou as costas para Erika e começou a falar sobre a largura da cama e se caberia no quarto.

Peterson movimentou a cabeça, fazendo um gesto silencioso de desculpas para Erika e se afastou. Ela se dirigiu à outra ponta da loja. Seu coração batia rápido e Erika se sentiu envergonhada. Olhando ao redor freneticamente, percebeu que tinha entrado na seção infantil, repleta de camas em formato de carros de corrida, dinossauros, e até uma que parecia um vaga-lume gigante. Uma garotinha pulava na cama de carro de corrida, segurando o volante.

Erika atravessou para o outro lado da loja, e viu que ali havia apenas casais ou casais com filhos, e se sentiu subitamente exposta por ser solteira e sem filhos. Um adolescente alto de terno preto, parecido com o Tropeço de A *Família Addams*, surgiu atrás dela.

– Posso ajudar? – entoou. Ele tinha uma fita métrica ao redor do pescoço, e fez Erika pensar mais em um agente funerário do que um vendedor de camas.

– Sim. Quero comprar aquela cama. Agora – disse ele, apontando.

– Ótimo, senhora. É uma escolha *muito* boa. Essa cama em particular tem um sistema patenteado de molas internas de quatro níveis, envoltas por algodão antibacteriano de origem orgânica. E posso ver, se não me leva a mal, que a senhora é uma mulher alta...

– Sim, vou comprar – disse Erika, interrompendo o discurso. Fran e Peterson agora estavam deitados lado a lado em uma cama exótica de dossel de *chiffon*. Fran estava segurando a mão dele e rindo alto.

– Claro, senhora.

– Estou com pressa.

– Sim, mas a senhora teria interesse em um jogo de colchas bordadas com prata de verdade? Oferecem cem por cento de proteção contra bactérias e MRSA – disse Tropeço.

– Só quero comprar a porra daquela cama – disse Erika, perdendo a paciência. As sobrancelhas dele se ergueram.

– *Senhora*. Aqui, na Bed World, nós não toleramos comportamento abusivo... – ele começou a dizer. O celular de Erika tocou e, quando ela o tirou da bolsa, ficou aliviada ao ver que era Isaac. Ela se afastou de Tropeço para atender a ligação.

– Oi. Estava tentando ligar para você. Tá tudo bem? – perguntou.

– Desculpa, fizemos algumas descobertas confusas, e eu precisava ter certeza antes de ligar para você – contou ele, com a voz exausta.

– O que foi?

– É o corpo daquela jovem que você encontrou ontem. Não é Victoria Clarke.

CAPÍTULO 16

A entrada do necrotério era perto da chaminé alta do incinerador do hospital e, quando Erika estacionou e saiu do carro, havia um cheiro doce e repugnante de queimado no ar gelado. Ela ergueu a gola do suéter sobre o nariz e correu até a porta onde Isaac a esperava, sentado no escuro da recepção onde a única luz vinha de uma tela de computador.

– Oi – cumprimentou ele, exausto. – Deveria ter esperado até amanhã para ligar para você?

– Não. Preciso saber – disse Erika. Ela olhou o relógio; eram quase 22h.

– Eu só precisava ficar alguns minutos no escuro – disse ele, levantando-se. – Estou trabalhando sob a luz forte faz dezesseis horas. Vamos descer?

– Sim – concordou Erika. – Só não entendo. A irmã encontrou o corpo. Pegamos todas as informações com ela.

Eles desceram um longo corredor com pé-direito baixo, seus passos ecoando pelas paredes de concreto.

– Acessei os registros médicos de Victoria Clarke pouco antes de fazer a autópsia – disse Isaac. – Mostrava que ela era uma jovem saudável. Nunca tinha ido ao hospital. Nunca fez uma operação nem quebrou um osso, nem mesmo fez uma obturação, o que é impressionante aos 27 anos.

Eles chegaram a uma porta alta de metal, e Isaac a abriu com seu cartão-chave. Uma rajada de ar frio atingiu Erika, e eles entraram na luz fraca do necrotério. Uma longa fileira de câmaras frigoríficas altas zumbia e, na ponta de uma fileira de mesas de autópsia de aço inoxidável, estava o corpo pequeno da moça.

Erika caminhou para junto do corpo, passando pelas áreas de sombra até onde ele estava sob uma luz forte. Ela tentou relembrar a noite anterior, quando a tinha visto deitada na cama. A jovem na mesa parecia completamente diferente. Ela estava toda bege. O cabelo escuro e comprido estava penteado atrás da cabeça, e o sangue tinha sido lavado. O rosto pendia com a boca aberta, o maxilar caído de maneira a alongar seu rosto. As bochechas eram côncavas e a ausência de sangue em seu rosto dificultava diferenciar entre a pele de seus lábios, bochechas e pálpebras. Tinha um hematoma enorme no alto da testa, que alterava a simetria de seu rosto. Erika viu que faltava uma mecha de cabelo no lado esquerdo da cabeça.

Em um nível prático, os cadáveres não têm adornos que indicavam seu estilo de vida e personalidade – como roupas, joias e maquiagem. A morte faz a pele murchar, e o rosto ceder e se contrair. Às vezes, um corpo morto dá a impressão de que a pessoa está apenas dormindo. Na maioria das vezes, é completamente diferente de como a pessoa se parecia em vida.

– Essa moça removeu todos os dentes do siso – disse Isaac, quebrando o silêncio. – Também encontrei uma cicatriz muito fina e tênue ao longo da coluna e, quando extirpei... cortei a região, descobri que ela tinha feito uma cirurgia de fusão espinal na infância. Havia uma pequena placa de titânio nas costas ligando três vértebras. É uma operação usada para corrigir problemas na coluna na adolescência.

Erika encarou o corpo com a incisão em forma de ípsilon costurada no peito.

– Vamos aos resultados da autópsia – disse Isaac.

Erika concordou.

– Determinamos oficialmente que o horário da morte foi entre 17h e 19h, estreitando o intervalo. Você encontrou o corpo dela às 20h15?

– Foi depois das 20h30... Eu estava passando na frente do prédio e ouvi a irmã, Tess, gritar. Quer dizer, não é a irmã dela. Ela realmente não percebeu que essa não era Vicky?

– Elas têm um corpo parecido, e o mesmo cabelo e cor dos olhos. Tem até semelhanças no formato do rosto. E ela foi muito espancada e estava coberta de sangue. O maxilar esquerdo está fraturado, causado por um golpe forte na cabeça. É o mesmo lado do hematoma no rosto, o que altera o seu formato. E o incisivo superior esquerdo está lascado.

Isaac entregou para Erika um saco de evidência com um pedaço de fio emaranhado.

– Os punhos dela estavam amarrados com fios. Fios elétricos de cobre – contou ele.

– Fios elétricos. Jesus – disse Erika, pegando o saco.

– Dá para ver que os fios cortaram a pele dela – explicou Isaac, erguendo o braço esquerdo do cadáver com delicadeza, depois o direito, e mostrando as lacerações fundas na pele ao redor dos punhos. Ele voltou a baixar os braços dela e depois os cobriu com cuidado com o lençol que cobria o restante do corpo. – Ela foi esfaqueada 26 vezes e, como você pode ver, as facadas estão por todo o corpo. Ela tem um pequeno hematoma nos braços, na caixa torácica direita. Cabelo arrancado da têmpora esquerda. Nenhum sinal de agressão sexual. E não havia drogas nem álcool na corrente sanguínea.

– Um ataque ensandecido e aleatório – disse Erika, sentindo repulsa pelo número de facadas que cobriam braços, pernas, tronco, seios e pescoço.

– Duas dessas facadas perfuraram o pulmão esquerdo, outra atingiu a artéria subclávia, como desconfiei, que é um dos principais vasos sanguíneos do tórax. – Isaac indicou a região do peito. – Essa artéria importante transporta sangue rico em oxigênio do coração até partes da metade superior do corpo, incluindo os braços, a cabeça e o pescoço. As artérias subclávias estão dos dois lados do corpo – disse Isaac, indicando os dois lados do próprio pescoço até o peito. – Havia mais duas facadas no lado direito do peito, e uma delas perfurou a veia cava superior, que é uma das principais artérias ligadas ao coração. Isso, com a ferida na artéria subclávia, resultou na catastrófica perda de sangue.

– Quanto tempo ela demorou para morrer?

– O agressor atingiu duas artérias grandes, mas o coração dela deve ter continuado bombeando sangue. Se estava lutando para fugir e sair do quarto, o nível de perda de sangue teria aumentado com a frequência cardíaca. Ainda assim, levaria alguns minutos.

Erika voltou a olhar para a jovem. Os minutos deviam ter parecido horas para ela, assustada e sangrando até a morte.

– Você disse que achou que ela estava dobrada no colchão do sofá-cama?

– Sim. Os ombros foram deslocados, e o pescoço está quebrado. Acho que o agressor amarrou os punhos dela quando ela estava na cama, depois a dobrou no colchão com o estrado e usou o próprio peso para prendê-la.

Acho que ele estava nessa postura enquanto a esfaqueava através do colchão. O peso dele sobre o corpo dela dobrado teria feito com que os ombros se deslocassem e o pescoço se quebrasse.

Erika teve que respirar fundo e se concentrar. A morte daquela pobre mulher tinha sido horrível. Ela tirou o celular do bolso e navegou até encontrar a foto promocional de Vicky do site de atores. Isaac deu a volta pela mesa para chegar perto dela, e Erika colocou a tela do celular com a foto de Vicky do lado do rosto da mulher na mesa de autópsia.

– O nariz é parecido. A linha do cabelo também, mas os lábios dela são mais finos e os olhos têm um formato mais amendoado, quase de gato – pontuou ele.

– Você faz alguma ideia de quem seja ela? – perguntou Erika.

– Não.

Erika soltou um longo suspiro.

– Agora tenho um corpo não identificado e uma pessoa desaparecida.

CAPÍTULO 17

– Quer tomar um café? – perguntou Isaac, quando eles saíram para o estacionamento do necrotério.

– Seria perfeito agora, mas preciso contar a Tess Clark que aquele corpo não é da irmã dela. Não quero esperar até de manhã.

– Entendo... – disse Isaac. Erika pegou o celular e a câmera se ativou para destravar a tela com reconhecimento facial.

– Ai, meu Deus, como estou velha – disse Erika, vendo sua aparência iluminada pelos holofotes alaranjados do estacionamento.

– Você não está velha. É só a luz que é ruim – disse Isaac.

– Sei que você está mentindo, mas obrigada.

– Desativei o reconhecimento facial do meu celular.

– Ficou preocupado com algum aspecto de segurança?

– Não. Só não gosto de ver minha cara tão de perto!

Apesar da desolação da visita ao necrotério, Erika riu.

– Escuta. Vamos deixar o café para uma próxima? Você poderia me visitar uma noite desta semana para ver a casa nova. Você mora na esquina.

Isaac sorriu e deu um abraço nela.

– Está bem. Eu vou, sim. Não trabalhe demais. Vejo você em breve.

Depois que Erika se despediu de Isaac no estacionamento do necrotério, ela ficou sentada no carro com o olhar meio distante por um longo momento, pensando na jovem e na violência horrenda que havia sofrido, e derramou uma lágrima silenciosa. Um estalo a sobressaltou, depois outro, enquanto duas gotas grandes de chuva atingiam o para-brisa. Depois de um momento de pausa o céu se abriu e o carro foi atingido pela chuva. Ela olhou pelo para-brisa úmido para a chaminé gigante que cuspia fumaça preta no céu laranja.

Do pó viemos, ao pó voltaremos.

Erika tentou organizar os pensamentos em seu cérebro cansado. Ela tinha que contar a Tess Clark, essa era uma prioridade. E depois eles teriam que identificar essa pobre moça e descobrir o que ela estava fazendo na cama de Vicky Clarke. Vicky agora era uma pessoa desaparecida, e quem quer que tenha matado essa mulher não identificada estava com uma grande vantagem em relação a eles. E, claro, agora Isaac tinha reduzido o intervalo da hora da morte, o que significava que Charles Wakefield ou Shawn Macavity teriam tido muito menos tempo para cometer o assassinato. Mas quem exatamente eles deveriam procurar pelo crime? O caso tinha virado um caos, e Erika odiava caos.

Erika dirigiu até Blackheath e, com o coração pesado, bateu à porta da casa de Tess Clark. Eles moravam numa casa geminada em uma rua com vista para a charneca.

As chaves fizeram um barulho no trinco e Fiona, a oficial de acompanhamento familiar, abriu a porta. Ela usava um roupão sobre um pijama azul real.

– O que você está fazendo aqui a esta hora? – perguntou Erika. A boca de Fiona estava sempre curvada numa insatisfação flácida, como se fosse obrigada a consumir uma dieta inteiramente à base de suco de limão.

– Tess e o marido estão em casa?

– Sim. Ajudaria saber o que está acontecendo.

– Por favor, peça para eles descerem – pediu Erika, passando por Fiona, que fechou a porta.

– Acho que estão dormindo – disse Fiona, passando a língua pela boca. O cômodo no térreo era uma cozinha e uma sala integradas, e o pé-direito baixo dava ao ambiente um ar apertado, apesar do tamanho. Fiona tinha colocado um saco de dormir no sofá; na TV com o volume abaixado estava começando um episódio de *NCIS: Miami* e na mesa de centro uma xícara fumegante de chocolate quente aguardava por ela.

– Preciso que você os acorde, por favor.

Fiona fez que sim e subiu a escada. Erika ouviu o rangido das tábuas do assoalho no andar de cima e foi até a cozinha. Era o que ela chamaria de cozinha "chique", com um fogão de ferro fundido, muitos móveis rústicos de madeira e panelas de cobre penduradas no teto. A janela tinha vista para um pequeno pátio pavimentado com uma árvore de aparência antiga, seus galhos desfolhados se movendo ao vento. Erika notou que sobre o fogão havia uma fita magnética com uma fileira de facas de aparência letal.

Um homem alto e magro desceu a escada, seguido por Tess e Fiona. O homem estava usando uma fina camiseta azul e um calção de futebol, o que destacava seu físico musculoso, e tinha o cabelo preto e curto. Um de seus braços era coberto por rodopiantes tatuagens coloridas, e seus punhos e dedos estavam cheios de braceletes e anéis de prata. O cabelo preto curto de Tess estava arrepiado, e ela usava um roupão parecido com o de Fiona.

– Oi, desculpa por aparecer tão tarde. Você é Jasper? – Erika perguntou.

– Sim – respondeu ele, esfregando os olhos vermelhos. Tess apertou a gola do roupão em volta do pescoço.

– Está tudo bem? – perguntou ela. – Você está aqui para pedir que eu identifique Vicky formalmente?

– Não – disse Erika.

Houve uma pausa constrangedora. Tess se voltou para Fiona.

– Não sei o que está acontecendo – Fiona disse, cruzando os braços.

– Por favor, vocês dois podem se sentar... – Erika disse.

– Só me diga logo, não estou gostando disso – pediu Tess, enquanto ela e Jasper iam para o sofá e se sentavam em cima do saco de dormir. Fiona os observou por um momento, depois se sentou na ponta do braço de uma poltrona.

– O corpo que encontraram no apartamento em Honeycomb Court não é de Vicky – contou Erika.

– O quê? Como assim? – perguntou Tess. – Era Vicky.

– Não era ela.

– Mas eu a vi, deitada lá.

Jasper a encarou, a boca um pouco entreaberta. Erika explicou o que Isaac havia descoberto durante a autópsia.

– Que piada, porra! – disse Jasper. – Não é seu trabalho, como a maldita polícia, não cometer esses erros? – gritou.

– Sinto muito. Sua esposa identificou...

– Não, não, nada disso – disse ele, levantando-se e apontando o dedo para Erika. – Não culpe minha esposa. Isso é típico das autoridades.

Erika olhou para ele e se perguntou em que sentido exatamente isso era típico. *Será que Tess já teve uma irmã identificada erroneamente como vítima de assassinato?* Ela mordeu o lábio.

– Tudo que posso fazer é pedir desculpa. Em nossa defesa, a mulher tem muitos traços parecidos com Vicky.

Houve um longo silêncio.

– Se não era Vicky... então quem era? Aquela pobre mulher? – perguntou Tess, levando as mãos ao rosto, revivendo o que tinha visto.

– Ainda não tenho como responder – disse Erika depois de um momento. – Vim falar com você assim que os resultados da autópsia saíram.

Ela conseguia ver as expressões incrédulas nos rostos deles.

– Vicky não está morta? Ela está viva? – disse Tess.

– Agora estamos classificando Vicky como uma pessoa desaparecida.

– Desaparecida. Vocês tentaram rastrear o celular dela? E os cartões de crédito? – perguntou Tess, levantando-se. Ela foi até a cozinha e pegou o celular, que estava carregando no balcão, e discou um número. Houve um momento de silêncio enquanto todos a observavam fazer a ligação. – Caiu direto na caixa postal... Vicky, é a Tess. Onde você está? Por favor, me ligue assim que receber esta mensagem! – Ela desligou e pareceu não saber o que fazer em seguida. Ela colocou o celular de volta no carregador. – O que você vai fazer em relação a isso? Você só está parada aí me encarando!

– Estamos agindo o mais rápido possível... – começou Erika.

– Ah, que *bom* ouvir isso – disse Jasper, a voz cheia de sarcasmo.

– Senhor. Vicky é uma pessoa desaparecida agora, e vamos abrir um inquérito de pessoa desaparecida.

– E quando você planeja fazer isso?

– Já está acontecendo neste momento – respondeu Erika. Ele assentiu e então viu que Tess tinha começado a chorar. Ele se levantou e foi colocar o braço ao redor dela, mas Tess passou por baixo de seu braço e voltou para a cozinha, onde pegou um pedaço de papel-toalha e secou os olhos.

– Ajudaria muito se vocês pudessem fazer uma lista de pessoas que Vicky conhecia... *conhece* – pediu Erika. – Amigos, colegas de trabalho, qualquer pessoa que consigam se lembrar. Ela era próxima de alguém que trabalhava no restaurante?

– Não. Vicky não é querida no trabalho, por causa do hábito de não aparecer nos turnos – disse Jasper.

– Não... – começou Tess, fixando um olhar duro nele.

– Não. Não o quê? Não fale mal dos mortos? Ela não está mais morta, está? – Jasper pareceu se dar conta de que não estavam sozinhos e respirou fundo. – Sempre tentei ajudar Vicky com a vida que ela escolheu de atriz esporádica.

– É só *atriz* – corrigiu Tess. Ele lançou outro olhar para ela e revirou os olhos.

– Vicky já desapareceu antes e ficou sem dar notícias? – perguntou Erika.

– Para onde iria? Ela nunca tem dinheiro – disse Jasper. – Tess virou quase um grupo de apoio para a irmã, oferecendo sustento, oferecendo comida e emprestando dinheiro. Várias vezes deixamos de fazer uma coisa ou outra porque Vicky iria com a gente e ela não tinha dinheiro nenhum, então todos tínhamos que ficar sem! – Ele se conteve.

– Já se passou um dia, e ela está em algum lugar, desaparecida – disse Tess, voltando-se para Erika com uma expressão suplicante no rosto. – Por favor, façam todo o possível para encontrá-la... pensei que a tinha perdido uma vez, não suportaria perdê-la de novo.

CAPÍTULO 18

Vicky Clarke estava sentada no colchão abraçando os joelhos junto ao peito. A tempestade a havia despertado, e ela estava assustada e desorientada. Precisou de um momento para se lembrar de onde estava. O vento assobiava e rangia e parecia chacoalhar a casa. Um trovão anunciou um relâmpago luminoso. O quarto era pequeno, e não havia cortina. Um raio brilhou de novo, iluminando as nuvens atrás das grades grossas na janela. *Grades na janela*, ela pensou com um calafrio. Havia um guarda-roupa pesado de madeira ao pé da cama e, no espelho, Vicky viu seu reflexo. Ela parecia um animal assustado, curvada no colchão com os joelhos abraçados junto ao peito.

O teto rangeu, e ela ouviu um barulho do lado de fora, diante da porta. Vicky estremeceu e puxou as longas dobras da camisola sobre as pernas frias.

Depois de mais um relâmpago, Vicky foi dominada pelo pavor ao perceber que a cadeira de espaldar alto ao lado da cama estava vazia. Um suor frio brotou entre suas escápulas. Antes de dormir, tinha deixado a mochila bem ali. Onde estava sua mochila? Então ela notou com alívio que tinha caído do braço e estava no chão, entre a cadeira e a parede. Mais um longo trovão e um raio abalaram o céu. Ela se levantou e pegou a mochila, atrapalhando-se com as tiras para abri-la. Então tateou em meio à muda de roupas que pegara no último minuto, o nécessaire e a carteira com passaporte e dinheiro para encontrar, escondido no fundo, o pequeno HD, do tamanho de uma caixa de óculos. Bastou olhar para o objeto de toque frio para ela ser dominada por um medo avassalador.

Alguém bateu na porta, e ela se sobressaltou. Empurrou o HD de volta para o fundo da mochila e fechou as tiras.

– Victoria? – veio a voz de uma mulher, mais alta que a tempestade. A batida soou de novo. – Querida, você está bem? – Mais um trovão fez a vidraça nas janelas estremecer.

– Sim – respondeu, com a voz rouca. Ela limpou a garganta. – Sim. Estou. – Vicky atravessou o quarto, sentindo o piso frio de pedra sob os pés, e destrancou e abriu a porta.

Sua amiga e ex-professora, Cilla Stone, estava no corredor. Era uma mulher de 60 e poucos anos e estava vestida de maneira extravagante com um longo casaco de pele de *vison* e um turbante preto. Ela ergueu uma lamparina antiga, que emitia um brilho laranja ao redor dela e fazia seu casaco de pele brilhar.

– Não consigo dormir com essa tempestade *bestial*. Você consegue? – indagou Cilla. Sua voz ecoou no corredor com um leve sotaque escocês que Vicky sempre havia achado muito relaxante.

– Não – respondeu Vicky, com um sorriso fraco.

– Venha, meu bem, vamos para a sala nos aquecer na lareira e tomar um gole de alguma coisa. Vamos vencer a tempestade juntas!

Cilla abriu um sorriso dramático, e Vicky notou que, embora fosse de madrugada, ela tinha acabado de passar um batom vermelho. Vicky seguiu Cilla e a luz da lamparina brilhante por um corredor cercado de estantes. Um trovão pareceu rebentar o alto da casa, e os dentes de Vicky bateram alto. Cilla se virou para observar Vicky e parou diante de um guarda-roupa de madeira pesado e grande. Ela abriu a porta. A luz da lamparina cintilou sobre uma fileira de casacos de pele pendurados.

– Você está congelando! Pegue um casaquinho de pele para você... Os bichinhos já bateram as botas, sabe. Ajude os pobrezinhos a cumprir seu destino e deixe que eles te aqueçam!

Vicky era uma hóspede inesperada, já que apareceu sem avisar à porta de Cilla na manhãzinha de quinta-feira, e achava que não tinha o direito de recusar. Cilla pegou um longo casaco de *vison* marrom de um cabide.

– Olha, veste este aqui. Senão você vai morrer de frio.

Prendendo um pouco a respiração por causa do cheiro da pele de animal, Vicky vestiu o casaco longo e pesado sobre os ombros e ficou subitamente grata pelo calor. Ela seguiu Cilla até a sala, que era uma caverna de Aladim de móveis opulentos e antiguidades. Um fogo iluminava a lareira.

– Você alimenta o fogo, e eu vou fazer um chocolate quente.

Cilla saiu a passos silenciosos com a lamparina, deixando Vicky na escuridão. As cortinas estavam abertas nas duas grandes *bay windows*, e a tempestade caía e brilhava, iluminando uma praia vasta e vazia em que as ondas batiam na costa. Vicky se sentiu reconfortada pelo casaco de pele e pelo calor forte das brasas em seu rosto. Ela se ajoelhou na frente do cesto de madeira, pegou dois pedaços de lenha e se debruçou sobre o fogo, empurrando-os para as brasas. Um momento depois, a sala se iluminou por chamas bruxuleantes, e ela colocou um pedaço de lenha maior por cima.

Ela se sentou no chão com as costas apoiadas em um grande sofá macio. A casa de Cilla era excêntrica, uma palavra que Vicky usava com frequência. Parecia uma mansão mal-assombrada aconchegante. Ela se afundou no casaco de pele e ficou grata por ter esse momento, longe de Londres, para respirar e pensar no que fazer em seguida. A violência da tempestade parecia estar diminuindo e, entre os estrondos baixos, ouviu o barulhinho da chuva batendo nas janelas e tamborilando no telhado. O calor do fogo parecia se estender e envolvê-la, e ela inclinou a cabeça para trás, sentindo o peso forte do sono. Mas de súbito acordou com a imagem violenta da jovem morta em sua cama, rodeada por um lago de sangue escorrendo.

Cilla voltou para a sala com canecas fumegantes em uma bandeja e uma garrafa de uísquc Glenlivet.

Vicky se sentou e mudou as pernas de lugar para que Cilla conseguisse passar e colocasse a bandeja na enorme mesa de café perto do sofá. Ficaram em silêncio enquanto ela servia um dedo de uísque em cada caneca, e Vicky observou o rosto de Cilla. Ela era uma mulher bonita, com a pele lisa, o cabelo ruivo luminoso e olhos azuis muito vibrantes que refletiam a luz do fogo. *Olhos curiosos*, Cilla dizia, e ela tinha certeza de que seus olhos curiosos, e sua curiosidade, a haviam mantido jovem. Cilla, que agora estava aposentada, tinha sido professora de Vicky na escola de teatro, e a amizade entre elas se estreitou nos seis anos depois de sua formatura.

Ela deu uma das canecas para Vicky, e aqueles olhos azuis curiosos vasculharam o rosto dela, preocupados e interessados em saber por que uma ex-aluna havia batido em sua porta no meio da madrugada. Vicky desviou o olhar, voltando a se concentrar no fogo que agora queimava o tronco vivamente.

– Obrigada – agradeceu. Vicky deu um gole e sentiu o calor do uísque, que estava ganhando a batalha de supremacia sobre o chocolate doce. Ela não tinha comido muito, pois se sentia incapaz de não vomitar, mas pegou um pedaço do biscoito amanteigado da travessa que Cilla ofereceu para ela e o mordeu. Estava seco e farelento, com uma doçura que explodiu na boca ao se dissolver.

– Desculpa por ter colocado você aqui embaixo, no quarto com as grades na janela... Amanhã de manhã Colin e Ray estão vindo para cá passar uns dias – disse Cilla.

Colin e Ray também eram professores da Academia de Teatro de Goldsmith. Vicky não os conhecia tão bem quanto conhecia Cilla, mas tinha gostado das matérias dos dois.

– Eu que peço desculpas. Não pensei que poderia estragar seus planos – disse Vicky.

– Não! Meu Deus, você pode ficar pelo tempo que quiser. Só estou explicando por que dei o pior quarto da casa para você.

– Sou muito grata. Obrigada por me deixar ficar.

Vicky olhou pela janela enquanto um raio brilhava, iluminando as dunas de areia onde a vegetação comprida era soprada pelo vendaval. Cilla morava em um canto tempestuoso na costa oeste da Escócia, mas não demoraria muito até alguém a localizar. Até alguém a alcançar. Cilla deu um gole de seu chocolate quente.

– Vicky, meu bem, não quero me intrometer, mas isso parece sério. Você só trouxe uma mochilinha com suas coisas... Cadê seu celular? Você vivia grudada naquele negócio. Aconteceu alguma coisa? Está em apuros?

Vicky secou uma lágrima da bochecha. E respirou fundo.

– Eu encontrei... – Ela levou a mão à boca, sentindo-se nauseada pela lembrança do que havia encontrado.

Cilla pareceu preocupada.

– Você está em perigo?

– Aqui? Não. Aqui me sinto segura. Só preciso dormir – disse Vicky, lágrimas silenciosas escorrendo pelo rosto.

– Certo. Não chore. Para mim já é o suficiente. Você precisa dormir, está com uma cara de cansada. Tome tudo. O uísque vai ser bom para você.

Vicky apertou a caneca entre as mãos. Apesar do casaco quente, do fogo e do calor do uísque em sua garganta, ela começou a ter calafrios. Sentia que o terror do que tinha visto nunca a deixaria.

CAPÍTULO 19

Pouco antes das 6h da manhã seguinte, em Londres, Maria Ivanova estava caminhando da estação de trem para casa, em Honeycomb Court. Tinha acabado de terminar dois longos turnos de doze horas no hospital e ficar no posto de enfermagem na noite anterior, tirando algumas poucas horas de sono, então fazia praticamente dois dias que não passava em casa.

A Morrison Road estava escura, vazia e estranhamente silenciosa. Uma geada forte havia coberto os carros estacionados, que pareciam se ondular e cintilar sob as luzes dos postes enquanto ela andava.

Maria estava tão cansada e focada em chegar logo a sua cama que a princípio não notou a terra revirada no jardim da frente de Honeycomb Court nem a fita de isolamento na frente do apartamento de Vicky enquanto atravessava o saguão até seu apartamento. Só depois de encaixar o cartão-chave e erguer os olhos que viu a fita. Ela paralisou por um momento, olhando para o saguão vazio ao redor, e então abriu a porta.

Estava muito frio dentro do apartamento e, quando acendeu a luz, viu que a sala estava vazia. Maria cruzou a sala até o quarto nos fundos e ficou surpresa ao ver que o quarto também estava vazio. Ela estava esperando ver a irmã, Sophia. Maria revirou a mochila e ligou o celular pela primeira vez em doze horas.

Não havia resposta à mensagem que tinha enviado à irmã quase treze horas antes. Ela continuou olhando o celular e começou a sentir um pânico real quando viu que havia uma mensagem de sua mãe, perguntando se Sophia estava bem. Ela também não tinha notícias dela, o que era bem incomum. As duas meninas viviam em contato com a mãe na Bulgária. Elas eram uma família muito unida.

Maria tentou ligar para Sophia, mas o celular tocou e caiu na caixa postal. As irmãs tinham um ano de diferença, e as duas estavam no quarto ano do curso de Medicina. Nos últimos meses, elas vinham trabalhando em turnos alternados de doze horas em hospitais diferentes. Sophia tinha tirado a sorte grande com sua vaga no St. John's Hospital em Lewisham, que era muito mais perto de Blackheath. O trabalho de Maria era em Hammersmith, então, além de trabalhar turnos longos, ainda tinha um percurso de noventa minutos de ida e volta até o outro lado de Londres, o que poderia se estender até duas horas se os trens estivessem cheios. Estavam trabalhando nesses postos havia três semanas e as duas achavam que o ritmo de trabalhar com traumatologia era emocionante e exaustivo.

Não era raro que tivessem encontros transitórios, como navios passando à noite no apartamento que dividiam, mas, na maioria das ocasiões, elas ao menos se encontravam na cozinha, trocavam algumas palavras e dividiam uma xícara de chá.

Talvez ela tenha sido chamada para mais um turno, pensou Maria enquanto ia para a cozinha para ver se sua irmã tinha deixado um bilhete, mas não havia nada. Será que tinha saído para fazer compras? Não, eram 6h. Será que tinha saído com algum cara? Não, ela teria deixado uma mensagem.

Maria sentiu um calafrio e se sentou no sofá. Ela abriu o aplicativo Encontre Meu Dispositivo no celular, e fez login como Sophia. Mostrou que o celular da irmã estava ligado. Uma apreensão profunda tomou conta dela enquanto o aplicativo carregava, e o desenho do compasso virava de um lado para o outro. Quando o mapa surgiu, Maria pensou que veria as ruas conhecidas ao redor do Lewisham Hospital, ou uma rua na região de Blackheath, mas uma localização diferente surgiu e, por um momento, ela não reconheceu o lugar. Tudo que conseguia ver era uma grande área amarela, e o celular de sua irmã parecia estar no meio do nada. Ela apertou a tela para diminuir o zoom e olhou para o mapa, o pânico fazendo seu coração começar a bater rápido no peito.

O ponto verde representando a localização do celular de sua irmã estava num local chamado Centro de Gestão de Resíduos Excel. Ao diminuir o zoom, viu que isso era muito longe de Londres, depois de Dartford, perto de um lugar chamado Tilbury. Ela passou o mapa para a vista de satélite, que dava mais detalhes da área, e viu um prédio industrial imenso em uma vasta faixa amarela de areia e cascalho.

Imagens horríveis começaram a passar por sua mente e, com as mãos trêmulas, Maria ligou para a emergência. Por que o celular de Sophia estava a quilômetros de Londres, em um aterro sanitário?

CAPÍTULO 20

Erika não escutou o alarme e acordou às 9h, com o corpo tenso e gelado no piso duro de madeira do quartinho. A forte luz branca que entrava pela fresta entre as cortinas finas parecia cortar seus olhos e, quando se sentou, sua respiração era puro vapor e ela viu que havia uma camada de gelo no vidro.

Estava furiosa consigo mesma. Ela havia convocado uma reunião às 8h e estava uma hora atrasada. Erika *nunca* perdia a hora. Enquanto corria pela casa, vestindo as roupas e tentando encontrar as chaves do carro na bagunça, teve plena consciência de que tinha que arrumar uma cama de verdade, calefação e água quente.

Havia uma camada grossa de gelo cobrindo o carro e, claro, seu anticongelante também havia acabado. Ela estava limpando o para-brisa com o cartão do Tesco Club quando o celular tocou. Era Moss.

– Tudo bem aí, chefe? – Erika percebeu o ar de cautela e desconforto na voz de Moss.

– Sim. Sim. Desculpa. Estou a caminho – respondeu. Seus dedos já estavam dormentes, e ela só tinha limpado um pequeno quadrado do para-brisa congelado.

– Você está perto?

– Ainda estou em casa.

– Maria Ivanova, uma das duas irmãs que moram no apartamento em frente ao de Vicky Clarke em Honeycomb Court, fez uma ligação de emergência pouco depois das 6h. Ela não tem notícias da irmã, Sophia, há mais de 24 horas, e disse que o aplicativo de localização informou que o celular da irmã está num centro de reciclagem em East London. – O coração de Erika se apertou, e ela se esqueceu das mãos congelando por um momento. – Não quero tirar conclusões precipitadas, mas li o registro de ontem à noite. Se o corpo que encontramos não é de Vicky Clarke...

– Merda. Certo. Estou a um quarteirão de Honeycomb Court. Você me encontra lá? – disse Erika. – E pode enviar uma equipe de agentes para esse centro de reciclagem, por via das dúvidas?

– Sim. Já estou a caminho, chego lá rapidinho – disse Moss.

Quando desligou o celular, já foi caminhando até a Morrison Road. A rua estava vazia e parecia estranhamente silenciosa sob a luz gelada e cinza da manhã.

Erika espiou pelas portas de vidro enormes de Honeycomb Court. O saguão do lado de dentro estava escuro e vazio. Ela tocou a campainha marcada como IVANOVA.

– Pois não? – disse uma voz hesitante com um leve sotaque. Erika anunciou quem era e, um momento depois, uma mulher magra saiu do prédio de Vicky. Erika imaginou que Maria Ivanova devia ter por volta de 25 anos, mas parecia mais jovem, não mais do que 16. Ela era magra, com um físico musculoso de bailarina, e usava uma calça jeans justa e uma larga camiseta cor de vinho. Um pequeno crucifixo pendia ao redor de seu pescoço. O cabelo loiro-acinzentado estava preso em um rabo de cavalo curto. Quando se aproximou da porta de vidro, Erika já estava com o distintivo em mãos. De perto, a pele de Maria lembrava cimento, lisa, mas sem sangue. Ela tinha o rosto simples e um ar de passarinho, com um narizinho pontudo e grandes olhos redondos. – Por que você não está de uniforme? – ela perguntou abruptamente, olhando Erika de cima a baixo. A detetive se deu conta que devia estar com a aparência pouco desgrenhada.

– Sou uma investigadora à paisana. Estou trabalhando em outro caso, que pode ter relação com o desaparecimento de sua irmã – disse Erika. – Posso entrar, por favor?

Maria fez que sim e abriu a porta.

– Entre, por favor. Sabe o que aconteceu no número um? – perguntou ela, indicando o apartamento de Vicky enquanto atravessavam o saguão.

Nossa, ela não sabe, pensou Erika.

– Vamos nos sentar e conversar... – pediu Erika enquanto entravam no apartamento de Maria. Estava tentando pensar em como abordar o assunto. Ela não sabia se o corpo encontrado no apartamento de Vicky era de Sophia, mas havia algumas perguntas que poderia fazer que poderiam confirmar isso.

O apartamento tinha a mesma disposição que o de Vicky, com a cozinha integrada à sala de estar e um quarto pequeno, mas era tudo invertido.

– Por favor, sente-se – Maria disse. Erika se sentou no pequeno sofá. Ao lado, sob a *bay window*, havia um edredom e travesseiros dobrados, e o pequeno parapeito estava cheio de roupas. Maria permaneceu em pé, recostando-se no balcão da cozinha. Erika notou um crucifixo fixado na parede acima da porta do quarto. Havia uma pequena televisão de tela plana em uma longa mesa baixa e, perto dela, uma pilha de revistas búlgaras de fofoca, alguns livros e DVDs. Uma mesa em um canto estava apilhada de livros médicos.

– Quando você viu sua irmã pela última vez? – perguntou Erika.

– Na manhã de segunda. Trabalhei dois turnos longos e dormi no hospital.

– É incomum que fiquem sem se falar por tanto tempo?

– A gente trabalha em turnos longos em hospitais diferentes. Trabalho do outro lado de Londres, em Hammersmith, e o trajeto é demorado.

Erika fez que ia tirar a caderneta do bolso da jaqueta, depois se deu conta de que a havia deixado em casa. Ela notou que Maria a observava como um falcão.

– Posso fazer algumas perguntas a respeito da saúde de Sophia?

– A saúde dela?

– Ela já fez alguma cirurgia nas costas para inserir uma placa de titânio?

Maria estreitou os olhos.

– Fez sim... quando era adolescente. Ela teve problemas na coluna... entre as vértebras torácicas. Como você sabe disso?

Erika sentiu seu coração se apertar.

– Maria, por favor, sente-se.

– Não, não, não. Só me fale de uma vez. O que foi?

Erika respirou fundo.

– Na terça à noite, o corpo de uma jovem foi encontrado no apartamento à frente do seu. A irmã de Vicky, Tess, fez a descoberta logo após às 20h, e ela identificou por engano o corpo como se fosse de Vicky. Foi quando fizemos a autópsia que o erro foi descoberto.

– Ainda não estou entendendo – disse Maria, franzindo a testa e chegando mais perto de Erika, olhando fixamente para ela.

– A autópsia identificou que a jovem tinha uma placa de titânio nas costas, e ela também teve os dentes do siso removidos. Vicky Clarke nunca fez nenhuma cirurgia e tem todos os dentes do siso. Sua irmã e Vicky são parecidas.

– Mas você está desconfiando de que é minha irmã? É isso? – disse ela, encarando Erika, o rosto contorcido de dor.

– Precisamos confirmar se é Sophia, mas o histórico médico...

– Como ela morreu? – interrompeu Maria.

– Ela foi esfaqueada – disse Erika, sem saber em quantos detalhes deveria entrar.

– E onde ela estava no apartamento?

– Ela foi encontrada deitada no sofá-cama da sala.

– Não. Não é ela. Ela não estaria lá, naquele apartamento, deitada na cama! Sou a única que pode confirmar que é ela e, até eu fazer isso, não é ela! – gritou.

Erika parou por um momento, desejando que Moss estivesse ali com ela. Moss sempre sabia conversar com as pessoas e transitava na linha fina entre o trabalho de detetive e a empatia.

– Posso perguntar se Sophia conhecia Vicky?

Maria a encarou.

– Espere. Se acharam que era Vicky Clarke deitada lá e agora é minha irmã, cadê a Vicky?

– Não sabemos.

Maria se afundou no pequeno sofá. Erika se levantou e encheu um copo de água da torneira. Ela voltou e o entregou para Maria, que deu um longo gole. Ela colocou o copo na mesa.

– Conhecemos Vicky, como vizinhas, não o bastante para socializar. Quando nossa mãe veio passar uns dias, ela foi gentil e nos emprestou um colchão de ar e uma roupa de cama. Ela sabia que trabalhávamos em turnos e costumava pegar encomendas para nós e deixar bilhetes para avisar que as coisas estavam em seu apartamento. Nossa mãe vive nos mandando doces búlgaros e nossas revistas favoritas de nossa terra – disse, apontando para a pilha perto da televisão.

– Será que Sophia era mais próxima de Vicky do que você imaginava?

– Não sabemos se é Sophia... – Erika não disse nada e observou enquanto Maria tirava um lenço do bolso e secava os olhos. – Tenho que falar com minha mãe e meu pai.

O celular de Erika apitou com uma mensagem, e ela viu que era Moss, dizendo que estava na frente do prédio. Maria estava ao telefone, falando em búlgaro, então ela saiu discretamente do apartamento. Moss usava um pesado casaco de inverno e comprido e esperava do lado de fora. Erika saiu do apartamento de Sophia e deixou Moss entrar no saguão principal.

– Oi. Você leu o relatório de autópsia de Isaac? – perguntou Erika.

– Sim. Assumi a reunião da manhã de hoje por você – disse Moss. Erika explicou rapidamente que Maria havia confirmado que Sophia tinha a placa de titânio nas costas.

– Vamos precisar que Maria faça uma identificação formal – disse Erika. – Ela está no telefone com os pais. Pode levá-la ao necrotério?

– Claro – concordou Moss. Elas voltaram para dentro do apartamento, onde encontraram Maria debruçada no balcão da cozinha, soltando um som baixo e agudo de choro como um animal com dor. Moss se aproximou, apresentou-se rapidamente e colocou os braços ao redor dos ombros de Maria. Erika observou como a moça pegou um carinho instantâneo por Moss. – Posso fazer uma xícara de chá para você? Você toma chá? – perguntou Moss. Maria fez que sim. Erika passou por elas para olhar o quarto. A cama bem-feita tinha uma colcha de retalhos e, apoiada nos travesseiros, uma pilha de ursinhos de pelúcia. O armário era uma arara cheia de roupas, com uma fileira de sapatos embaixo dela e, assim como na sala, havia um crucifixo sobre o batente da porta.

A janela tinha uma cortina de renda e grandes cortinas pretas grossas. Erika foi até a janela e ergueu a renda. Dali dava para ver uma faixa de grama atrás do bloco de apartamentos. Uma cerca de postes de concreto seguia ao longo da parte de trás do prédio, amarrados por três sequências de fios de arame que mal davam na altura da cintura. Atrás deles, havia o beco que seguia entre os jardins dos fundos das casas do outro lado.

– O que você está fazendo? – perguntou Maria.

Erika se virou e a viu no batente com Moss.

– Desculpa. Só estava dando uma olhada. Este é o seu quarto?

– Sophia e eu alternamos o quarto a cada mês, e a outra dorme no sofá-cama. Este é meu mês.

– Maria quer se trocar antes de ir ao hospital – disse Moss.

– Claro – assentiu Erika.

Maria colocou um vestido preto longo e um casaco preto, e elas a ampararam até o carro do lado de fora.

– Vou ficar aqui e dar mais uma olhada no apartamento de Vicky – disse Erika para Moss quando Maria já estava em segurança no banco traseiro. – Vejo você na delegacia.

– Tá. E vou ligar para você assim que tiver certeza sobre a identificação – disse Moss.

Ela entrou no carro, e Erika as observou se afastarem. O rosto pálido de Maria parecia flutuar no banco de trás da viatura de polícia enquanto ela olhava pela janela, e Erika se condoeu pela jovem ainda parecer ter esperança em seus olhos de que o corpo no necrotério não fosse de Sophia.

CAPÍTULO 21

Erika voltou ao apartamento de Vicky e abriu a porta usando a chave da equipe de perícia, rompendo a fita colocada pela polícia. Quando acendeu a luz, o colchão ensanguentado na sala pareceu refletir a luz. Ela se lembrou das palavras de Isaac no necrotério: "*Se ela estava lutando para fugir e sair do quarto, o nível de perda de sangue teria aumentado com a frequência cardíaca*".

Erika se agachou perto da marca parcial na parede ao lado do sofá. Era a parte carnuda da base do polegar e o indicador, e o vinco da pele entre o indicador e o polegar estava impresso na parede. Erika colocou a mão direita na parede, depois a esquerda. A digital era de uma mão esquerda. O vinco curvo longo da pele era o que os esotéricos chamavam de "linha da vida". Erika comparou o contorno de sua mão com a digital ensanguentada na parede. A marca tinha um tamanho parecido com o da mão dela, mas as mãos de Erika eram bem grandes.

– De quem é essa mão? – perguntou-se em voz alta.

Novamente procurou a caderneta, então lembrou-se de que a havia deixado em casa. Os lençóis e o colchão no sofá-cama estavam com a equipe de perícia, e dava para ver através da estrutura da cama o lugar em que o sangue pingou no carpete no chão. Erika testou o estrado, depois subiu nele e se deitou com o rosto voltado para cima. Ela tentou estender a mão na direção da porta ainda deitada. A porta ficava à direita do sofá-cama. Quando ergueu a mão esquerda, ela se encaixou na digital da parede.

– Será que eles lutaram, e ela tentou chegar à porta antes de ser dobrada dentro do sofá-cama? Essa é a mão dela? Ou de outra pessoa?

Talvez ela tenha lutado – o castiçal e a caixa de Scrabble tinham caído no chão. Erika ficou deitada no estrado da cama por um momento e tentou imaginar o terror e a dor. O que ela estava fazendo antes de tudo acontecer? Será que estava deitada aqui quando o intruso passou pela porta da frente? Ele tinha a chave? Ou ela se levantou e abriu a porta?

– Por que ela estaria deitada na cama de Vicky? – disse Erika, sentada e ouvindo as molas rangerem no estrado da cama velha.

Ela se levantou da cama e olhou ao redor da sala. Havia depósitos cinzentos de partículas finas de pó de impressões digitais sobre todas as superfícies, na moldura da porta, na maçaneta, na janela da frente e na mesa de centro. Erika passou por tudo e olhou para a cozinha. O faqueiro tinha sido removido e havia um pequeno número plastificado marcando o lugar onde ele estava antes. Será que o assassino tinha pegado a faca, ou Sophia tentou se defender? Erika entrou no quarto que Vicky usava como estúdio e acendeu a luz.

A mesa e a cadeira eram pretas, e havia mais pó de impressão digital sobre a superfície. O computador de Vicky tinha sido levado pela equipe de perícia, e Erika fez uma nota mental para sondá-los para saber detalhes dos dados no HD. O som no quarto era esquisito, estranhamente abafado. Erika olhou para a área de gravação dos áudios, onde as caixas de ovo forravam as paredes, depois se voltou para a janela. Ela se dirigiu aos blocos irregulares de poliestireno, que estavam amontoados, enchendo o espaço da janela. Um dos blocos tinha sido tirado pela equipe de perícia. Erika o pegou e o encaixou no lugar. Até onde ela sabia, o assassino não tinha fugido pela janela do quarto. Como alguém sairia e depois encaixaria o pedaço de poliestireno no lugar? O assassino teria que sair pelo hall, depois pelas portas principais de vidro, mas não havia resíduo nem respingos de sangue naquelas portas. A equipe de perícia tinha verificado com uma lâmpada com luminol, não tinha? Mais uma vez, ela praguejou por não estar com seu bendito caderno.

Erika deu uma olhada nos livros que enchiam as prateleiras. Havia uma grande seleção de títulos do gênero *true crime*, e ela passou o dedo pelas lombadas. Havia livros sobre o assassino da Dália Negra, os assassinatos de Manson, o estripador de Yorkshire, os assassinos do pântano Myra Hindley e Ian Brady, e três livros sobre Fred e Rose West e os assassinatos de Cromwell Street. Havia livros de especialistas em perfis do FBI, entre eles *Mindhunter: O primeiro caçador de serial killers americano* e *Whoever Fights Monsters*; o livro escrito por escrito por Ian Brady, o assassino do pântano, *The Gates of Janus*, e *Não é meu filho*, escrito pela mãe do canibal de Nine Elms. Ver tudo aquilo lhe dava calafrios – tantas evidências de atos malignos em um só lugar.

Ela olhou para baixo e viu que o carpete ao lado do suporte do microfone estava marcado por dois chanfros, e havia mais dois embaixo da mesa. Devia ser, provavelmente, onde a cama ficava antes. *Ela devia estar se dedicando ao podcast, já que se dispôs a converter o* único quarto *do apartamento,* pensou Erika. Ela olhou o estúdio ao redor; havia depósitos de pó de digitais nas paredes e no suporte do microfone. Quantas pessoas trabalhavam com Vicky nas gravações do podcast? Shawn mencionou que ele tocava música. Será que Vicky tinha um editor?

Dentro do quarto era quente, o poliestireno e as caixas de ovo proporcionavam uma camada extra de isolamento. Ela se lembrou de quando viu o quarto pela primeira vez. O suporte do microfone estava ali, mas o microfone *não*. Por quê?

Ela deu uma olhada no podcast de Vicky no aplicativo. Enquanto navegava, viu que Vicky publicava episódios regularmente toda semana, *às quintas*, desde junho, quando começou o podcast. O último episódio era datado de 11 de outubro, quinta-feira, então ela não tinha publicado o episódio do dia 18.

Onde estava esse episódio do podcast?

Erika saiu de Honeycomb Court e subiu a Morrison Road na direção da pequena cooperativa de supermercado na estação de trem de Blackheath. Na direção do alto da estrada, a algumas centenas de metros de Honeycomb Court, havia um ponto de ônibus com um abrigo de vidro moderno. Um homem mais velho e uma adolescente estavam sentados no banco de plástico dentro dele e, quando Erika passou, viu que o homem levantou a cabeça para verificar o painel de horários de embarque em tempo real. A tela digital laranja mudou, exibindo que o próximo ônibus estava dez minutos atrasado. Erika parou sob a tela e olhou para os dois lados da rua. O ponto de ônibus ficava no mesmo lado da calçada que Honeycomb Court. Ela olhou para o relógio digital sob o painel de horários de embarque e viu o pequeno domo que cobria a câmera de segurança. Sentindo uma onda de entusiasmo, pegou o celular e ligou para Crane.

– Oi, sou eu. Sei que está atolado com filmagens de segurança da estação de trem de Blackheath, mas tem um ponto de ônibus na Morrison

Road com uma câmera de segurança. Pode pedir as imagens de segunda e ver se capturou alguma atividade ao redor de Honeycomb Court?

Depois de falar com Crane, ela comprou um sanduíche de queijo e uma garrafa de Coca-Cola, e voltou para casa. Ainda estava muito frio do lado de fora, mas ela ficou aliviada ao ver que o sol estava brilhando, e a camada grossa de gelo no para-brisa do carro tinha derretido.

Ela devorou o sanduíche sentada no carro com o aquecedor no máximo, equilibrando a caderneta no volante e tentando se lembrar de tudo que precisava anotar. Com o aquecedor do carro apontado para os pés e o rosto, e com o sanduíche apoiado na barriga, ela finalmente se sentiu aquecida. Olhou para sua casa e viu que as janelas no andar de cima ainda estavam na sombra e que o gelo do vidro ainda não havia derretido. A ideia de mais uma noite tremendo nas tábuas duras do assoalho era deprimente, assim como a ideia de enfrentar o corredor-polonês da Bed World. Ela se lembrou que tinha uma conta on-line na Argos. Erika pegou o celular e fez login. Estava prestes a buscar outro colchão inflável, mas, em vez disso, decidiu procurar uma cama. Em poucos movimentos e cliques, encontrou uma cama de casal por um preço razoável, travesseiros, lençóis e um edredom, e, sentindo-se ousada e um pouco generosa consigo mesma, uma máquina de lavar e secar. Melhor ainda, tudo estava disponível para entrega no mesmo dia. Erika reservou o último horário, às 20h, e pagou com o cartão de crédito. A operação toda levou apenas dez minutos. *Talvez smartphones não sejam tão ruins, afinal*, ela pensou.

Sentindo-se um pouco melhor quanto à situação de sua casa, Erika voltou a pensar no caso, ligou o motor e partiu para a delegacia de Lewisham Row.

CAPÍTULO 22

Vicky acordou numa cama quente e macia e, quando abriu os olhos, viveu um momento delicioso de amnésia. Viu as suaves cores pastel da colcha grossa e a vista pela janela da baía iluminada pelo sol, estendendo-se sob a casa. Então as memórias voltaram a ela com tudo. O rosto disforme de Sophia. O corpo coberto de sangue. Vicky sentiu um suor frio escorrer pelas costas. O pânico disparou pelo seu corpo, e o estômago vazio se revirou. Ela escutou passos e o som de Noz-moscada, o labrador de Cilla, à frente da porta no corredor.

– Victoria? – chamou Cilla, batendo suavemente. – Está acordada? Venha dar uma volta, querida. O dia está lindo.

Vicky achava a vastidão da baía deslumbrante. A casa de Cilla ficava no alto de uma falésia rochosa, e elas desceram uma escada de pedra antiga para chegar até a praia, onde o ar da manhã estava fresco, a maré, baixa, e o sol refletia nos cumes de areia úmida como milhares de espelhos.

Assim que chegaram na areia, Noz-moscada saiu saltitante à frente, correndo na direção de um bando de gaivotas. Quando ele as alcançou, elas levantaram voo, grasnando.

O ar marítimo e o sol em seu rosto aliviou um pouco do medo de Vicky.

Elas passaram por uma piscina natural na qual bolhas subiam flutuantes da areia suave do fundo e algas giravam preguiçosamente na água parada. Vicky desejou ser uma criatura do mar, capaz de se esconder nas profundezas de uma piscina natural, e depois escapar para o oceano vasto. Seus olhos começaram a arder, em parte por causa do ar frio que atravessava a praia, mas ela não queria chorar, então mordeu o lábio. Com força.

Toda vez que Vicky fechava os olhos, via o corpo de Sophia, caído na cama... Foi deixado ali como um aviso. Era isso. Era aterrorizante pensar no quanto ele havia arriscado ao matar sua vizinha inocente e... Ela havia contado tudo para Sophia e, de algum modo, ele soube. Como?

Era insano pensar que poderia fugir. Mesmo naquele momento, dois dias depois, a polícia devia saber a localização dela. A Grã-Bretanha era um país pequeno... Vicky estava em um canto muito pacato do país, mas sua viagem provavelmente foi capturada por câmeras. Ela devia ter ficado em Londres, enfrentado seu medo e denunciado... Gritado do alto de seus pulmões.

Mas Vicky sabia como essas coisas se desenrolavam. Quem daria ouvidos a uma mulher gritando? Ele a teria ameaçado, e já tinha provado que era capaz de sair impune de tudo. Em sua vida antiga, antes de se deparar com todo o horror, Vicky via o mundo em termos simplistas; pessoas más pagavam por seus erros, e pessoas boas levavam a melhor no fim do dia. Se a pessoa permanecesse honesta e fizesse a coisa certa, tudo ficaria bem. Ela costumava julgar as mulheres que ficavam em silêncio quando sofriam agressão sexual. Tinha vergonha de admitir que uma parte dela menosprezava as mulheres que temiam denunciar um homem por agressão, até que *ele* apareceu. Isso a assustou. Denunciar seria perigoso. Ela teria que arriscar o pescoço e colocar a vida em perigo, e tinha vergonha de admitir que não tinha coragem para tanto. E esse medo estava misturado à raiva. Por que ela devia denunciar e se arriscar? Ele que era a pessoa má. Ela não tinha feito nada, mas cabia a ela resolver as coisas? Não. Não. Não. *Me deixe viver minha vida, me deixe em paz*, ela pensava. Ele teve a confiança de matar Sophia na cama dela... a linda Sophia... sabendo que ela a encontraria. Que reação ele esperava? Ela fugiu. E não conseguia comer. O terror era um companheiro constante. Do que mais ele era capaz?

Vicky parou de andar e se debruçou. O cheiro do ar salgado e a luz do sol refletindo nos montes viscosos de alga marinha em uma rocha provocaram uma náusea forte. Ela teve ânsia e vomitou, seu estômago se contraindo de dor. Dois longos fios de bile quente penderam de sua boca, e o vento os apanhou. Não tinha nada em seu estômago para botar para fora.

– Ah, Victoria, *querida*! – disse Cilla, voltando quando ouviu a ânsia de vômito. Ela veio correndo, já tirando um pacote de lencinhos do bolso. – Comeu alguma coisa estragada? – Ela ofereceu um lenço e Vicky o aceitou, limpando a boca. Ela conseguiu recuperar o fôlego e se empertigar. Lágrimas escorriam de seus olhos. – O que quer que eu faça? – perguntou Cilla, olhando para ela com preocupação. Vicky teve outra ânsia e manteve o lencinho grudado à boca. Será que Cilla achava mesmo que tinha algo a ver com comida estragada? Para ser justa, ela não tinha contado nada a Cilla. Mas ela devia ter uma ideia... Ainda tinha contato com muitas pessoas de Londres. Sem dúvida a morte de Sophia seria parte da fofoca da cidade.

– Só quero continuar andando – disse ela.

– Este é o lugar perfeito para isso – disse Cilla com um sorriso. – Olhe. Praia por quilômetros. Às vezes só ando e ando e penso que vou cair da beira da terra. – Ela olhou o relógio. – Mas preciso voltar em breve. Colin e Ray vão chegar logo mais.

Vicky respirou fundo e engoliu em seco, ainda sentindo uma vibração em seu diafragma de que talvez pudesse voltar a vomitar de repente.

– Vou continuar andando, tudo bem?

Cilla hesitou, e o vento mudou de direção, soprando seu cabelo sobre o rosto.

– Eles sabem se virar em casa e sabem onde guardo a chave reserva.

– Não. Por favor, vá e receba seus hóspedes. O ar fresco vai me fazer bem.

– Tem certeza?

– Sim – disse Vicky. A ideia de que havia hóspedes chegando fazia a situação parecer ainda mais maluca. Colin e Ray moravam em Londres e ainda trabalhavam na Academia de Teatro de Goldsmith. Seria muito provável que soubessem de algo. Como lidaria com isso? Ela teria que abrir o jogo com Cilla; e depois... para onde ela poderia fugir?

– Leve Noz-moscada com você – disse Cilla, abaixando-se para afagar a cabeça grande e molhada do cão. – Ele adora dar um passeio mais longo, não é? – Ela olhou para Vicky com os olhos sombrios do cachorro concordando em silêncio.

Vicky continuou andando, com Noz-moscada saltitando à frente, farejando as dunas de areia na beira da praia e desatando a correr atrás dos bandos de gaivotas que se banhavam ao sol. Ela olhou para trás algumas vezes enquanto Cilla ficava menor, caminhando na direção da casa, que agora era um pontinho no alto da falésia enevoada.

Por que Cilla não faz mais perguntas? pensou Vicky. *Se alguém aparecesse na minha casa sem avisar, eu ficaria mais curiosa... Ou será que ela já sabe?* Ela tentou enterrar esse pensamento no fundo da mente.

As alças da mochila estavam machucando seus ombros através do casaco fino. Vicky caminhou até a beira da água e observou as ondas por um momento. O mar estava ficando mais bravio, e um banco de nuvens cinzentas como pólvora estava começando a se formar no horizonte. Olhou para trás e não conseguiu ver Cilla. Noz-moscada veio saltitante e esperou pacientemente ao seu lado enquanto ela contemplava a água. Ela tirou a mochila e abriu as tiras. Ele se aproximou mais e tentou enfiar a cabeça dentro da mochila.

– Não. Desculpa, nenhum biscoito de cachorro aqui – disse ela, empurrando a cabeça dele de leve. Ela colocou a mão dentro da mochila, embaixo das roupas, e sua mão encontrou o HD de metal. A água salgada destruiria os dados rapidamente. Vicky fechou a mochila e a colocou de volta nas costas. Então olhou de um lado ao outro da vasta extensão da praia. A maré subiria em breve. A casa de Cilla era a única construção por quilômetros. Tentando não pensar mais, Vicky apoiou o peso sobre os calcanhares e arremessou com toda a sua força. O HD saiu voando em um arco e caiu nas águas agitadas com um respingo suave.

CAPÍTULO 23

McGorry estava ao lado das impressoras quando Erika voltou ao setor de investigação.

– Vocês encontraram as imagens de Charles Wakefield na estação de Blackheath? – perguntou Erika.

– Sim e não – disse ele, fazendo uma careta.

– O que isso quer dizer? Ou ele está nas imagens ou não – disse Erika.

– Ele está usando um maldito chapéu – respondeu Crane, que estava sentado à tela do computador cercado por copos de café e pacotes de batatas chips. Erika foi até ele. – Nós o encontramos na câmera de segurança da estação Blackheath, comprando a passagem às 13h55 na segunda-feira, dia 22, e ele pegou o trem das 14h para London Bridge. Também o encontrei voltando à estação Blackheath no trem das 17h12, retornando de London Bridge. O único problema é que ele está usando um chapéu preto de aba larga em todas as imagens e, com a curvatura dele, a aba cobre seu rosto.

Ele entregou uma série de imagens impressas. Todas exibiam uma pessoa corpulenta, vestida com um *trench coat* preto e comprido e um chapéu preto, comprando passagem na bilheteria e, então, atravessando a multidão para embarcar num trem. Dava para entrever um queixo duplo, mas o chapéu de aba larga obscurecia a metade superior do rosto. Crane também virou a tela de seu computador e mostrou para ela o trecho de um vídeo de segurança de Charles caminhando na direção do trem com os ombros baixos e o passo curvado. Ela se lembrou do *trench coat* preto e comprido e do chapéu preto pendurados no mancebo no apartamento de Charles.

– Merda. Vocês conseguem alguma coisa da câmera no trem?

– Já solicitei – respondeu Crane.

Erika observou as imagens enquanto passavam de novo.

– Quando eu e Moss demos uma olhada no apartamento dele, vi um *trench coat* preto e um chapéu preto... Mas não dá para ver o rosto!

– Vou continuar procurando, tem as imagens da câmera de segurança da estação de London Bridge também – disse Crane.

– Essa não é a única imagem que encontramos! – disse McGorry, voltando da impressora e entregando para Erika uma folha de papel com uma série de imagens de segurança em cores estouradas. Ainda quentes pela impressora, era uma série de três imagens tiradas da câmera instalada no abrigo de um ponto de ônibus. A primeira imagem exibia Vicky do outro lado do vidro do abrigo paralelo à calçada.

– Onde é isso? – Erika perguntou, o coração palpitando no peito.

– São as imagens do ponto de ônibus que você pediu, no lado norte da Morrison Road, a cerca de duzentos metros de Honeycomb Court – respondeu McGorry. Erika olhou novamente para as imagens. A primeira era muito nítida. Vicky estava olhando para a câmera, usando um boné de beisebol. As duas imagens seguintes tinham sido tiradas momentos depois; na segunda, Vicky estava olhando para baixo, o rosto obscurecido pela ponta da aba do boné. O logo da Adidas era visível na frente. Na terceira imagem, Vicky estava com a cabeça baixa e se afastava para a direita. Ela usava uma calça jeans azul, um casaco azul fino, e carregava uma mochila preta.

– Quando elas foram tiradas? – perguntou Erika, olhando para o horário e as letrinhas pequenas no alto de cada imagem. – Minha visão está péssima.

– A câmera naquele ponto de ônibus tira uma foto a cada dois segundos – respondeu McGorry. – O registro de hora é 16h06. Segunda-feira. O mesmo dia que você encontrou o corpo de Sophia no apartamento dela.

– Como você conseguiu isso tão rápido? – disse Erika.

– Tenho um contato na sala de controle do Transport for London, e McGorry flertou com a garota ao telefone – disse Crane. – E ajudou ter um horário e uma data específica.

– Bom trabalho! – Erika voltou a olhar para as imagens de Vicky. – Por que ela estaria olhando para a câmera? Imagino que, com o boné de beisebol, ela estava tentando se esconder.

– Nos pontos de ônibus mais novos de Londres, as pessoas não conseguem ver que tem uma câmera do lado do painel de horários de embarque – respondeu McGorry.

– Certo. Ela podia estar olhando os horários dos ônibus – disse Erika. – Então, o que podemos pensar disso? Ela encontrou o corpo no apartamento, fugiu e não tinha um plano... Estava pensando se conseguia pegar um ônibus para algum lugar?

– A menos que ela tenha matado Sophia – disse McGorry.

– Sério? – disse Erika, olhando para ele.

McGorry abriu e fechou a boca.

– Não deveríamos descartar essa possibilidade.

A sala ficou em silêncio enquanto ela considerava a possibilidade, somada às imagens inconclusivas de Charles Wakefield.

– Queria saber se Vicky percebeu que havia uma câmera na cobertura do ponto de ônibus – disse Erika, estudando as fotos. – Vocês conseguiram encontrar mais alguma coisa?

– Ela não pegou o ônibus, pelo menos não um ônibus nesse ponto – disse Crane. – Estamos trabalhando com a hipótese de que ela queria viajar a um centro de transporte maior, então vamos solicitar mais imagens de câmeras de segurança no mesmo horário na estação de trem de Blackheath. Como sabemos pela possível viagem de Charles, é só uma caminhada de cinco minutos desse ponto de ônibus. Os trens de lá vão para o sul em direção a Gravesend, Kent e à área central de Londres.

– Sim – assentiu Erika. – E ela estar na Morrison Road pouco depois das 16h a coloca dentro do período da morte de Sophia.

– McGorry encontrou mais uma coisinha – disse Crane.

– Tem mais? – perguntou Erika.

– Ah, sim – disse McGorry. – Também encontramos uma imagem de Shawn Macavity, tirada no mesmo ponto de ônibus.

– Quando?

McGorry entregou outra imagem impressa, dessa vez de Shawn. Ele estava no mesmo lugar de Erika e olhava para a câmera.

– Ele está com cara de quem viu um fantasma – disse Erika, notando o olhar assombrando no rosto cinzento. O cabelo comprido caía sem vida ao redor dos ombros, e ele estava usando uma calça jeans e uma jaqueta jeans fina. – A que horas isso foi tirado?

– O horário é 16h25 – respondeu McGorry.

Erika deu uma olhada em todas as outras imagens impressas.

– Isso é meia hora depois que Vicky esteve ali – disse ela. – Se os dois estavam indo para a estação, eles devem ter se encontrado. Ele pegou o ônibus?

– Não, mas, se tudo der certo, quando chegarem as imagens da estação de trem, elas nos dirão mais alguma coisa – disse Crane.

– Para onde vão os trens da estação Blackheath? Além de London Bridge?

– Para todos os lugares: Beckenham, Crystal Palace, Bexleyheath, Stratford, Trafalgar Square, Erith em Kent.

– E provavelmente, se Vicky viajou a Kent, ela pode depois ter acessado os trens do Eurotúnel. Verificamos as informações do passaporte dela? – perguntou Erika.

– Sim; ela não saiu do país usando o passaporte – respondeu McGorry.

– Se não virmos nem Vicky nem Shawn na estação de trem de Blackheath, vou ter que solicitar mais imagens de um número maior de câmeras de segurança – disse Crane.

Erika concordou.

– Claro. E, rapazes, excelente trabalho. Super-rápido. Parabéns.

– Erika, acabei de receber os detalhes sobre o HD de Vicky da equipe de crimes de informática – disse Peterson, que estava trabalhando no canto oposto da sala. Ela ziguezagueou pelas mesas movimentadas até onde Peterson estava sentado, nos fundos. Ela se deu conta de que tinha saído da Bed World na noite anterior sem explicar por que estava saindo tão abruptamente. Em outras épocas, ela sempre havia mantido os membros de sua equipe próxima atualizados. Ela afastou esse pensamento.

– O que eles encontraram? – perguntou.

– Nada. O HD está zerado.

– Nadinha?

Peterson balançou a cabeça.

– Eu achava que, mesmo apagando um HD, dava para recuperar alguma coisa. – disse Erika, seu coração se apertando.

– Vicky tinha um computador iMac e, pelo visto, é possível fazer um apagamento de dados de um computador com sistema operacional iOS.

– O que isso significa em linguagem leiga? – perguntou Erika.

– Quando você apaga algo de um HD de um computador comum, você não está apagando de verdade, só está deixando invisível, e dá para recuperar. O que Vicky fez foi apagar os dados e sobrescrever todos repetidamente com letras e números aleatórios.

– E dá para fazer isso?

– Com um iMac ou MacBook, sim.

– Encontraram mais alguma coisa? Havia alguma coisa na nuvem?

– Não havia nada nem no escritório nem no apartamento dela, nenhum pen drive nem HD externo. Estão tentando entrar na conta da nuvem, mas eles não têm a senha, e esse é o problema.

– Merda. Seria fácil acessar as coisas dela armazenadas na nuvem...? Posso ver pela sua cara que a resposta é não – disse ela.

– Precisaríamos de uma ordem judicial. Pode ser um longo processo e sempre há a chance de uma resistência. Não é um caso de terrorismo doméstico nem internacional.

Erika encarou o e-mail da unidade de crimes de informática na tela de Peterson.

– Que dados ela teria que não gostaria que víssemos? Imagino que ela tivesse informações bancárias, fotos, sem falar que também usava o computador para produzir os podcasts. Por que deletaria isso tudo?

– O que quer fazer agora? – perguntou Peterson.

– Shawn Macavity mentiu quando disse estar perto do apartamento de Vicky na tarde de segunda. Ele disse que tinha passado o dia todo em casa antes de ir para o trabalho. Vamos chamá-lo para uma conversinha.

CAPÍTULO 24

Shawn Macavity concordou em ir à delegacia para uma conversa informal com Erika e Peterson e chegou pouco antes do horário de almoço. Ele se surpreendeu quando o levaram a uma das salinhas de interrogatório.

– Vocês estão me prendendo? – perguntou ele. Shawn aparentava um pouco como Erika se sentia: exausto e com olheiras enormes. O cabelo comprido pendia em mechas oleosas ao redor do rosto.

– Você pode ir embora quando quiser – disse Peterson. – Mas seria vantajoso se você nos contasse a verdade.

– Sim, claro – disse Shawn. Ele parecia um pouco elétrico. As pupilas estavam dilatadas, e tamborilava os dedos na mesa. Ele percebeu que Erika observava seu comportamento e se recostou.

– Vamos relembrar a segunda-feira – disse ela. – Você nos contou que passou a tarde toda em casa em Forest Hill e foi trabalhar no pub Golden Lamb às 18h.

– Sim. Meu chefe não confirmou isso?

– Ele confirmou que você chegou ao trabalho umas 17h50.

– Que bom, que bom – disse ele, enchendo as bochechas de ar. – Sim, foi o que aconteceu.

– E você passou o dia todo em casa? Em seu apartamento, em Forest Hill.

– Sim.

– Quanto você pagou em seu curso de atuação? – perguntou Erika.

– Como é que é? – perguntou, olhando para Peterson, que permanecia impassível.

– Tô pensando aqui que você deveria pedir o dinheiro de volta. – Erika pegou a imagem da câmera de segurança que mostrava Shawn no ponto de ônibus. Ela a empurrou sobre a mesa. – Este é você, na segunda-feira, dia 22, às 16h25, no ponto de ônibus da Morrison Road. A duzentos metros do apartamento de Vicky. Muito longe de Forest Hill.

Ele fechou os olhos, inclinando a cabeça na direção do peito, até o cabelo cair sobre o rosto.

– Não, não, não e não – disse ele.

Erika pegou a segunda imagem e a deslizou sobre a mesa.

– Pode dar uma olhada nisto, por favor, Shawn? Essa é Vicky, vinte minutos antes. No mesmo lugar.

Ele olhou para a foto e balançou a cabeça.

– Juro que eu não fazia ideia – disse ele.

– Não fazia ideia do quê?

– Não fazia ideia que Vicky tinha voltado ao apartamento. Não sei quem matou Sophia. Mas não fui eu. Juro.

– Você foi ao apartamento de Vicky na segunda-feira? – perguntou Erika.

Ele franziu a testa e mordeu o lábio.

– Sim. Mas só fui lá. Juro por Deus.

– A que horas você chegou?

– Por volta das 15h30.

Erika e Peterson trocaram olhares.

– Por que você foi lá?

Ele suspirou.

– Para... para transar.

– Com Vicky ou Sophia? – perguntou Peterson.

– Sophia – disse ele com a voz baixa.

– Vicky sabia?

Ele encolheu os ombros.

– Não sei, talvez. Já falei para vocês. Não estávamos mais juntos, só éramos amigos.

– Como você conheceu Sophia? – perguntou Erika.

– Pela Vicky. Elas eram amigas, às vezes... – Ele suspirou e fechou os olhos.

– Às vezes o quê?

– Às vezes um pouco mais do que amigas – disse ele, baixando os olhos.

Peterson se inclinou para a frente.

– Esclareça, por favor – pediu.

Shawn ergueu os olhos de leve, se contorcendo um pouco de constrangimento.

– Elas se envolviam, às vezes, sexualmente... Sophia e a irmã tinham uma relação estranha. Não sexual, claro – acrescentou rápido. – Mas Maria é muito conservadora. E elas dividem... *dividiam* um apartamento pequeno. Elas revezavam quem ficava no quarto e quem ficava no sofá, e Vicky emprestava o apartamento para Sophia encontrar uns caras, se ela não pudesse fazer isso na própria casa.

Erika se recostou, surpresa. Embora não soubesse por que se sentia tão surpresa. Será que estava projetando sua própria formação heteronormativa católica do Leste Europeu em Sophia, esperando que ela se comportasse de determinada forma?

– Com que frequência isso acontecia? Vicky deixar Sophia usar a cama dela? – perguntou Peterson.

– Não sei. Às vezes. Vicky não me contou isso com todas as letras. Só descobri que elas eram próximas.

– Como você descobriu? Não entendi – perguntou Erika.

Mais uma vez Shawn se remexeu sem jeito na cadeira.

– Vicky não me contou exatamente. Eu... nós dois acabamos transando com Sophia. Uma vez. Foi em uma tarde depois de terminarmos de trabalhar na gravação do podcast, abrimos uma garrafa de vinho. Sophia foi visitar Vicky. Ela havia brigado com Maria por alguma besteira e queria companhia. Tomamos algumas taças... Uma coisa levou à outra... Acabamos juntos na cama. – Ele perdeu a voz e olhou para Erika. – Estou em apuros?

– Por fazer sexo com consentimento? Não. Teve consentimento entre vocês três?

– Sim! Sim, claro.

– Quando foi isso?

– Aconteceu um tempo atrás, no fim de agosto. Não me lembro da data exata.

– Então, o que aconteceu na segunda? Por que você foi ao apartamento de Vicky? Se estava lá para ver Sophia? – perguntou Peterson.

– Mandei uma mensagem para Sophia de manhã. Só perguntando o que ela estava fazendo, e ela respondeu que tinha o dia de folga e que trabalharia no turno da noite. Ela perguntou se eu queria dar uma passada...

– Para transar? – completou Erika.

– Sim.

– E onde vocês planejavam transar? No apartamento de Sophia ou no de Vicky?

– No dela. Mas, quando cheguei, Sophia não estava atendendo a porta, então imaginei que estivesse no apartamento de Vicky. Atravessei o corredor e bati na porta, mas ninguém atendeu também. Como ainda tenho a chave do apartamento, então fui entrando.

– Por que você foi entrando? – perguntou Erika.

– Pensei que Sophia tinha pegado no sono. Tínhamos acabado de trocar mensagem para combinar o encontro. E Vicky deixava Sophia usar o apartamento dela – disse Shawn, a perturbação transparecendo em seu rosto.

– E o que havia lá dentro? – perguntou Erika. O lábio inferior de Shawn começou a tremer.

– Ela estava caída na cama... Parecia toda quebrada. Tinha tanto sangue.

– Você sabia que era Sophia?

– Sim.

– Foi por isso que você ficou surpreso quando fomos conversar com você em seu apartamento e falamos que era o corpo de Vicky que tinha sido encontrado.

– Elas se parecem mesmo, pensei que eu tinha cometido um erro, estava tudo confuso. Fiquei uns poucos minutos lá, depois entrei em pânico e saí.

– Você tocou em alguma coisa? – perguntou Peterson.

– Não. Fechei a porta e saí.

– Que horas foi isso?

Shawn passou as mãos no cabelo.

– Não lembro exatamente.

– Precisamos de mais do que isso – disse Erika. – Estamos montando uma linha do tempo de quem entrou e saiu de Honeycomb Court na tarde de segunda e, se você não conseguir esclarecer seus movimentos exatos...

– Tenho as mensagens que troquei com Sophia! – deixou escapar, tateando a calça jeans. Ele tirou o celular do bolso e, com as mãos trêmulas, destravou a tela e navegou. Ele o passou sobre a mesa para Erika e Peterson.

Eles examinaram a conversa:

Shawn M
Bom dia, tá fazendo o q?
9h31

Sophia (amiga de Vicky)
Quase nada, e vc?
9h33

Shawn M
Na cama, batendo...
9h34

Shawn M
um bolo... 😂😂
9h34

Sophia (amiga de Vicky)
Eu podia dar uma ajudinha 😉 Vai fazer o q à tarde?
9h55

Shawn M
Estou livre pra bater um bolo e outras coisinhas 😉 mas entro no trabalho umas 18h. Que tal umas 14h30?
9h56

Sophia (amiga de Vicky)
Combinado
10h58

Shawn M

10h59

Shawn M

O trem parou perto da estação. Estou quase chegando. Atrasoszzzzzz. Não quero bater um bolo sozinho. Guardando pra vc.

14h42

Shawn M

Recebeu minha mensagem???

14h50

Shawn M

Estamos andando. Quase chegando. Desculpa o atraso. TRENS!

14h55

Shawn M

Desci em Blackheath, já tô chegando aí.

15h00

– Dá para ver que a gente estava trocando mensagens e que foi ela que me chamou.

Erika passou os olhos na conversa de novo.

– Você não recebeu respostas dela depois da mensagem às 10h58.

– É. Sophia era assim, gostava de ser distante – disse Shawn.

– Você chegou à estação Blackheath às 15h. O que aconteceu depois disso?

– Fui encontrar com ela. Quer dizer, primeiro passei no supermercado...

– Por quê? – perguntou Peterson.

Shawn se remexeu e olhou para Erika.

– Para comprar, er, camisinha. Preservativo.

– Você tem o recibo? – perguntou Erika.

– Não sei, devo ter em algum lugar. Nem usei, porque depois encontrei Sophia.

– Como você passou pela porta principal de entrada? – perguntou Peterson.

– Eu tenho a chave que a Vicky deixou comigo, com ela dá para abrir as portas do prédio também – respondeu ele.

– Então que horas você acha que era quando encontrou o corpo de Sophia no apartamento de Vicky? – perguntou Erika.

– Não sei, umas 15h15... Dá para ver pelas mensagens que eu estava atrasado e mandando mensagem para ela do trem... Por favor, eu não fiz aquilo!

– Mas temos um problema. Você disse que chegou a Honeycomb Court umas 15h10 ou 15h15. Podemos olhar as imagens de segurança da estação de trem para confirmar isso e talvez aquele recibo do mercado, se você tiver?

– Eu tenho, vou procurar. E, sim, câmeras de segurança. Vou aparecer nas imagens da estação de trem!

– Onde você estava entre a hora que encontrou o corpo de Sophia às 15h15 até ser filmado pela câmera do ponto de ônibus da Morrison Road às 16h25?

– Eu... – Ele perdeu a voz e ficou olhando fixamente para a frente, os olhos um pouco desfocados. – Eu surtei, então fui dar uma volta em um parque.

– Você se encontrou com Vicky?

– Não.

– Porque temos Vicky nas imagens da câmera do mesmo ponto de ônibus quase vinte minutos antes de você. Vocês dois estavam na região.

– Não a vi. Eu estava no parque... Vocês não podem olhar os registros do meu celular?

– Você ligou para alguém? Ligou para Vicky depois que encontrou o corpo de Sophia?

– Não. Eu estava em choque e morrendo de medo de levar a culpa. Só andei a esmo tentando pensar no que fazer.

– Alguém viu você?

– Não sei, estava tudo quieto e vazio.

Foram interrompidos por uma batida na porta e McGorry colocou a cabeça para dentro.

– Com licença. Chefe, uma palavrinha – disse ele. – É importante.

CAPÍTULO 25

– Seja o que for, espero que valha a pena – disse Erika a McGorry quando eles já estavam no corredor do lado de fora. Peterson saiu atrás dela. McGorry fez que sim, com um brilho entusiasmado nos olhos.

– Vale, sim. Depois que Vicky foi capturada na câmera do ponto de ônibus da Morrison Road, ela foi para a estação ferroviária Blackheath e pegou um trem para London Victoria. Depois caminhou até a rodoviária de Victoria e embarcou em um ônibus para o norte. Era um ônibus noturno para Glasgow... – Ele mostrou uma série de imagens impressas que exibiam Vicky na estação de trem de Blackheath, o saguão vasto na estação de trem Victoria e então a rua menor, mais cheia e obscura da rodoviária de Victoria. Em todas as fotos, ela mantinha a cabeça baixa, mas eles conseguiram identificá-la pelo boné preto da Adidas.

– Se ela não tivesse erguido a cabeça no ponto de ônibus na rua dela, não saberíamos que é ela. Bom trabalho – elogiou Erika.

– É que tínhamos uma escala temporal que conseguimos usar para solicitar imagens específicas da Transport for London – explicou McGorry. – Tem mais. O ônibus em que ela embarcou para o norte saindo de Victoria fez três paradas no decorrer da noite. Na terceira, no posto de serviços Cairn Lodge, às 2h30 da madrugada de terça, ela desceu do ônibus e fez uma ligação. – Ele entregou mais uma foto embaçada de Vicky usando um telefone público no pátio do posto de serviços.

– Você pode solicitar o rastreamento da ligação, já que tem o horário e a localização exata? – perguntou Erika, empolgada ao ver que estava fechando o cerco sobre Vicky.

– Foi aí que mais uma vez usei o charme McGorry. Liguei para o posto de Cairn Lodge, flertei com a senhorinha do outro lado da linha, e ela ajudou muito. O telefone público quase nunca é usado, e as ligações são transferidas pelo sistema central de TI deles. Eles me deram o número para o qual Vicky ligou, uma mulher chamada Cilla Stone, que mora em Whithorn, em Dumfries and Galloway, na Escócia. É um endereço bem isolado, a cerca de duas horas e meia de Glasgow.

– Bendito seja o charme McGorry. Pena que nunca funciona em mim – disse Erika.

Ele sorriu.

– Sabemos quem é essa Cilla Stone? – perguntou Peterson.

– Ainda não, mas a equipe já está cuidando disso no setor de investigação. Mas pensei que daria para descobrir alguma coisa com Shawn.

– Certo. Bem pensado – disse Erika. – Para onde Vicky foi depois do posto Cairn?

Ela voltou para o ônibus e foi para Glasgow. Temos imagens dela descendo na rodoviária principal de Glasgow, e é aí que o rastro desaparece.

– Bom trabalho. Preciso que você examine as imagens da estação Blackheath e do ponto de ônibus de Morrison Road por volta das 15h, que é quando Shawn Macavity diz ter chegado no trem e depois ido a Honeycomb Court – pediu Erika.

– Certo. Pode deixar – disse McGorry.

Erika e Peterson voltaram à sala de interrogatório, e ela percebeu que seu momento com Shawn já era e que ele tinha se recomposto. *Esse era o risco quando se interroga alguém voluntariamente*, ela pensou. *No curto tempo em que saímos da sala, ele viu a luz do dia e agora* não *vai contar mais nada.*

– Obrigada pela paciência e pela ajuda aqui, Shawn – Erika disse enquanto eles se sentavam à frente dele na mesa.

– Acho que preciso de um advogado – disse Shawn, sem jeito. – Encontrei o corpo de Sophia e entrei em pânico. Mas não fiz nada. Não toquei em nada. Desculpa.

Erika olhou para Peterson. Havia o paradeiro mal explicado de uma hora e dez minutos do momento em que ele encontrou o corpo de Sophia até ser filmado pela câmera do ponto de ônibus, e isso era inquietante. Se pressionassem Shawn e tirassem uma confissão dele, ela poderia ser contestada no tribunal, se fosse feita sem a presença de um advogado. Eles já tinham conseguido bastante dele, e a descoberta de que Vicky estava na Escócia era importante. Peterson parecia estar pensando o mesmo. Ele assentiu.

– Certo. Gostaríamos que você voltasse para conversar com a gente na presença de um advogado. Poderia ser amanhã às 9h?

Shawn pareceu surpreso por ser liberado. Ele refletiu sobre a questão.

– *Sério?* Posso ir embora?

– Sim, mas esperamos que você volte amanhã, com um advogado, para continuar a conversa. E gostaríamos de pedir seu consentimento para tirar uma amostra de seu DNA.

Shawn hesitou.

– Sim, tudo bem.

– Ótimo. Podemos fazer isso amanhã quando estiver com o advogado. Na recepção temos uma lista de advogados aprovados – disse Erika, levantando-se. – Precisa que uma viatura busque você em casa?

– Er, sim.

Peterson se levantou da cadeira:

– Posso organizar isso – disse ele. – E vamos pedir para alguém mostrar a lista para você.

– Ah, Shawn. Só mais uma coisinha, antes de liberarmos você para seguir com seu dia. Conhece uma mulher chamada Cilla Stone? – quis saber Erika.

– Conheço. Ela foi nossa professora na Academia de Teatro de Goldsmith. Acho que ela já se aposentou. Por quê?

– Você sabe onde ela mora?

– Em algum lugar da Escócia. Vicky manteve mais contato com ela do que eu – disse ele. – Vocês acham que ela está lá?

– Obrigada, isso foi bastante útil. Vemos você amanhã cedo – desviou Erika. Eles se levantaram e guiaram Shawn até o corredor, onde um guarda estava esperando. – Pode levar o sr. Macavity até a saída?

Eles observaram Shawn se retirar até entrar no elevador no final do corredor.

– Ele tem essa cara de rato ensebado e consegue fazer um ménage com duas mulheres bonitas – comentou Peterson, balançando a cabeça.

– É claro que é nisso que você está pensando. Mais importante que isso: você acha que ele é um assassino?

– Qual seria a motivação dele?

– Drogas? Raiva? Ciúme? Você não o achou um pouco elétrico durante o interrogatório? – perguntou Erika.

Peterson encolheu os ombros.

– Ele parecia mais assustado que qualquer coisa. Será que estamos correndo um risco deixando que ele saia livre?

– Sim, mas, se ele for detido e acusado, preciso de evidências mais fortes, e quero fazer isso do jeito certo – disse Erika.

Quando eles voltaram ao setor de investigação, McGorry esperava por Erika, com uma folha de papel na mão.

– Estou realmente fazendo mágica hoje. – Ele sorriu. – Cilla Stone, ou Priscilla Stone, vive em Whithorn, em Dumfries and Galloway, na Escócia. Ela é a única "Cilla" registrada na região.

Crane tirou os olhos do computador.

– A única Cilla registrada na região! – disse ele. – Agradeça aos céus por Vicky não ter ligado para um número de Liverpool daquele telefone público. Senão McGorry estaria mandando uma viatura para a casa de Cilla Black para interrogar a falecida cantora.

Erika e Peterson riram.

– Brincadeira, amigo – Crane acrescentou para McGorry. – Bom trabalho.

– Encontrei a casa no Google Maps – disse McGorry. Ele mostrou a imagem em sua tela com uma vista de satélite de uma vasta península perto do mar. – Ela tem uma casa na costa com mais de dois hectares de terra.

– Um bom lugar para se esconder – disse Erika, esfregando os olhos cansados. O caso todo estava ficando muito complicado. Ela olhou o relógio. Eram quase 13h, e ela estava com vontade de comer outro sanduíche. – Certo, vamos pedir para a polícia local passar na casa de Cilla o quanto antes e descobrir o que está acontecendo.

CAPÍTULO 26

O tempo pareceu saltar. Em um momento, Vicky estava na praia, contemplando o mar, e, no outro, estava olhando para as garrafas de plástico espalhadas na areia ao longo de uma cerca alta com arame farpado.

O vento passava assobiando pelo arame, e as mãos e o rosto dela estavam dormentes pelo frio. Do outro lado da cerca, havia um bloco de areia, um edifício baixo e comprido ao longe e placas que diziam: Propriedade do Ministério da Defesa – Entrada Proibida.

Ela ouviu Noz-moscada latir, e se virou para vê-lo correndo na outra direção. Ele virou a cabeça para trás para olhar para ela e latiu de novo. Há quanto tempo estavam andando? Vicky havia caminhado uns bons quilômetros na praia e não conseguia mais ver a casa de Cilla. Havia apenas uma linha de névoa na direção de onde tinham vindo.

Noz-moscada latiu de novo. Vicky olhou para as próprias mãos. Suas unhas estavam azuis. Ela enfiou as mãos nos bolsos e voltou com Noz-moscada.

A volta levou uma hora, e parecia uma caminhada que não acabava nunca, agora que ela estava com frio e fome. Devagar, a casa de Cilla foi ressurgindo através da névoa.

O silêncio a atormentava. Naquele cenário, cercada pela beleza deslumbrante da paisagem, era para ela estar se sentindo em um oásis. Mas o silêncio só intensificava seus medos e as vozes em sua cabeça. Deixava que pesadelos e imagens terríveis invadissem sua mente.

Ela sabia que estava em uma situação perigosa, fugindo de um crime. E tinha medo de fazer qualquer coisa, mas, quanto mais se escondia, piores as coisas ficavam para ela. Vicky começou a ter pensamentos malucos. Ela poderia ser acusada do crime. Se isso acontecesse, seria colocada em prisão preventiva. Ele não teria como alcançá-la na cadeia. Ela estaria a salvo na prisão.

Estava grata por Cilla não a ter questionado muito; a mulher *só sabia* que Vicky estava com algum tipo de problema, mas qual seria a reação dela quando soubesse que havia uma jovem morta?

Cilla não tinha TV, mas tinha um laptop. Vicky propositalmente não tinha olhado as notícias.

A casa apareceu no horizonte, e Noz-moscada corria à frente. Provavelmente estava faminto e cansado. A caminhada de volta pareceu demorar uma vida e, quando chegou ao pé da escada que subia para a casa, ela se sentia exausta. No alto dos degraus de pedra e ao lado da casa, havia uma pequena área de cascalho onde uma BMW preta e sofisticada estava estacionada.

Vicky respirou fundo e deu a volta pelos fundos para entrar pela cozinha.

Colin e Ray estavam sentados à longa mesa da cozinha, e Cilla estava abrindo o que parecia ser uma segunda garrafa de vinho.

– Vicky! Querida! Já ia mandar um grupo de busca te procurar – disse ela. – Você se lembra de Colin e Ray.

– Oi – ela cumprimentou. Noz-moscada foi correndo até seu pote de água e começou a beber ruidosamente.

– Victoria Clarke, me lembro bem desses olhos expressivos – disse Colin, levantando-se e estendendo a mão. Era um homem bonito, alto, magro e com uma farta cabeleira escura, Vicky sabia que ele beirava os 60 anos. Ele estava usando um terno de lã azul com uma gravata cor de vinho. Suas mãos eram macias e usava um delicioso perfume pós-barba. Vicky apertou a mão dele. – Juro, você não mudou nada.

Ray era o contrário de Colin. Baixo, calvo e com um cavanhaque grisalho. Ele dava aulas de dança na escola. Estava usando uma calça jeans larga e uma camiseta esportiva azul da Adidas. Ele sorriu com uma fileira de dentes tortos e ainda assim, de alguma forma, emanava certo magnetismo sexual. Vicky não sabia se isso a deixava muito à vontade.

– Olá. Não nos conhecemos muito bem, mas me lembro de você – comentou Ray.

– Não fiz muitas aulas de dança – disse Vicky.

Ele estalou a língua e sorriu de novo.

– Uma pena – respondeu com uma piscadinha.

– Queimamos a largada – disse Cilla, erguendo a garrafa de vinho recém-aberta. – Que tal uma taça para esquentar, Victoria?

– Não quero atrapalhar.

– Bobagem. Tome – disse Cilla, pegando uma taça e servindo uma dose generosa. Ouviu-se o som baixo de um motor de carro, que foi ficando mais alto.

– Está esperando mais alguém? Planejando fazer a cinco? – disse Ray, piscando para Vicky de novo.

– Raymond, você precisa se comportar – repreendeu Cilla, com um brilho nos olhos. Do lado de fora veio o som de um carro entrando na garagem. Colin deu um gole de seu vinho e manteve os olhos em Vicky, observando-a. Depois de batidas na porta, Cilla foi até a janela.

– Meu Deus, são dois policiais – espantou-se ela. A campainha tocou e Cilla puxou o cardigã comprido ao redor do corpo. – O que será que eles querem? – ela se perguntou, saindo do cômodo.

Imediatamente uma imagem se formou na cabeça de Vicky, em que ela corria quase sem fôlego pela faixa de areia úmida e plana da praia, perseguida por dois policiais que a derrubariam no chão. A imagem parecia tão real. Ela conseguia sentir o suor em sua testa sob o vento frio e a sensação de seus pulmões ardendo pelo esforço da corrida.

Colin e Ray a observavam atentamente. Era como se conseguissem sentir o cheiro de seu medo. Colin deu mais um gole de vinho, e Ray acendeu um cigarro, recostando-se enquanto exalava a fumaça.

Esse é o problema de fugir até o fim do mundo: não tem para onde correr além da beira, pensou Vicky, enquanto ouvia o policial entrando no corredor com Cilla, e o nome dela sendo mencionado.

Ainda naquela tarde, Erika soube que a polícia local de Whithorn havia encontrado Vicky na casa de Cilla e que a colocariam num avião de volta a Londres na mesma tarde. A detetive decidiu dar pessoalmente uma atualização dos acontecimentos para Tess. Soube pela oficial de acompanhamento familiar que ela e Jasper estavam no restaurante, então foi de carro encontrá-los.

O Goose ficava no fim da rua principal de Blackheath, em um sobrado reformado. Parecia estar muito tranquilo. Havia espaço de sobra para estacionar na rua, e Erika trancou o carro e entrou.

O restaurante era claro e arejado. Exibia uma decoração bonita de estilo rústico com mesas e bancos de madeira – muito mais elegante do que a detetive havia imaginado –, mas estava vazio, e ela havia pensado que encontraria o finzinho da clientela do almoço. Erika mostrou o distintivo para um rapaz que estava olhando o celular atrás do balcão, e ele apontou para uma porta na direção da cozinha nos fundos.

Erika ouviu uma discussão e hesitou diante das portas duplas.

– Seis é um número ridículo! – Jasper estava gritando. – Precisamos servir pelo menos dezoito refeições completas no almoço, só para cobrir os custos.

– Minha irmã desapareceu! Vim aqui te ver, e você joga essa merda para cima de mim! – gritou Tess.

– Não estou jogando merda nenhuma em cima de você, mas preciso que fique do meu lado e admita que temos um grande problema. Estamos na merda em relação a dinheiro, com ou sem sua irmã.

Em seguida, os dois ficaram em um longo silêncio. Erika respirou fundo, empurrou as portas e entrou na cozinha. Era uma cozinha de galé fina e comprida com bancadas de aço inoxidável e potes de ervas cobrindo o parapeito, acrescentando um toque de cor. Jasper vestia uma impecável roupa branca de *chef* e estava apoiado num dos fogões com os braços cruzados. Tess estava a poucos metros dele e parecia prestes a sair. O visual dela estava todo desconjuntado: calça jeans largas, outra blusa de lã felpuda e o cabelo se arrepiava em tufos bagunçados.

– Quem deixou você entrar? – disse Jasper, notando Erika à porta. – Veio dar notícias de minhas facas?

– Oi, desculpa interromper – disse Erika. Com a menção das facas, ela notou uma longa faixa magnética sobre as bancadas de aço onde grupos de colheres e garfos de metal estavam fixados e intercalados com grandes espaços vazios. Erika se lembrou que sua equipe de perícia havia levado todas as facas do restaurante para testar. Eles ainda não tinham encontrado a arma do crime.

– Tem notícias da Vicky? – perguntou Tess, com esperança em seu rosto riscado de lágrimas.

– Sim, ela foi encontrada, sã e salva. Estava com uma professora da escola de teatro na Escócia.

– Ah! Minha irmã está mesmo bem? – Erika fez que sim. – Quando vou encontrar com ela?

– Ela está vindo de avião e chega a Londres ainda esta tarde. Quero conversar com sua irmã na delegacia, mas depois Vicky pode ir para a sua casa.

– Ah. Obrigada. Que bom. Que bom, não é, Jasper? – perguntou ela, voltando-se para ele. Tess hesitou, depois deu um abraço nele. Ele assentiu e pareceu aliviado.

– É uma ótima notícia, sim. Obrigado, detetive... – Jasper passou os olhos ao redor da cozinha enquanto Tess o abraçava. Ela afundou a cabeça em seu peito.

– Se precisarem de mais alguma coisa ou tiverem alguma dúvida, podem ligar para Fiona. Vou cuidar para que ela mantenha vocês atualizados sobre o retorno de Vicky – disse Erika. Ela fez menção de sair para deixá-los em paz, e notou o suporte magnético de facas de novo. – Não sei quando poderemos devolver suas facas. Mas vou perguntar; sei que são importantes para seu negócio.

– Tudo bem – disse Jasper, com a voz derrotada. – Obrigado. – Ele beijou o topo da cabeça de Tess. E Erika saiu da cozinha.

O barman tinha saído, e o salão vazio estava silencioso, era tanto silêncio que dava para ouvir o zumbido das geladeiras. Quando Erika saiu do restaurante e voltou para a rua, viu que os outros bares e restaurantes estavam cheios de gente.

Seu celular vibrou com uma mensagem informando que a escolta policial tinha acabado de chegar com Vicky ao aeroporto de Glasgow, pronta para embarcar para Londres.

CAPÍTULO 27

Erika olhou para o cigarro entre os dedos, a ponta brilhando vermelha no escuro. Ela deu um trago e exalou a fumaça sob a pálida luz alaranjada. Já tinha escurecido, e a detetive estava sentada nos degraus à frente da delegacia, esperando a viatura que tinha ido buscar Vicky no aeroporto da cidade de Londres. Moss saiu pela porta da frente e se sentou com ela.

– Eita. Você voltou a fumar? – indagou ela, envolvendo os braços diante do peito para se proteger do frio.

– Não voltei. Só estou irritada comigo mesma. É isso... – respondeu Erika. – E dizem que mudar de casa é tão estressante quanto uma morte na família.

– Tente dizer isso a Maria Ivanova... Foi terrível no necrotério. Estava tão furiosa quando precisou identificar o corpo da irmã. Nunca vi nada assim. Ela realmente gritou.

– Gritou com você?

– Não. Com o corpo da Sophia.

– O que ela gritou?

– Não sei. Foi em búlgaro, talvez fosse um fluxo de consciência. Havia uma palavra que ela não parava de dizer. *Putka*. E então, de repente, a raiva pareceu se esvair de seu corpo e ela se debruçou, chorou e acariciou o cabelo da irmã...

– *Putka* é algo como "vagabunda" em búlgaro – disse Erika.

– Achava que depois de tanto tempo já estaria acostumada com as coisas dessa profissão, mas então acontece algo que afeta a gente – disse Moss. Ela secou uma lágrima do olho. Erika estendeu o braço e apertou o braço de Moss por um momento. Ela secou os olhos. – Estou falando bobagem. Me dá um cigarro desses.

– Tem certeza?

Moss assentiu. Erika ofereceu o maço para ela pegar um, depois acendeu o isqueiro e estendeu a chama.

– Mais baixo. Não sou uma gigante que nem você – disse Moss. Erika sorriu e baixou o braço. Moss se inclinou e a ponta do cigarro se acendeu com um brilho. Ela inalou e tossiu. – Que horas o avião de Vicky pousou?

Erika olhou o relógio e viu que eram quase 20h.

– Uma hora atrás. O aeroporto não é longe. Disseram que a trariam com a sirene ligada... – O celular de Erika tocou e ela o tirou do bolso. Era um número que não reconhecia. – Vamos ver. Podem ser eles... Alô?

Houve uma pausa e então um homem com sotaque eslovaco falou:

– Estou na porta da sua casa. É o número 27 com a porta vermelha? – perguntou ele.

– Quê?

– Entrega da Argos... Você deve ter recebido um alerta por mensagem.

Erika ergueu o celular para olhar. Ela não conseguia ver uma mensagem.

– *Não, não recebi uma mensagem* – disse ela, levando o celular de volta à orelha.

– Você marcou uma entrega para às 20h. Estou na porta da sua casa – disse ele. O coração de Erika se apertou, tinha se esquecido completamente da entrega da cama e da máquina de lavar.

– Desculpa. Não estou em casa.

– Por que então agendou a entrega se não estaria aqui? – retrucou o homem, com a voz irritada.

O celular dela apitou e Erika viu que havia uma mensagem da policial que estava escoltando Vicky. Eles estavam a um minuto da delegacia. A detetive encostou o celular no casaco.

– Vicky vai chegar daqui a pouco – disse ela a Moss. Quando levou o celular de volta a orelha, percebeu que o homem estava irritado:

– Alô? Você está aí?

– Sim, oi. Desculpa, mas não vou conseguir ir agora. Posso remarcar a entrega?

– Estou na porta da sua casa com uma van cheia... *Do pici...* – continuou ele, com um murmúrio.

– Ei! Sou eslovaca. Sei o que isso quer dizer. Qual o seu nome?

– Vou pedir para alguém remarcar a entrega – o homem disse antes de desligar.

Erika não teve a chance de responder porque viu a viatura policial sair da rua principal e parar na barreira. Bem quando o carro virou, Erika ouviu vozes altas saindo de dentro da recepção da delegacia. Elas se viraram e viram Melanie entrando na recepção com o comissário adjunto Julian Wakefield e Charles Wakefield.

– Mas o que é isso? – murmurou Erika. O comissário adjunto estava usando seu uniforme social, carregando o quepe embaixo do braço, e Charles estava vestindo um terno mal ajustado com o *trench coat* por cima e o chapéu preto. Erika pensou no comportamento de Charles nos vídeos das câmeras de segurança, com o rosto escondido sob a aba do chapéu. A maneira como se movia parecia a mesma das imagens, com os ombros ligeiramente curvados. Com eles estava também um homem que tinha uma câmera de aparência profissional pendurada ao redor do pescoço. Ela se virou e viu o carro estacionar na frente dos degraus da delegacia com Vicky no banco de trás ao lado de uma policial em roupas civis.

O homem com a câmera tinha ficado para trás na recepção da delegacia. Julian e Charles estavam apertando as mãos de Melanie perto do balcão de recepção e, depois, saíram pela entrada principal, bem quando as portas do carro se abriram.

Para Vicky, o tempo pareceu ficar mais devagar assim que saiu do carro. O estacionamento estava iluminado e muito frio, e havia um cheiro de fumaça no ar. A delegacia era um prédio de concreto baixo e atarracado, e havia duas mulheres ao pé dos degraus da entrada, uma alta e magra de cabelo loiro, e a outra baixa e robusta de cabelo ruivo. A viagem de volta a Londres tinha sido rápida demais. As duas horas no carro até o Aeroporto de Glasgow passaram voando, e dali a levaram às pressas até um avião que decolou assim que se acomodaram em seus lugares. E agora ela estava ali e tinha que encarar a realidade. A policial que a havia acompanhado no avião era uma jovem escocesa pragmática, difícil de interpretar e sem habilidade para papo furado.

Quando Vicky saiu do carro, ela congelou. Descendo os degraus atrás das duas mulheres estavam Charles Wakefield e seu irmão, o oficial superior da polícia vestindo um terno todo chique.

– Boa noite – disse Julian enquanto colocava o quepe.

– Boa noite, senhor – as duas responderam.

Vicky percebeu a tensão no rosto das mulheres. A loira parecia em pânico, e a mais baixa estava com a testa franzida de preocupação. *Não devem ser filhos do mesmo pai*, ela pensou. *Eles não parecem ser irmãos*. Charles tinha se gabado muitas vezes de seu irmão, sempre dizendo que ele era um detetive experiente, um dos mais importantes da Polícia Metropolitana de Londres. Por muito tempo, Vicky *não* entendeu se Charles estava flertando com seu jeito destrambelhado, tentando impressioná-la com sua conexão na polícia, mas agora se deu conta de que aquilo era um alerta do tipo "não mexa comigo, eu *conheço* gente importante". Era isso, agora ela sabia.

Parecia que eles estavam se aproximando em câmera lenta. Julian fixou os olhos castanhos em Vicky, e seu interesse se manteve nela por um momento... Charles se virou para olhar para ela enquanto passava. Ele tirou o chapéu preto, e a luz dos faróis se refletiu em sua careca reluzente. E ele olhou para ela com uma ameaça real. Seus olhos se cravando nos dela, com o mais leve dos sorrisos maliciosos. Um pequeno sinal, destinado apenas para ela ver. Charles a lembrava de um personagem de *Indiana Jones e os caçadores da arca perdida*. O nazista careca dos lábios emborrachados. O sujeito se comportava da mesma forma, como um capanga com uma veia maléfica. Então os irmãos foram embora, dirigindo-se a um carro estacionado na penumbra ao fundo do estacionamento.

Só então Vicky se lembrou que deveria respirar, e ela inspirou fundo o ar frio e sujo.

Erika observou o momento em que Vicky e Charles se cruzaram. Foi num piscar de olhos, e Charles estava de costas para ela, mas a cara de Vicky disse tudo. Ela tinha pavor dele. Pavor de Charles.

Foi um momento estranhíssimo. Erika percebeu depois que deveria ter falado alguma coisa, mas não esperava ver Charles com Julian Wakefield em Lewisham Row no mesmo momento que Vicky chegou.

Vicky parecia pouco vestida para o clima de fim de outono de Londres, que dirá para o norte da Escócia. Estava trajando tênis, uma saia tartan curta, meias pretas grossas e uma blusa de lã com gola rolê. O cabelo castanho-escuro era comprido e um pouco bagunçado e ela carregava uma pequena mochila de trilha. Sob a luz que saía da recepção da delegacia, seu rosto era pálido, e Erika percebeu que a jovem tremia enquanto observava Charles e Julian Wakefield entrarem numa grande Range Rover preta. Erika conseguia ver a semelhança entre Sophia e ela. O formato do rosto e o cabelo comprido.

– Oi, sou a detetive inspetora-chefe McGroarty – disse a policial à paisana dando a volta pelo carro. Ela parecia um pouco mais velha do que Vicky. – Posso deixá-la com você?

Algo na maneira como ela disse isso dava a impressão de que estava cuidando de uma cachorrinha, e não escoltando uma jovem testemunha vulnerável de volta a Londres.

– Oi, Vicky. Sou Erika e esta é Kate – apresentou-se Erika, estendendo a mão. Vicky apertou sua mão com desconfiança. Sua mão estava fria, e ela estava tremendo. – Estamos investigando o assassinato de Sophia Ivanova. E só quero dizer que você não está encrencada em sentindo algum e que pode ir embora a qualquer momento... Temos um carro para levá-la para casa. Mas precisamos muito conversar com você sobre o que aconteceu. Tudo bem?

Vicky fez que sim. Ela parecia estar entrando em choque.

– Vamos entrar para fugir do frio e tomar uma bebida quente – disse Moss.

– Minha irmã sabe que estou bem? – disse Vicky, abrindo a boca pela primeira vez.

– Sim, sabe – respondeu Erika. – Vamos mandar um carro levar você para casa dela daqui a pouco.

– E ela não está brava comigo?

– Não.

Vicky assentiu e as seguiu escada acima para dentro da delegacia.

CAPÍTULO 28

– Vamos para o refeitório – disse Erika a Vicky enquanto desciam o longo corredor vazio que passava pelo centro da delegacia. Elas chegaram a uma porta e Erika a abriu, acendendo as luzes. A detetive apontou para um pequeno sofá com poltronas no canto.

– Quer conversar aqui? – indagou Vicky, olhando ao redor para o vasto refeitório vazio enquanto as lâmpadas tubulares se acendiam.

– Prefere algum outro lugar?

– Não. Pensei que iríamos a uma sala de interrogatório.

– Como eu disse, Vicky, esta é só uma conversa informal. Você não está presa. E está livre para ir embora quando quiser, mas precisamos de sua ajuda para resolver o caso – explicou Erika. Ela apontou para o sofá, e Vicky se sentou com desconfiança. Moss entrou no refeitório com uma bandeja com canecas fumegantes e um pratinho com biscoitos. Ela entregou uma caneca para cada. Vicky aninhou a dela entre as mãos. – Certo. Vamos começar do começo. Você encontrou o corpo de Sophia Ivanova em seu apartamento.

Vicky deu um gole e levou a mão à boca.

– Sim – assentiu ela. Uma lágrima se formou no canto de seu olho esquerdo e escorreu por sua bochecha.

– A que horas você a encontrou?

– Pouco antes das 16h de segunda. Eu entrei... e não sabia o que era a princípio. O sofá-cama estava dobrado para cima, meio fechado, mas parecia que tinha algo... – Ela respirou fundo e fechou os olhos.

– Sem pressa.

– Parecia que tinha algo... encaixado, enfiado dentro do sofá-cama dobrado, e então vi todo o sangue, encharcando o colchão... Abri a cama, e ela estava deitada lá, como uma boneca quebrada.

– Você tocou o corpo de Sophia?

– Não.

– Você tinha um turno para trabalhar no restaurante de sua irmã naquela tarde. Por que não foi? – perguntou Moss.

Vicky se afundou na cadeira e fechou os olhos.

– De manhã fui ao West End... Vender um microfone. Penhorar um microfone.

– A que horas?

– Saí umas 10h30.

Erika olhou para Moss.

– Por que você venderia seu microfone? Você tem um podcast – disse Erika.

Vicky hesitou, mantendo os olhos no chão.

– Era um microfone, não o único. Pensei que poderia arranjar uma grana com ele. Valia muito mais, mas eu tinha que pagar o aluguel para minha irmã... Vender um microfone que eu não usava era melhor do que um turno diurno no Goose.

– Você não gosta de trabalhar lá? – perguntou Moss.

– Não.

– Por quê?

– Meu cunhado, Jasper, não vai muito com a minha cara. Me deixar trabalhar lá é tipo um favor que ele faz para a minha irmã. Tess o obriga a me empregar.

– Eu odiava ser garçonete – lembrou-se Moss.

– É pior quando seus parentes são donos do restaurante e têm seus próprios problemas financeiros. O restaurante não está indo bem – contou Vicky, ajeitando-se incomodada na cadeira.

– Você vendeu o microfone? – perguntou Erika.

– Sim. Consegui oito libras.

– Quando voltou para casa e encontrou Sophia, o que você fez? – questionou Erika.

– Fiquei lá parada por sei lá quanto tempo e depois fugi.

– Por que fugiu? Por que não chamou a polícia?

Vicky sacudiu a cabeça, olhando para a frente. Então deu de ombros.

– O que você levava?

– Uma mochila. Esta mochila, com algumas coisinhas – respondeu ela, apontando para a mochila no chão ao lado dela. – E o dinheiro que ganhei da loja de penhor.

– Você planejou ir para a Escócia?

– Não planejei nada. Só fugi.

– Cilla Stone é uma amiga próxima? – disse Erika.

– Sim. – A menção à Cilla fez o rosto dela se iluminar pela primeira vez.

– Você é mais próxima dela do que de sua irmã, Shawn ou outros amigos?

– Cilla é... Ela é um tipo de pessoa completamente diferente. Um espírito livre. Uma pessoa positiva maravilhosa. Sem julgamentos. Ela sempre me faz sentir como se eu pudesse fazer qualquer coisa, ser qualquer coisa. E me incentivou a construir o estúdio e a me dedicar ao podcast. Como se costuma dizer, é uma amiga para todas as horas. É assim que ela é – respondeu Vicky.

– Cilla foi sua professora na escola de teatro e tem 60 e poucos anos. É uma grande diferença de idade – pontuou Erika.

– O que isso tem a ver?

– Ela é casada?

– Não.

– Tem filhos?

Vicky hesitou, como se tivesse que pensar para responder.

– Sim, tem um filho que mora nos Estados Unidos.

– E quem é o pai dele? Se Cilla não é casada?

– Não sei.

– O filho é casado? Ele tem filhos?

Vicky suspirou, impaciente.

– Acho que sim... Ele tem duas crianças. Sim, duas meninas.

– Como elas se chamam?

Houve uma longa pausa. Vicky estava começando a ficar agitada.

– Não sei – disse ela. – O que isso tem a ver?

– Vicky, estou tentando entender essa história. Cilla é a pessoa de quem você se sente mais próxima. Sua amiga para todas as horas. Você fugiu para a casa dela lá na Escócia. Mas não parece conhecê-la a fundo – disse Erika.

– Eu conheço, sim! – exclamou Vicky, erguendo a voz. – E não tenho que provar minha amizade com ela para você. Talvez seja porque somos tão diferentes que podemos ser amigas. Sinto que posso respirar quando estou com ela. Cilla não liga para classe social, dinheiro nem o que as pessoas pensam, e a porra da minha irmã e a porra da minha vida parecem girar em torno dessas coisas! – disse ela, recostando-se e tremendo de raiva.

– É isso que a atraiu em Sophia? Por que ela pensava diferente? – perguntou Erika.

– Sim. Ela também tinha uma irmã autoritária, que esperava coisas dela... – Vicky desmoronou de novo e sua cabeça se inclinou para a frente enquanto seus ombros tremiam. Moss se inclinou e ofereceu um lencinho para ela. A porta do refeitório se abriu com um rangido, e Erika viu Melanie colocar a cabeça para dentro.

– Desculpa. Não sabia que estavam aqui – disse ela e começou a sair de novo. Erika voltou a olhar para Vicky e viu que ela estava derretida entre lágrimas e soluços. Moss se aproximou e colocou a mão no ombro de Vicky. Ela fez um sinal para Erika.

– Melanie. Posso falar com você um minutinho? – perguntou Erika, levantando-se e correndo até a porta. Ela queria saber o que é que Charles Wakefield estava fazendo na delegacia com o comissário adjunto.

Erika saiu para o corredor estreito com Melanie, fechando a porta do refeitório em que se ouvia o choro baixo de Vicky.

– Por que Charles Wakefield estava aqui? – perguntou ela.

Melanie cruzou os braços.

– Ele veio apresentar um cheque para o fundo beneficente da Polícia Metropolitana de Londres – disse ela. Erika notou que ela estava com uma roupa mais elegante do que a habitual, um terninho preto elegante da Chanel.

– Às 20h de uma quarta?

Melanie inclinou a cabeça e olhou para Erika com a testa franzida. Ela abriu um sorriso encantador.

– Sim. Foi uma doação grande, então era uma oportunidade para uma foto. Dezoito horas era o único horário que o comissário adjunto podia estar presente com Charles e o fotógrafo – explicou.

– Charles Wakefield doou o dinheiro? – perguntou Erika, pensando no apartamentinho estranho que ele morava e nos poucos objetos e pertences.

– Não. Ele está no conselho do Fundo Boulderstone, uma instituição de caridade local que faz doações generosas ao fundo beneficente da polícia.

– Henrietta Boulderstone – disse Erika, suspirando. Charles Wakefield tinha algumas pessoas poderosas de seu lado.

– Qual foi o valor da doação?

– Cem mil.

Erika ergueu as sobrancelhas.

– Melanie. O momento em que isso...

– Sim – disse ela, com um tom de alerta na voz.

– Charles Wakefield ou o irmão dele sabiam que Vicky Clarke estava a caminho dessa delegacia para falar sobre o assassinato de Sophia Ivanova?

– Não, Erika. Nem eu sabia. Fiquei sabendo por alguém da sua equipe.

– Sim, bom, as coisas avançaram muito rápido hoje.

– O que é bom. Mas vou pedir que me mantenha atualizada.

Erika sabia que Melanie estava brava, mas ela também se sentia brava, como se estivesse sendo mantida no escuro e sua investigação fosse secundária à política e à falsa diplomacia.

– Posso saber há quanto tempo este circo está planejado?

– Ontem, só me contaram ontem.

– Não te parece estranho? Ainda tem um ponto de interrogação enorme sobre Charles Wakefield. Ele pode ser um suspeito.

– Mas você não tem as imagens que comprovam o álibi dele?

– Temos imagens de alguém que achamos que é Charles Wakefield para apoiar o álibi dele, mas o chapéu esconde o rosto dessa pessoa. E, mesmo com essa incerteza, de repente, do nada, vocês organizam um evento com uma sessão de fotos, no qual ele entrega um cheque gordo para uma instituição de caridade da polícia. E Julian Wakefield vem junto.

– Erika, o cheque, a instituição de caridade e a presença de Charles no conselho são todos legítimos. O momento é curioso? Sim. Estou falando para você como fazer seu trabalho? Não.

– Vicky Clarke surtou quando o viu – disse Erika.

– E isso prova o quê? – disse Melanie.

– Um assassinato brutal aconteceu no apartamento dela, e o apartamento ao lado dela por acaso pertence a Charles. E Vicky ficou tão assustada com o crime que, por motivos que estou tentando descobrir, fugiu do local. É muito esquisito.

– Bom, Erika. Preciso que tenha mais informações do que apenas "esquisito". Você responde a mim, mas não se esqueça que nós duas respondemos ao comissário adjunto. Agora volte ao seu interrogatório.

Melanie foi andando pelo corredor e Erika a observou por um momento. Normalmente ela era muito calma e serena. Algo a havia abalado.

CAPÍTULO 29

Quando Erika voltou ao refeitório, Moss tinha conseguido fazer Vicky voltar a falar.

– Eu deixava Sophia usar meu apartamento para encontrar uns caras – ela estava contando com a voz baixa. Erika se aproximou na ponta dos pés e se sentou. A geladeira zumbia ao fundo. Elas deixaram o silêncio se estender ao redor de Vicky para que ela se sentisse compelida a elaborar. – Sophia não era feliz.

– Por que não era feliz? – perguntou Moss.

– Ela e Maria eram pressionadas a ser as melhores na escola e a estudar muito. Os pais delas queriam que fossem médicas e cursassem Medicina em inglês. Maria é mais conservadora. Ela quer se formar e depois o sonho dela é conhecer um bom médico com quem possa se casar, ter filhos e ser cuidada. Sophia queria se divertir. Queria se libertar das amarras que a prendiam. Estou citando as palavras dela.

– Você conhecia bem as irmãs? – perguntou Erika.

– A Sophia eu conhecia bem. Ela era uma pessoa mais aberta. Como eu ficava muito em casa, eu recebia encomendas por elas. Às vezes passava no apartamento para tomar uma taça de vinho com ela quando Maria estava trabalhando.

– Ainda não entendi o que fez você decidir começar a emprestar o apartamento para ela usar. – perguntou Moss. Vicky se curvou sobre a caneca de chá e alternou o olhar entre Moss e Erika, depois baixou os olhos.

– Ela não transava só com homens – disse com a voz baixa.

– Você teve uma relação sexual com Sophia?

Vicky suspirou e fez que sim.

– Aconteceu algumas vezes, a primeira foi numa noite tranquila de meio de semana. Ela veio buscar uma encomenda, ficou para um café, depois tomamos vinho. Ficamos bem bêbadas. Uma coisa levou à outra... Eu nunca tinha ficado com uma garota antes...

– Você e Sophia tinham um relacionamento? – perguntou Erika.

– Não. Foi só uma coisa boba que aconteceu algumas vezes e, então, numa noite, Sophia foi buscar uma encomenda acompanhada de um cara que trabalhava no hospital... Maria estava no trabalho. Eu os convidei para beber. Eu sabia o que aconteceria. Nós três acabamos juntos na cama.

– Qual é o nome dele, esse rapaz do hospital?

Vicky colocou o chá na mesa e esfregou os olhos.

– Reece. Não sei o sobrenome dele... Foi daí que passei a emprestar o apartamento. Na verdade, aconteceu só duas vezes. E ela era muito respeitosa, trocava os lençóis depois. Deixava vinho e chocolate caro de presente para mim. Era uma boa amiga. – Vicky soltou um longo suspiro. Suas mãos estavam tremendo.

– Quando foi a última vez que Sophia usou seu apartamento?

– Algumas semanas atrás. Ela ficou com uma cópia da minha chave. Na primeira vez que usou o apartamento, ela a devolveu para mim, mas, depois da segunda vez, não pedi de volta e a chave ficou com ela. Eu confiava nela.

– Você sabia que ela usaria seu apartamento na segunda-feira?

– Não.

Erika sabia que deveria contar para Vicky que Sophia tinha marcado de encontrar Shawn na tarde de segunda, mas não queria distraí-la do contexto mais amplo.

– Vamos voltar um pouco. Você chegou em casa na segunda, pouco antes das 16h. Abriu a porta e viu que tinha algo errado. Sophia estava dentro de seu sofá-cama, morta. Entendo que tenha ficado muito assustada, mas o que fez você fugir?

Vicky balançou a cabeça e secou as lágrimas que se formavam sob seus olhos.

Erika continuou:

– Por que fugir? Sophia tinha uma chave para sua casa, e você tinha um álibi. Você passou a tarde toda fora. Deve ter sua imagem gravada em centenas de câmeras de segurança na área central de Londres, e podemos confirmar isso. Tem dezenas de livros de *true crime* em seu apartamento. Faz pesquisas extensas para seu podcast. Estatisticamente, deve saber que apenas uma porcentagem muito, muito minúscula de mulheres cometem crimes violentos. Você não seria nossa primeira suspeita. Não acho que estar assustada seja explicação suficiente para justificar por que você fugiu.

Erika se recostou e percebeu que tinha acelerado o assunto. Será que ela estava forçando demais?

Vicky abriu a boca e a fechou de novo.

– Vocês já encontraram uma amiga brutalmente assassinada em sua cama? – disse ela, olhando para Erika e Moss com dureza no olhar. As duas disseram que não. – Então não fazem *ideia* do que eu estava sentindo, como estou me sentindo e como estava aterrorizada!

Ela se recostou e cruzou os braços com um ar de que não falaria mais nada. Erika percebeu que Vicky estava se fechando e ficando brava, então decidiu arriscar e aproveitar isso.

– Você sabe quem matou Sophia? – perguntou.

– *Não!* Não, não sei. Não sei mesmo.

– Você sabe que sua irmã encontrou o corpo de Sophia e o identificou por engano como se fosse você? – disse Moss.

– Quê? – disse Vicky, erguendo a cabeça para olhar para elas.

– Tess achou que tinha encontrado seu corpo, entrou em pânico e, pelas primeiras 24 horas, identificamos o corpo de Sophia incorretamente como se fosse seu.

Vicky continuou a olhar para elas, boquiaberta, depois balançou a cabeça.

– Não sei o que mais dizer.

– Quer nos fazer alguma pergunta?

– Não.

Erika ficou incomodada pela falta de curiosidade. Algo estava seriamente estranho. A jovem tinha um interesse genuíno por crime com seu podcast, mas não estava fazendo nenhuma pergunta sobre o crime ou se havia algum suspeito. Tinha ficado com muito medo de levar a culpa pela morte de Sophia. E agora estava determinada a não saber quem a matou. Não fazia sentido.

– Você conhece algum dos homens que Sophia levou ao seu apartamento? – perguntou Erika.

– Só conheci o Reece.

– E Shawn? – perguntou Moss.

– O que tem ele?

– Ele nos contou que vocês três transaram.

Vicky olhou para ela com frieza.

– Sabe, não preciso estar aqui. Posso sair a qualquer momento.

Erika viu que, apesar da agressividade da reação, as mãos dela continuavam tremendo.

– É possível que Sophia soubesse que você estava fora e tenha levado um homem sem pedir permissão?

– É possível.

– O que seus vizinhos pensavam disso? Você mora em um prédio bem pequeno, e todos devem ver pessoas entrando e saindo.

– Não ligo para o que eles pensam.

– E Charles Wakefield, seu vizinho do lado? Você acabou de vê-lo e não se perguntou por que ele estava aqui?

Moss olhou de canto de olho para Erika. O rosto de Vicky era difícil de interpretar. Ela parecia estar alternando entre várias emoções: medo, repulsa e impaciência com o interrogatório. Ela abriu a boca para falar algo, depois fechou.

– Vicky? Você acha que ele matou Sophia? É disso que você tem medo? Por favor. Só podemos ajudá-la se nos contar.

– *Não*! – respondeu ela, empurrando a cadeira para trás e se levantando. A violência como reagiu foi tão grande que seus pés bateram na mesa e viraram a caneca de chá. Erika e Moss ficaram em silêncio por um momento enquanto ouviam o chá se esparramar sobre o piso de pedra. – Não... Não. Está tarde. Estou cansada. Não. Quero ir embora. Você disse que eu poderia ir a qualquer momento. Então quero ir embora. Agora! Por favor... não dormi direito. Preciso dormir. Tenho o direito de ir e vocês precisam deixar que eu vá *agora*!

Erika olhou para o relógio. Tinha passado das 23 horas. Ela sentia que mal tinham arranhado a superfície do que havia acontecido, e havia muita coisa perturbadora nessa situação. Mas ela tinha que ser paciente. Precisavam extrair as informações de Vicky e ganhar a confiança dela.

– Certo. Obrigada, Vicky. Vamos te levar para a casa de sua irmã.

– Sim. Obrigada.

– Você deve entender que não vai poder voltar a seu apartamento por um tempo.

– Não quero voltar nunca mais – disse Vicky. – Agora, por favor. Preciso ir.

CAPÍTULO 30

Erika levou Vicky de Lewisham Row para Blackheath, e era meia-noite quando as duas pararam na frente da casa de Tess e Jasper.

– Vicky. Sei que você não quer mais conversar hoje...

– Não quero! – disse ela entre dentes. E começou a soltar o cinto de segurança.

– Então posso só pedir para me ouvir por um minuto? Pode ajudá-la a se sentir melhor.

Vicky se recostou e soltou um longo suspiro, o que a fez parecer mais jovem do que seus 27 anos. Como uma adolescente levando bronca.

– Se você sabe quem fez isso, juro para você, *juro*, que pode me contar quem foi. Você estará segura. Vou te manter em segurança... Passei toda a minha carreira como policial lutando contra sacanas corruptos, e muitas vezes foram sacanas corruptos dentro da força policial. Policiais com uma patente mais alta do que eu...

Vicky retribuiu o olhar fixo de Erika na escuridão.

– Como você pode me proteger? – questionou ela com a voz baixa.

– Posso mobilizar recursos para que receba proteção policial, se quiser me contar alguma coisa.

– E como pode ter certeza de que esses policiais que me protegeriam não são corruptos?

Erika percebeu que não deveria ter mencionado a questão dos policiais corruptos. Vicky hesitou, e Erika pensou que a jovem diria alguma coisa, mas apenas desafivelou o cinto.

– Por favor. Quero dormir. Quero ver minha irmã.

– Você pode voltar amanhã cedo e conversar comigo de novo? Informalmente, claro.

– Sim.

– Posso vir buscar você aqui, lá pelas 9h30?

– Tá.

Elas saíram do carro e foram até a porta da frente. Quando Erika tocou a campainha, não havia luzes acesas na casa. Um momento depois, uma luz brotou na janela do andar de cima, e em seguida Tess abriu a porta. Estava vestindo um cardigã de lã sobre uma camisola florida e desleixada.

– Ai, Deus. Vicky! Por que você não me ligou? – indagou Tess, colocando os braços ao redor dela e a puxando para um abraço. A voz de Vicky ficou abafada por um momento, enquanto ela chorava de soluçar no peito da irmã.

Erika viu que Jasper estava na cozinha, diante do fogão.

– Passo aqui amanhã às 9h30 – disse Erika. Vicky se afastou da irmã, o rosto vermelho e manchado, e assentiu.

– Boa noite – disse Tess, com a voz seca, e bateu a porta. Erika esperou um momento, mas não conseguia ouvir nada de trás da porta, então voltou para o carro.

Erika estava frustrada. Sabia muito pouco, e essa era uma situação delicada. Tecnicamente, Vicky tinha fugido do local de um assassinato, e isso era um crime, mas ela não queria seguir por esse caminho, não por enquanto. A detetive tinha esperança de que Vicky começasse a falar por conta própria.

Erika ligou o motor e dirigiu pelo trajeto curto até sua casa.

– Pensei que você estivesse morta! – exclamou Tess, olhando para a irmã com um misto de raiva e alívio. A pequena sala de estar estava quente, e Vicky olhou fundo para o rosto acusador da irmã.

– Por que não ligou pra gente? – questionou Jasper, ainda atrás da bancada da cozinha. Era como uma barreira, que o mantinha distante.

– Vocês não teriam entendido – respondeu Vicky. Tess avançou e por um momento Vicky pensou que a irmã bateria nela. Ela se encolheu, mas Tess a puxou para um abraço. Era mais alta, e Vicky sentiu o rosto afundar na lã da blusa de Tess e sentiu os braços da irmã a apertando com mais firmeza.

– Nunca mais faça isso de novo, está me ouvindo? Você é tudo o que eu tenho – disse Tess. Ela abraçou a irmã com mais força e o rosto de Vicky ficou amassado contra o tecido. Ela conseguia sentir a caixa torácica de Tess sob seu pescoço.

– Ai! Você está me sufocando – disse ela, tentando recuar. Tess continuou abraçando por mais um momento, depois soltou. – O que está fazendo? Tentando me asfixiar?

– O que estou fazendo? Estou te abraçando. Eu estava enlouquecendo de angústia e preocupação! – gritou Tess, erguendo um dedo e o apontando bem na cara da irmã. – Pensei que estivesse morta! Você sabe como é essa sensação? Perda? Passei um dia e uma noite pensando que você estava morta e que teríamos que te enterrar! E agora descobrimos que você fugiu! Jesus Cristo, Vicky! Eu achava que você tinha aprontado algumas no passado, mas isso!

Vicky sentiu uma raiva súbita da irmã.

– Isso é tudo o que você consegue dizer, sua vadia egoísta? Sophia está morta e tudo que consegue fazer é gritar comigo?

Tess se revoltou, e o tapa foi forte e inesperado. Vicky recuou, chocada, segurando a bochecha ardida.

– Como você se atreve a falar assim comigo na minha casa! – gritou Tess.

– A casa não é sua. É do banco, assim como todo o resto! – gritou Vicky e partiu para cima da irmã, com as garras para fora, querendo arrancar os olhos dela. Tess saiu do caminho, mas não antes de Vicky riscar um canto da bochecha dela com a unha. Tess revidou e deu outro tapa forte na lateral da bochecha de Vicky. Seu ouvido zumbiu enquanto cambaleava para trás na direção da lareira, batendo as costas na cornija de pedra e derrubando um porta-retratos no carpete.

– *Chega!* – gritou Jasper. – Ele bateu uma frigideira na bancada com um clangor alto. – Chega, vocês duas! – Ele deu a volta e parou entre elas. Vicky estava recostada na parede perto da lareira, apertando a lateral da cabeça. Tess estava massageando o longo arranhão na lateral da bochecha, que tinha começado a sangrar.

Vicky se surpreendeu por Jasper se comportar de forma tão hostil com as duas. Ele não foi ajudar Tess nem ofereceu um lenço para estancar o sangramento.

– Estou feliz que esteja bem, Vicky. Mas tem coisas sobre as quais precisamos conversar amanhã – disse ele. Jasper olhou para Tess mais uma vez; depois foi até o cabideiro perto da porta de entrada, apanhou seu casaco e saiu da casa.

Depois que a porta bateu, elas ficaram em silêncio por um longo minuto. Vicky pegou as fotos; uma delas era do casamento de Tess. Ela observou a imagem e pensou em como estavam felizes. Tess sorria, radiante em seu belo vestido, enquanto assinava o registro com Jasper ao seu lado, extremamente sexy em seu terno escuro. Ela passou a mão no porta-retratos, e afastou o pensamento indecente, sentindo-se culpada. Aliviada pelo vidro não ter se quebrado na queda, ela o recolocou na cornija. Olhou para a irmã, que estava parada no mesmo lugar, a mão estancando o sangramento na bochecha, olhando fixo para o carpete.

– Desculpa – disse Vicky.

Houve mais uma longa pausa.

– Por que não me procurou? – perguntou Tess, com a voz baixa. – Por que procurou Cilla?

– É complicado.

– Não, não é – disse Tess, olhando para ela cheia de hostilidade. – Você só não quer contar para mim. O que Cilla tem que eu não tenho?

– Ela não me julga.

– Você acha que é o que eu teria feito? Julgar você? Você sabe quem a matou? Essa tal de Sophia?

Vicky manteve contato visual com a irmã, mas não respondeu.

– O que ela estava fazendo em seu apartamento?

– Só quero dormir – disse Vicky, sentindo o peso da exaustão cair sobre ela.

– Então é isso? Fim de papo? Você causa esse drama enorme e fim? Vicky está cansada, quer ir para a cama. Vicky faz o que der na telha. Vicky faz o que quer.

– Você não faz ideia do que passei, Tess – respondeu Vicky.

– Não, não faço... Você vai ter que dormir no sofá – disse Tess, secando o queixo com o dorso da mão. Ela foi até a cozinha e pegou alguns papéis-toalhas.

– Por que não posso dormir no quarto de hóspedes?

– Porque Jasper está dormindo no quarto de hóspedes – respondeu Tess. Ela encarou Vicky com ar de desafio.

– Ah.

– Decidimos dar um tempo.

– Um tempo de quê?

Tess olhou para ela.

– Não seja idiota, porra. Você sabe o que isso quer dizer.

– É por minha causa? – Vicky começou a dizer.

– Não! Nem tudo é sobre *você*! – Tess estourou, parecendo se encher de raiva de novo. – Você não é o centro do mundo! Enquanto estava lá levando a vida que queria e fazendo o que queria, eu estava aqui, tentando ganhar dinheiro e manter as coisas sob controle... – Ela passou o lenço no queixo. – Vou passar um antisséptico nisso. Sabe Deus o que tem embaixo de suas unhas. Vou para a cama. Tem cobertas e travesseiros no armário do corredor.

Vicky observou a irmã subir a escada e se sentiu muito sozinha na sala vazia.

CAPÍTULO 31

Quando Erika chegou em casa, George, o gato, esperava por ela no corredor. Assim que ela passou pela porta, ele ronronou e se entrelaçou por entre as pernas dela. A casa estava um gelo. Havia um pequeno cartão da *Argos Delivery* no chão do corredor. No verso tinha a seguinte mensagem: *Para alterar a data de entrega, ligue para este número.* Alguém, provavelmente o entregador, tinha sublinhado o número de telefone com caneta azul e acrescentado: *porque você não estava!!!* Ela notou os três pontos de exclamação.

– Olhe só, George, minha primeira correspondência é de um entregador furioso – disse Erika, recostando e mostrando o cartão. George o farejou, depois a encarou com os olhos verde-esmeralda e miou alto. – Está concordando comigo?

Ele miou de novo.

– Ou isso é: *me dê comida*?

Miau.

– Preciso aprender a falar a língua dos gatos. Será que tem algum aplicativo que ensina? – questionou-se Erika, caminhando até a cozinha e acendendo a luz. – Ah, inferno – praguejou vendo as tábuas de assoalho expostas e a bagunça das caixas.

No caminho de volta da casa de Vicky, Erika tinha passado no posto de gasolina e comprado alguma comida, e dois sacos de lenha e acendedores. A ideia de passar mais uma noite nas tábuas do assoalho a encheram de pavor. Ela colocou as sacolas no canto da cozinha. Abriu outra lata de seu precioso patê Májka para George, fez uma torrada e esquentou um feijão cozido no micro-ondas. Ela observou enquanto George se empanturrava, e torceu para que o gato ficasse e dormisse no edredom com ela. Olhou para o relógio. Já tinha passado da meia-noite fazia tempo e ela estava jantando.

Erika adorava seu trabalho, mas queria ter pelo menos um pé no mundo real. Sabia que ter um homem esperando por ela em casa dificilmente aconteceria a essa altura, mas uma cama aconchegante e uma casa em ordem seria o suficiente. Ela queria um banho, calefação e *carpetes*.

Erika comeu e, em seguida, vasculhou as caixas até encontrar uma pilha de cobertas. Ficou contente quando viu que George a seguiu até o quarto. Ela acendeu o fogo na lareira minúscula e empilhou as cobertas em cima do edredom. George subiu na cama recém-feita e andou em círculos antes de se acomodar. Ele se deitou, contente, olhando para ela.

Olhando ao redor do quartinho aquecido, se deu conta da sorte que tinha. Então pensou em Vicky. A garota estava sobrecarregada de segredos. Relembrou o encontro com Charles Wakefield e o comissário adjunto, e o fato de ainda não saberem ao certo se Charles era o homem nas imagens das câmeras de segurança.

Erika deu uma olhada no relógio. Já era muito tarde. Ela respirou fundo e ligou para o celular de Marsh, mas caiu direto na caixa postal. Lembrou-se da conversa com ele na sala de Melanie, de como tinha exigido ser atualizado sobre tudo, por menor que fosse. Erika discou o número fixo e apertou o botão "ligar".

– Alô? – atendeu uma voz feminina, carregada de sono. Era Marcie, esposa de Marsh.

– Desculpa ligar tão tarde, é Erika – disse ela.

Marcie fez uma pausa antes de responder:

– Caramba, Erika. Não é tarde, é de madrugada.

– Mas é urgente. Paul está aí?

– Ele está dormindo!

– Acorda ele pra mim?

Marcie suspirou alto, murmurou alguns palavrões e baixou o fone com um estampido. Erika ouviu o som de molas rangendo e de uma porta se abrindo, e pareceu que Marcie estava atravessando o corredor e batendo numa porta. Será que Marsh e Marcie estavam dormindo em quartos separados? Uma porta se abriu.

– O que foi? – disse Marsh, com a voz grogue.

– É Erika no telefone fixo – disse Marcie.

Erika se sentiu constrangida por escutar os segredos do casamento disfuncional de Marsh. Um momento depois, Marsh atendeu o telefone.

– O que foi, Erika?

Ela resumiu rapidamente o que havia acontecido quando Vicky tinha visto Charles Wakefield na delegacia e explicou o problema das imagens das câmeras.

– Jesus. Você me acordou por isso?

– Paul, não consigo verificar o álibi de Charles Wakefield no dia que Sophia foi morta.

– Sophia?

– Sim, foi Sophia Ivanova que morreu! O corpo dela foi identificado erroneamente como Vicky Clarke! – estourou.

– Certo, não precisa perder a cabeça, acabei de acordar – disse Marsh.

– Preciso provar que Charles Wakefield está falando a verdade e que estava em Londres, o que dá a ele um álibi para o horário provável do assassinato.

– Caramba, Erika, use a cabeça. Vá à estação de trem e peça para os funcionários da bilheteria verificarem se era ele.

– E se não conseguirem? Preciso que ele seja interrogado, mas Melanie está tentando me dissuadir sutilmente, e o comissário adjunto armou aquela jogada beneficente desta noite, transmitindo uma mensagem bem clara, mesmo que todos insistam que é apenas uma coincidência!

Marsh suspirou.

– Você tem o DNA de Charles Wakefield de quando ele ficou preso?

– Tenho.

– Se tiver uma correspondência com o DNA do local do crime, ele poder ser apreendido, mas, até lá, precisa agir com cautela. Não sei o que mais você quer que eu diga.

Erika se tocou de repente de que aquele telefonema poderia ter esperado até a manhã seguinte. Ela tinha permitido que sua raiva e sua frustração transbordassem.

– Não sei, talvez eu só quisesse que alguém me falasse que não estou imaginando coisas. Que meu instinto está certo.

– Nunca fui um policial intuitivo – disse Marsh, em um raro momento de autodepreciação. – Sou muito melhor em lamber botas em salas de reunião.

Erika riu.

– Desculpa por ligar tão tarde.

– Você tem algum outro suspeito?

– O namorado, Shawn Macavity. Temos uma hora mais ou menos do tempo dele sem explicação depois que encontrou o corpo de Sophia.

Estamos esperando para pegar uma amostra de DNA dele. E, sei lá, não acho que tenha sido ele.

– Não é suficiente.

– Eu sei, mas é meu instinto, que quase nunca erra.

– Cuidado com esse instinto, porque ele ainda pode te causar problemas.

– Ah, já causou, muitas vezes – disse Erika.

– Boa noite e boa sorte. Tenho certeza que vai resolver esse caso rapidinho – disse Marsh. – E fique à vontade para ligar em um horário mais adequado se precisar de qualquer coisa.

Quando desligou, Erika sabia que ele estava falando essas coisas para aumentar a confiança dela, mas apreciou o gesto mesmo assim.

CAPÍTULO 32

A uma curta distância da casa de Erika, Vicky estava deitada no escuro da sala de estar da irmã. O pé-direito era baixo, como de um chalé, e a casa era muito antiga, então soltava rangidos e gemidos estranhos. A entrada e a sala de estar tinham sido integradas, criando um cômodo comprido com duas vistas, e as janelas da cozinha nos fundos davam para um pequeno pátio com um enorme carvalho antigo. Um trem passou nos trilhos nos fundos do jardim e, quando o teto rangeu de novo, Vicky estremeceu e tentou se acomodar embaixo das cobertas no pequeno sofá.

A briga com Tess tinha sido terrível, mas ela não tinha como condenar a irmã. *Como eu me sentiria se fosse o contrário e ela tivesse desaparecido?*, pensou Vicky. Além disso, Tess tinha outros problemas para lidar. O restaurante não estava indo bem. O aluguel estava nas alturas, o que, aliado à hipoteca das reformas da casa, significava que estavam com problemas financeiros. E Jasper. Como ele se sentia com a volta dela do mundo dos mortos? Não muito bem, pela cara dele. Ela nunca havia entendido direito a dinâmica do casamento da irmã. Jasper era de uma família endinheirada, mas parecia não fazer ideia de como isso funcionava. A responsabilidade de administrar as coisas sempre recaía em Tess. Se o assunto surgia, Jasper fazia Tess se sentir baixa e vulgar por "falar de dinheiro", algo que ele havia herdado da família.

Vicky fechou os olhos e sentiu outro calafrio. Estava vestida e coberta por três cobertas e um edredom, mas não conseguia se esquentar. Ela sabia em sua mente que estava evitando a grande questão: Sophia.

Um carro passou ruidosamente na rua lá fora e depois todos os sons pareceram desvanecer, até um silêncio sinistro cair sobre a sala. Ela ouviu o farfalhar de folhas secas no quintal dos fundos e, então, uma batida suave. Vicky prendeu a respiração. *Não. É um daqueles barulhos de casa antiga. Uma tábua de assoalho ou viga se assentando.* A batida soou de novo, um pouco mais alta, na porta dos fundos.

Vicky se sentou, puxando uma coberta ao redor do corpo. As cortinas estavam fechadas tanto na janela da frente como na dos fundos, e apenas uma faixa estreita de luz dos postes na rua iluminava a sala com um brilho laranja suave.

A batida soou de novo na porta dos fundos. *Toc toc toc.* E o coração dela saltou quando uma sombra passou pela cortina da janela dos fundos.

– Vicky, você está aí? – disse a voz. Era um homem. Jasper. Ele havia saído intempestivamente e esquecido as chaves.

Ela se levantou e atravessou a sala na ponta dos pés até a janela da cozinha e abriu as cortinas. Tudo o que conseguia ver pelo vidro era o quintal escuro e os galhos enormes do carvalho, iluminados pela poluição luminosa do céu ao redor.

– Vicky, você está aí? – disse a voz de novo. *É Jasper,* ela pensou.

A batida soou uma terceira vez, baixa e inofensiva, e ela foi até a porta, abriu o trinco e virou a fechadura. A porta se abriu com uma trepidação. Não era Jasper, mas sim um rosto conhecido e inesperado. Ele sorriu.

– Oi – disse ele.

– Oi – respondeu Vicky, sem entender por que ele estava lá, na porta dos fundos da casa da irmã dela. – O que você está fazendo aqui? – perguntou, sentindo-se mais confusa do que qualquer coisa.

– Sei que parece estranho, mas posso entrar por um momento? – perguntou ele. – Só para sair do frio. Precisamos conversar. Falar e esclarecer as coisas. – Vicky deu um passo para trás e puxou a coberta ao redor dos ombros. Ela levou a mão ao interruptor, mas ele segurou o braço dela. – Não. Não acenda.

– Por que não? – respondeu, sentindo uma apreensão crescer em meio à confusão. Ele deu um passo à frente e colocou a mão no ombro dela.

Vicky se afastou. Ela queria acender a luz e ver o rosto dele direito. Ela levou a mão ao interruptor de novo, mas ele apanhou seu punho e segurou com força. Ela fez menção de gritar, mas a mão dele se fechou sobre sua boca. Ele pareceu ajustar o peso muito rapidamente, avançando com ela para dentro da cozinha, e então Vicky sentiu um baque oco nas costas, entre as omoplatas. Ela sentiu o braço esquerdo dele se apertar ao redor dela, puxando-a para perto. A mão dele ainda estava sobre a boca da jovem, mas ela não conseguia recuperar o fôlego. Então, uma dor aguda começou a se irradiar de seu ombro esquerdo, e algo forte estava apertando sua pele.

– Shh, quietinha, já vai acabar – disse ele, a voz reconfortante e a respiração quente em sua orelha.

Ela inspirou fundo e sentiu o peito estremecer e gorgolejar. Ele tirou a mão da boca de Vicky, mas o único som que ela conseguiu fazer foi um chiado abafado. A dor estava ficando mais funda e irradiava de seu ombro. Ele a puxou para perto, e ela conseguiu sentir que ele estava excitado. Uma umidade se espalhava a partir da parte de baixo das costas dela, e ela a sentiu escorrer em direção às pernas. Quando ergueu o braço para apalpar atrás de si, uma dor disparou da articulação de seu ombro. Por todo o tempo ele não parou de encará-la, numa estranha pose de galã de cinema. Para um observador desatento, era como se a tivesse tomado nos braços. A mão dela tocou o cabo de plástico frio de uma faca. Uma onda de terror disparou por seu corpo, e ela tentou se libertar.

– Não resista! – chiou ele, os lábios roçando em seu ouvido. Ele a apertou com mais força com o braço livre e, com a outra mão, pegou o cabo da faca e girou a lâmina, que ela agora sabia estar cravada até o cabo em suas costas. Ele estava com uma forte ereção encostada nela, pressionando o corpo contra o dela, puxando-a para junto de si. Apertando.

Vicky conseguia ver a escada, tão tentadoramente próxima. Tess estava dormindo no andar de cima. Quando abriu a boca para tentar gritar, sangue, quente e úmido, começou a subir borbulhante por sua garganta e escorreu por seu queixo. Caiu no piso de pedra com um respingo asqueroso.

– Pronto, só mais um pouquinho e tudo acaba – murmurou a voz dele, ainda baixa e doce em seu ouvido. Enquanto ele apertava, Vicky sentia o próprio coração pulsando e o sangue escorrendo de seu corpo, atravessando suas pernas e encharcando a coberta ainda meio pendurada ao redor de seu ombro. Quando o mundo começou a se apagar, ela o sentiu virar o corpo dela e deitá-la no piso frio.

"Eu tinha entendido errado, então foi você...", ela tentou dizer, mas tudo que saiu foi um barulho de sangue.

Ela ouviu o tilintar do cabo da faca batendo no piso de pedra, e sentiu outra explosão de dor, conforme o peso do corpo dela se pressionava mais fundo na lâmina. A última coisa que viu foram os olhos dele, cravados nos dela, desfrutando os momentos finais enquanto a vida deixava o corpo de Vicky.

CAPÍTULO 33

Às 9h, Erika tocou a campainha da casa de Tess, mas ninguém atendeu. Ela foi até a janela da frente. As cortinas estavam fechadas, assim como as dos quartos no andar de cima. Ela tocou a campainha mais uma vez. Estava se sentindo meio zonza depois de sair se arrastando do ninho de cobertas e tomado um banho frio. Um minuto se passou, depois outro. A detetive tocou a campainha uma terceira vez, apertando por um pouco mais de tempo, para que o som se estendesse. Por fim, ouviu o barulho dos trincos e, quando Tess abriu a porta, estava toda desalinhada e com o cabelo desgrenhado.

– Bom dia... Falei para Vicky que viria às 9h, para conversar com ela – disse Erika.

– Desculpa – respondeu Tess, esfregando os olhos. Ela deu um grande bocejo. – Acho que nossa energia caiu. Meu alarme não tocou... Vicky ainda deve estar dormindo.

Erika notou pela abertura da porta que a sala estava na penumbra. Tess continuou no batente.

– Pode acordá-la, por favor? É importante conversarmos.

Tess suspirou, deu um passo para trás e abriu a porta para que Erika entrasse. A sala estava fechada e bolorenta, e havia um cheiro metálico no ar que deixou Erika em alerta. Tess se dirigiu à janela da frente e abriu as cortinas. A luz do dia encheu a sala, e Erika viu que havia alguns travesseiros e uma coberta abandonada no sofá.

– Ela deve ter subido para ir ao banheiro – comentou Tess.

– Tudo bem. Eu espero – disse Erika, espiando a penumbra no lado da cozinha.

Tess atravessou a sala para abrir as janelas da cozinha, então ficou em silêncio. Erika viu que ela estava parada, completamente imóvel, pregada ao chão, olhando atônita para baixo. O relógio tiquetaqueava no silêncio, e um motor de carro roncou na rua do lado de fora. O cheiro metálico pareceu se destacar e Erika olhou para baixo e viu um par de pés saindo detrás da grande ilha da cozinha.

Tess gritou e Erika se aproximou correndo. Sob a luz forte da manhã, Vicky estava caída de costas no chão da cozinha com os olhos arregalados voltados para o teto. Havia uma grande poça de sangue embaixo dela.

Erika sentiu perder o chão. Tess estava olhando fixamente para baixo com os olhos arregalados e sua boca se abria num grito silencioso. Erika deu um passo à frente e se agachou para procurar um pulso, mas sabia que Vicky estava morta. A poça de sangue era larga e cobria o piso de pedra clara. Erika soube que Vicky estava morta fazia um tempo. O sangue estava escuro e brilhava como um espelho. Havia sangue sobre seu rosto e descendo pela parte da frente de seu pijama azul, mas Erika não conseguia distinguir nenhuma marca ou ferimento. Uma batida na porta da frente fez as duas se sobressaltarem.

– Não, não, não, não, não... – Tess dizia, balançando a cabeça.

– Quem é? – gritou Erika, pegando Tess pela mão com delicadeza e a guiando para longe do corpo até o sofá.

– É Peterson! – gritou ele do lado de fora.

– A porta está aberta – disse Erika, aliviada por ter pedido que ele a encontrasse. Peterson entrou na sala e viu Erika com Tess no sofá. A detetive inclinou a cabeça na direção da cozinha. Ele foi até lá e parou aos pés de Vicky. – Pode fazer o chamado, por favor? – pediu Erika com a voz baixa, mantendo os olhos em Tess, que estava olhando ao redor freneticamente, sem saber o que fazer. Peterson pegou o celular, mantendo os olhos no corpo de Vicky. – Tess. Onde está Jasper? – Erika perguntou com a voz gentil. A mulher franziu a testa e olhou fixamente para Peterson, que estava diante do corpo e falava ao celular.

– A gente discutiu. A última coisa que eu disse para Vicky foi que ela tinha que dormir aqui embaixo, no sofá... Eu sabia que seria frio. Eu estava tão brava com ela.

– Tess, cadê o Jasper? Ele está dormindo?

– Quê? Por que está me perguntando isso? Não sei.

– Ele precisa acordar e precisamos sair da casa.

– Jasper? Ele não está em casa – respondeu Tess, entendendo a pergunta pela primeira vez. Peterson estava diante da lareira, falando ao telefone com a central de controle de Lewisham Row, pedindo reforços e uma equipe de perícia.

– Ele está no restaurante? – perguntou Erika.

– Não... Não sei. Não sei onde ele está. Ele não voltou ontem à noite.

A sala estava fechada e abafada. O cheiro de sangue e suor parecia estar permeando o nariz e a boca de Erika.

– Tess, preciso que você suba e se vista. Consegue fazer isso?

– Por quê?

– Precisamos sair da casa para que minha equipe possa cuidar de Vicky.

– Vicky. Ela está morta, não está?

– Sim. Sinto muito. Por favor, Tess, pode se aprontar?

Tess parecia estar prestes a perder o controle. O lábio inferior tremia mas, por fim, ela fez que sim. Erika a ajudou a se levantar e ir até a escada.

Peterson desligou o celular e um silêncio lúgubre pareceu cair sobre a sala, pontuado por pequenos rangidos e batidas da movimentação de Tess no andar de cima. Erika olhou para a sala ao redor – alguma evidência havia sido comprometida? Havia uma pegada de sapato ensanguentada perto da porta dos fundos. Ela se aproximou e viu que era de uma bota pesada.

Vicky estava caída de costas, os olhos arregalados voltados para o teto. Os lábios estavam entreabertos, o cabelo escuro e comprido estava estendido e as costas encharcadas de sangue coagulando. Erika colocou um par de luvas de látex. Peterson fez o mesmo.

– Cuidado com o sangue – disse ele, enquanto Erika dava a volta até a cabeça de Vicky. Ela levantou um dos ombros dela com delicadeza e ergueu um pouco o corpo. Peterson se ajoelhou e olhou embaixo. – Foi um tiro ou uma facada? Não tem sinal de arma do crime.

Erika olhou embaixo.

– Parece que foi esfaqueada. – Ela reposicionou o corpo com cuidado, levantou-se e foi até a porta dos fundos para examiná-la. – Não tem nenhum sinal de arrombamento. A porta está intacta.

– A janela também – disse Peterson, contornando a poça de sangue e espiando pela janela para o quintal dos fundos.

– Eu devia ter levado a Vicky para um abrigo. Devia ter mandado a oficial de acompanhamento familiar continuar aqui – lamentou Erika, o horror de tudo aquilo caindo sobre ela. – Pensei que ficar com a família seria uma opção segura.

– Não tem por que seguir por esse caminho, Erika – disse Peterson, estendendo a mão para tocar o braço dela. – Você estava fazendo seu trabalho. Fez um cálculo de risco. Não tem como prever o que vai acontecer.

O celular de Peterson tocou e ele atendeu. Erika olhou ao redor pela cozinha. Uma embalagem vazia de refeição pronta e um prato sujo jaziam na pia.

– É o número oito no fim das casas geminadas. Sim, no alto da rua – Peterson estava dizendo. Ele desligou o celular. – Os agentes vão chegar em um minuto.

– Não parece quieto demais no andar de cima? – disse Erika, notando que o rangido dos movimentos de Tess tinha cessado.

Ela se afastou do corpo e subiu a escada às pressas. Havia dois quartos pequenos e um banheiro no patamar. Ela encontrou Tess no quarto com a janela para o jardim dos fundos. A cama estava desfeita, e ela estava agachada no carpete na frente das portas abertas do guarda-roupa. Erika conseguia ver que havia um pequeno cofre embutido, como os que se veem em hotéis.

Tess ainda estava de camisola, e ela se voltou para Erika com um olhar vazio de peixe morto.

– Sumiu tudo – disse ela.

– O que sumiu? – perguntou Erika, dando a volta na cama para se juntar a ela. Havia um monte de canecas e pratos sujos jogados no carpete azul encardido ao lado da cama, e o guarda-roupa em cima do cofre era uma bagunça de roupas amontoadas em cabides.

– O dinheiro. Todo o dinheiro guardado. Três mil libras, e algumas joias de ouro de Jasper. Abri o cofre para levar um pouco de dinheiro comigo, mas sumiu tudo... – Erika ouviu o som de uma sirene de polícia e um carro estacionando do lado de fora. – Ele levou. Só pode ter sido ele. Jasper é o único que conhece a combinação do cofre.

Erika ficou confusa. Tess tinha acabado de encontrar o corpo morto da irmã, mas estava preocupada com o que havia no cofre.

– Tess, precisamos sair da casa. Temos uma investigação a fazer aqui – disse ela, o mais suavemente possível. Erika foi até uma cadeira com roupas empilhadas; não dava para saber se estavam limpas ou sujas. Havia uma bolsa no braço. – Esta é a sua bolsa?

Tess ainda estava agachada na frente do cofre vazio.

– Sim.

Erika viu um celular carregando do lado da cama. Ela o pegou e o colocou na bolsa.

– Por favor, Tess. Sei que isso é horrível, mas você precisa se vestir. Precisamos sair.

CAPÍTULO 34

Dois policiais chegaram enquanto Erika e Peterson saíam da casa com Tess, que agora estava vestida, mas ainda zonza e em choque. Quando já estavam na calçada, um Ford Focus virou a esquina e foi se aproximando, diminuindo a velocidade. Erika viu que era Jasper no volante. Quando ele os notou na frente da casa com a viatura de polícia, pisou no acelerador e passou em alta velocidade.

– O que ele está fazendo? Deve ter visto o que está acontecendo aqui – disse Erika.

Ela e Peterson observaram enquanto o carro freava ruidosamente no fim da rua e, então, com um ronco do motor, voltava ao cruzamento para a rua principal. Jasper fez a curva cantando pneu, e o carro sumiu. Peterson olhou para Erika.

– Não estou gostando nada disso.

– Nem eu. Vamos – disse Erika. Depois de rapidamente deixar Tess aos cuidados de um dos policiais, eles entraram no carro de Erika.

– Ele está seguindo na direção da South Circular – disse Peterson enquanto Erika ligava o motor e engatava a marcha. Eles saíram na direção do cruzamento para seguir Jasper, e Peterson se segurou na porta enquanto Erika pisava no acelerador e acendia as luzes e as sirenes. Ela fez a curva à esquerda cantando pneu e, mais à frente, avistou a entrada do Blackheath Common, cuja grama era um marrom cor de sujeira.

– Lá! – apontou Peterson. O Ford Focus de Jasper já estava no meio do parque, parado em um semáforo.

– O que ele está fazendo? Por que está fugindo? – Erika não parava de repetir, muito baixo.

Uma senhora de idade estava prestes a atravessar a rua na frente deles, cheia de sacolas de mercado, mas Erika buzinou com força e ela deu um passo para trás, caindo na cerca viva.

Peterson olhou para trás na direção da senhorinha que estava meio de pé, meio deitada na cerca viva, as sacolas de mercado ao redor dela, e laranjas rolando para a rua. O semáforo ficou verde e Jasper acelerou, aumentando a distância entre eles. Erika tirou o rádio do painel.

– Aqui é a detetive inspetora-chefe Erika Foster, 34568, seguindo um Ford Focus prata perto de Blackheath Common. Estamos seguindo para o sul pela A20. O suspeito no volante se chama Jasper Clark, sem "e" no final, homem branco na casa dos 30 anos...

Eles atravessaram o cruzamento e seguiram em alta velocidade na direção de outro semáforo. O carro de Jasper passou em alta velocidade pelo cruzamento bem quando o sinal ficou vermelho. O terreno do parque já ladeava a rodovia, com algumas áreas construídas e a grama irregular.

Erika não esperaria o reforço chegar. Ela virou o volante para a direita, sacolejando o carro e fazendo o motor roncar enquanto passava em alta velocidade pela linha entre o asfalto e a grama. Em seguida voltou à rua com um solavanco. Um ônibus que passava o cruzamento na perpendicular freou cantando pneu, e eles desviaram por pouco de outro carro vindo no sentido oposto ainda acelerando pelo cruzamento e perseguindo Jasper, que agora estava perto de um terceiro semáforo no verde.

– Temos uma viatura em Greenwich a caminho – disse a voz na central de controle.

– Se você estivesse tentando escapar da prisão, aonde iria? – perguntou Erika. O sinal à frente ficou amarelo. Ela viu Peterson olhar para o ponteiro do velocímetro, que bateu 160 km por hora. Quando chegaram ao outro lado, o asfalto era irregular e afundado. As rodas saíram do chão por um momento e Erika sentiu um frio na barriga. Peterson grudou os pés no chão e os braços na porta quando eles voltaram ao chão com um solavanco. Estavam diminuindo a distância para Jasper, cujo carro estava agora a vinte metros deles.

– Eu iria para a M20, e desceria até a costa sul. Você acha que ele tem um plano? – indagou Peterson, que parecia um pouco assustado com a direção de Erika. O rádio crepitou. Peterson o pegou.

– Aqui é controle para 34568. Vocês têm o número da placa do Ford Focus prata?

– Não, está coberta de terra. Só consigo identificar as duas primeiras letras, B de Bravo, D de David... – respondeu ele.

Eles ainda estavam avançando pela estrada com o ponteiro perto de 160 km, e havia algo no rosto dela, na firmeza de seu maxilar, que fez Peterson pensar que Erika faria de tudo para alcançar aquele carro.

– Ele está diminuindo a velocidade, cuidado! – gritou Peterson. A traseira do Ford foi se aproximando deles e Erika pisou no freio. Jasper virou à esquerda num beco estreito, e eles passaram reto. Havia uma série de lojas à direita, e outra senhora de idade descia da calçada e se sobressaltou com a cantada do pneu. As sirenes estavam gritando e os pedestres na calçada ficaram olhando, paralisados, enquanto Erika dava marcha à ré no carro. Eles recuaram e viraram no beco estreito que seguia entre duas fileiras de casas com os fundos umas para as outras.

Erika conseguia ver que o Ford estava bem à frente no beco. Ela mudou de marcha, praguejou e eles começaram a acelerar atrás dele. Os muros altos de ambos os lados passavam em alta velocidade.

– Calma aí – disse Peterson, se segurando na janela e no banco com força.

Erika sentiu que suava entre as escápulas. Perseguições de carro eram muito mais divertidas de assistir no conforto da sala de estar, mas ela estava determinada a não perder Jasper de vista.

Por que ele está fugindo? O que ele fez?, Erika pensou. O espelho retrovisor no lado de Peterson bateu numa lixeira encostada em um portão aberto e, quando ela desviou, o espelho retrovisor do lado dela quebrou com um estrondo alto e uma chuva de faíscas ao atingir a parede de tijolos.

Eles saíram do beco e deram em um calçadão de pedestres entre prédios de moradia popular.

Peterson pegou o rádio e atualizou a central quanto a posição deles, que agora estavam atravessando a Habitação Social Forbes. O Ford de Jasper estava no fim do calçadão, onde parecia que o terreno descia em um barranco que dava num parquinho infantil. Mais adiante ficava a rua principal de pista dupla.

Pela primeira vez naquele dia, Erika conseguiu dar uma boa olhada de perto em Jasper Clark num momento em que ele colocou a cabeça para fora da janela do carro. Foi só quando chegaram perto que ela entendeu por que ele havia aberto a janela para olhar para fora. No fim do calçadão de pedestre, havia um lance de escadas íngremes que descia para o parquinho, onde o calçadão continuava, passando ao lado da grama e dos balanços em direção à pista dupla do outro lado.

O rosto de Jasper estava vermelho, com um ar atormentado, olhos arregalados de pavor e os dentes à mostra. Quando viu que eles estavam logo atrás dele, sua cabeça voltou a desaparecer dentro do carro.

– Não, ele não vai... – Peterson começou a dizer quando chegaram a dez metros do Ford, que avançou e desceu pelo canto dos degraus. Erika pensou por um momento que Jasper conseguiria, enquanto o carro se inclinava para a frente e começava a descer os degraus íngremes em uma velocidade baixa, mas, quando chegou ao pé da escada, a inclinação devia ser grande demais, porque o carro atingiu a calçada lá embaixo e capotou com um ronco do motor. Ele rolou duas vezes na grama, parando na beira do parquinho. – Não! – gritou, segurando a porta quando chegaram à beira da escada. Erika freou abruptamente e conseguiu ver como a descida era íngreme quinze degraus abaixo.

– Eu não ia descer de carro atrás dele! – exclamou Erika, puxando o freio de mão e desafivelando o cinto de segurança.

– Fiquei em dúvida por um momento – disse Peterson. Erika abriu a porta e desceu correndo a escada. Ele desafivelou o cinto e foi atrás.

O carro de Jasper estava de ponta-cabeça com as rodas traseiras ainda girando e fumaça preta saindo do escapamento. Havia uma fileira de árvores finas cercando o calçadão perto do parquinho e ele tinha batido em uma delas. A árvore estava curvada, mas não tinha se quebrado e estava segurando a parte da frente do carro.

Enquanto corriam na direção do carro capotado, Erika viu que as pessoas estavam saindo para as varandas nos prédios. Ela ouviu Peterson chamando o controle com uma atualização sobre a perseguição. E então viu Jasper, que saía se contorcendo pela janela do motorista com a testa sangrando. Ele começou a se afastar mancando, apertando o passo, mas Erika o alcançou e o segurou pela camisa. Ele se livrou da roupa e continuou a correr na direção do parquinho. Erika se atrapalhou com a camisa dele na mão e, por um momento, achou que Jasper escaparia de alguma forma. Enquanto ele cortava caminho entre os balanços, seu braço se prendeu em uma das correntes e Jasper caiu no chão. Erika o alcançou um momento depois, e Peterson estava ao lado dela com um par de algemas.

– Não! Vocês não podem fazer isso! – gritou Jasper. Havia sangue jorrando do corte em sua cabeça e escorrendo para dentro de seu olho direito.

– O que você está fazendo? Por que está fugindo? – questionou Erika, tentando recuperar o fôlego.

– Eu só queria ir embora. Só queria... fugir deste lugar e tudo que tem nele.

– Você por acaso sabe por que estávamos em sua casa?

Ele parou de resistir e se afundou na grama.

– Tess está bem, eu vi que ela estava com vocês na calçada...

– Encontramos o corpo de Vicky hoje de manhã, na sua casa.

Ele ofegou, tentando recuperar o fôlego.

– Quê?

Erika olhou para Peterson.

– Onde você estava ontem à noite? Tess disse que você saiu e levou dinheiro e joias com você.

– Eu estava no restaurante. Dormi no restaurante – disse ele. – Ai, Jesus. Vicky está morta?

– Sim – disse Erika. – Ela está morta.

CAPÍTULO 35

O carro capotado estava atraindo uma multidão na frente do prédio, e as pessoas observavam e tiravam fotos das sacadas.

Uma ambulância chegou rapidamente ao local, e Jasper tinha sido levado ao hospital para levar pontos no corte na cabeça e verificar se ele tinha sofrido uma concussão. Uma viatura policial estava estacionada ao lado do carro de Erika no alto da escada, e três policiais uniformizados tinham cercado o carro de Jasper com fita de isolamento e estavam montando guarda com a cara fechada para as pessoas que observavam das sacadas. Erika não sabia ao certo se toda aquela confusão valia a pena. Aqueles eram prédios barra-pesada de uma região perigosa, e a presença da polícia estava atraindo os palhaços de sempre.

– Ei, Luther – disse uma voz do alto. Erika e Peterson olharam para cima. Um rapaz jovem com acne e uma penugem falha de barba no rosto estava olhando para eles de uma sacada no quinto andar. Na altura dos joelhos dele, com a cabeça para fora da grade, estava um garotinho com cara de elfo usando um roupão azul felpudo. Eles o ignoraram, e Erika voltou a observar o carro. Ela não queria esperar a chegada do guincho. O porta-malas do carro estava cheio de sacolas de mercado e, durante o acidente, elas tinham se espalhado para dentro do carro, enchendo-o de laranjas, maçãs, latas de feijão, frutas e arroz de um saco estourado. Em meio à comida, havia três mochilas no banco de trás. Erika ouviu um assobio vindo do alto e algo caindo, molhando a grama. Peterson desviou com um salto. – Desculpa, derramei o chá – disse o rapaz na sacada no alto. O garotinho com ele gargalhou alto.

– Quer passar a noite na cadeia? – Peterson gritou, encarando o adolescente.

– Calma, Luther... Não acho que seria um bom uso de recursos policiais, só derramei um pouco de chá frio! – gritou o rapaz.

– Pode voltar para dentro de seu apartamento, por favor? – Erika gritou, aproximando-se de Peterson.

– Ela é sua namorada, Luther? – perguntou o rapaz.

– Você é britânica? – perguntou o menininho. – Tem sotaque polonês.

Erika se virou para Peterson e revirou os olhos.

– Ei, é uma pergunta válida. Não vimos seus distintivos – disse o rapaz, afagando a cabeça do garotinho. – Como você se chama, loira? Você se parece um pouco com Brigitte Nielsen, se ela tivesse verme.

Alguns moradores, nas varandas acima e abaixo, gargalharam.

– Como você sabe quem é Brigitte Nielsen?! – gritou uma voz feminina.

– Meu vô gosta dela! – gritou o rapaz. – Na última vez que o vi, eu o peguei batendo uma para *Guerreiros do fogo*. – Alguém assobiou e uma bituca de cigarro desceu flutuando na direção deles. Erika teve que desviar.

– Se atirarem mais alguma coisa, vou pedir reforços e este lugar vai ficar cheio de policiais! – Erika gritou na direção das sacadas no alto.

– Ei, não encham o saco deles. Luther e Brigitte só estão trabalhando – disse o rapaz, debruçando-se na beirada para olhar para os apartamentos acima. Ele voltou a cabeça para baixo. – Viu, Brigitte, estou cuidando de vocês... Acho que a polícia faz um bom trabalho – acrescentou ele com sarcasmo.

– Vamos tirar as coisas do carro de Jasper e dar o fora daqui – disse Peterson. – Os outros policiais podem esperar o guincho. – Eles ignoraram os gritos e assobios do alto, e os dois colocaram luvas de látex. Erika e Peterson conseguiram abrir a porta de passageiro do banco de trás, o que era mais difícil do que parecia quando o carro estava de ponta-cabeça e equilibrado em um pequeno tronco de árvore. A traseira do carro estava curvada em um ângulo difícil, e Erika foi andando no interior da capota até pegar as três mochilas.

Eles começaram a se preparar para ir embora, mas ouviram uma voz gritar:

– O que Jasper fez agora?

Erika se virou na direção da voz. O rapaz com a barba falha estava parado na grama na entrada principal do prédio. Ela soltou a mochila e tirou as luvas de látex. Eles passaram por baixo da fita de isolamento e foram até ele. O rapaz parecia mais velho visto de perto, e ela conseguiu ver que tinha quase 40 anos, era pálido e inchado.

– O que você estava gritando sobre Jasper? – perguntou Erika. De perto dava para sentir o cheiro horrível e rançoso de bebida em seu hálito. Ele usava uma camiseta de futebol desbotada do Manchester United com uma jaqueta fina por cima. No bolso na altura do peito ele levava um maço de cigarro e um isqueiro.

– Vocês ainda dão dinheiro em troca de informações?

– Você é um informante? – perguntou Peterson.

– Posso ser, Luther – disse ele, baixando a voz e olhando para a sacada acima deles. – Só estava brincando quando falei que você parecia Brigitte Nielsen com verme. Você é bem bonita de perto.

– Quem parece estar precisando de um verme é você – respondeu Erika. Ela pensou que talvez tivesse ido longe demais com a piada, mas ele sorriu com os dentes amarelos.

– Essa foi boa – disse ele, cuspindo no chão. Ele alternou o olhar entre Erika e Peterson e tirou os cigarros do bolso do peito. Suas unhas tinham manchas amareladas de nicotina. – Eu cumpri pena em 2004. Belmarsh.

Belmarsh era uma prisão de Categoria A, que abrigava autores de crimes graves de grande notoriedade.

– O que você sabe sobre Jasper? – perguntou ela. O homem acendeu o cigarro e exalou, tirando um pedaço de tabaco da ponta da língua.

– Ele cumpriu pena por estupro. *Jaspaaar. Jaspaaar Claaaark*, sem "e" – disse ele, imitando uma voz refinada para o nome de Jasper. – Ele era um grã-fino sacana preso no corpo de um moleque chave de cadeia. Ficou oito anos ao todo. A sentença dele era cinco, mas pegou mais por traficar lá dentro. Ele tinha uma operação e tanto. Entrava com celulares, heroína e cocaína. Os guardas não sabiam como ele fazia. Nem a gente.

– Como ele fazia? – perguntou Erika. Ela sentiu uma onda de interesse e consternação por estarem descobrindo isso sobre Jasper de um malandro aleatório na Habitação Social Forbes. O homem sorriu e cochichou.

– Ele tinha conseguido fazer passar uma tirolesa do prédio na frente da cadeia. Uma linha fina e transparente de pesca. Ninguém conseguia ver. Ele tinha alguém trabalhando de dentro.

– Quem trabalhava para ele do lado de fora?

– Não sei. Quando ele foi pego, teve a pena estendida.

– E você o reconheceu a cinco andares de distância? – disse Peterson.

– É claro que o reconheci. Fui ao restaurante dele alguns meses atrás. Ele não ficou feliz por ver o velho amigo da prisão. Mandou me botarem para fora quando tentei pedir uma cerveja. O que ele aprontou agora, com isso tudo? – perguntou, apontando para o carro capotado com o cigarro aceso e girando a fumaça no ar.

– Não podemos contar – disse Erika. – Como você se chama, caso eu queira perguntar mais alguma coisa?

– Pode me chamar de Johnny. E você me deve vinte libras – disse ele, estendendo a mão. Erika revirou o bolso e tirou a carteira. Ela deu uma nota de vinte para ele, que a embolsou. – Um prazer fazer negócio com você, Bridge, e com você, Luther. Adoro a sua série. Quando vai sair uma temporada nova?

– Vem, vamos embora – disse Peterson. Eles começaram a voltar pela grama na direção do carro de Erika. – Não acredito que você deu dinheiro para ele.

– Ele pode ser útil, nunca se sabe – disse Erika, olhando para trás. Johnny estava olhando para eles com os olhos estreitados e acendendo outro cigarro.

– *Jaspaaar! Jaspaaar Claaaark*, sem "e"! – gritou uma última vez.

– Verifique se Jasper tem ficha – disse Erika. – E precisamos descobrir se ele tem um álibi para ontem à noite.

CAPÍTULO 36

Quando Erika e Peterson voltaram à casa de Tess, a polícia tinha fechado a rua, e agora havia uma van forense e uma van de apoio à polícia estacionadas na porta. Eles estavam prestes a pedir para conversar com Tess sobre o álibi de Jasper quando Moss, carregando um saco plástico de evidências, os encontrou no meio-fio.

– Preciso falar um minutinho com vocês. Encontrei uma coisa interessante na mochila de Vicky – disse ela, erguendo-o.

– Vamos falar com um pouco de privacidade – disse Erika, apontando para a van de apoio à polícia. Eles subiram e se sentaram à mesinha do lado de dentro.

– Quando Vicky saiu de Londres, levou apenas esta mochila – disse Moss, erguendo-a. – Estava dentro da casa de Tess, na sala. Quando olhei dentro dela pela primeira vez, não encontrei nada importante, só algumas roupas, um pouco de dinheiro, artigos de higiene pessoal e maquiagem. Mas quando a estava amassando para colocar num saco plástico menor senti esse pen drive pequenininho encaixado no forro de um dos bolsos. – Moss tirou um pequeno saco de evidência do bolso e o deslizou sobre a mesa para Erika e Peterson. Era um pen drive de menos de um centímetro quadrado. Erika sentiu uma onda de euforia.

– Parecia que estava escondido lá? Enfiado em um dos bolsos?

– Era um bolso pequenininho, e estava guardado no forro, então poderia estar escondido, ou pode apenas ter sido esquecido – disse Moss.

– Você já olhou o que tem nele?

– Não. Precisamos de um laptop seguro.

Peterson se levantou e olhou nos armários da van de apoio, onde eles tinham acesso a várias linhas de telefone fixo, máquinas de fax e à base de dados da polícia, HOLMES. Ele pegou um laptop que era seguro para olhar evidências digitais e o colocou em cima da mesa, entre eles.

Erika o iniciou, depois inseriu o pen drive. Eles esperaram por um momento angustiante, então uma pasta chamada primeira edição surgiu na tela inicial. Quando Erika clicou, havia cinco arquivos de áudio, nomeados unicamente como 1 a 5.

– Nossa, tomara que seja coisa do podcast, e não música do Shawn. Ele é compositor. Imagina se for uma demo de um EP angustiado gravado em estúdio caseiro? – disse Moss.

Peterson revirou os olhos.

– Clica no primeiro arquivo logo de uma vez – disse ele.

Erika clicou no arquivo marcado como "1" e ajustou o volume.

Houve um crepitar e um pouco de interferência, depois ouviram a voz de Vicky. Parecia que ela estava em um bar ou café movimentado. Vozes indecifráveis e sons de talheres e pratos zumbiam no fundo.

– Certo. Isso é para o episódio dezoito – disse Vicky. – Um fundo sonoro para a entrevista que já fiz com... – O áudio se encheu do som de páginas se virando em um caderno. – Becky Wayland. Estou aqui no Henry's em Covent Garden para fazer a gravação. Arranjo qualquer desculpa para colocar esse café e esse croissant como despesas profissionais – acrescentou com uma risada. – Certo. Vou calar a boca agora. – Houve mais interferência, depois o gravador digital rodou por alguns minutos com os sons ambientes de murmúrios de conversas. Uma gargalhada alta pontuou em certo momento.

Erika pausou a gravação.

– Ela acabou de fazer referência a um caderno na gravação. Onde estão os cadernos dela? Não encontramos nada no apartamento.

O segundo arquivo começou com mais interferência e conversa de fundo.

– Esta é minha entrevista com Becky Wayland – disse Vicky. – Certo, Becky. Então só ignore meu celular. Estou gravando tudo. Vou editar as coisas, então pode falar à vontade. Tá bom?

– Tá, certo – disse Becky. Ela falava baixo com um forte sotaque de Norfolk.

– Quando você veio a Londres pela primeira vez e por quê?

Becky suspirou.

– Foi em 2012, e eu tinha me candidatado a algumas escolas de teatro de Londres, cinco escolas de teatro ao todo, e consegui uma entrevista na ATG e na RADA.

– Você está falando da Academia de Teatro de Goldsmith? E da Royal Academy of Dramatic Art? – perguntou Vicky.

– Isso. Minhas entrevistas seriam no mesmo dia, a primeira pela manhã, na RADA, na área central de Londres, e a segunda era na ATG, uma oficina que durava a tarde toda e ia até as 18h. Minha mãe não gostou muito da ideia de eu vir para Londres sozinha e voltar para casa tão tarde, mas então a ATG mandou detalhes de acomodações na residência estudantil. Então marquei de passar a noite lá e depois pegar o trem de volta para casa na manhã seguinte.

– Consegue se lembrar da rua em que ficava a residência estudantil em que você ficou?

– Era na Jubilee Road.

– Certo. Obrigada. Me conte o que aconteceu.

– Tinha outras três meninas que fizeram o teste comigo passando a noite no mesmo lugar. A residência estudantil na Jubilee Road era uma grande casa geminada antiga perto da estação New Cross Gate. Tinha três andares e um banheiro compartilhado em cada andar. Encontramos uma lanchonete na esquina e ficamos um pouco na cozinha, conversando. Fui para meu quarto por volta das 22h30. Ficava no térreo. Era meio básico, mas limpinho. Era fevereiro, mas o quarto estava uma sauna. O aquecedor antigo no quarto tinha uma maçaneta faltando, que não virava, mas tinha grades na janela, então achei seguro abrir a janelinha em cima. A outra coisa que era estranha era que não tinha lâmpadas no teto nem no abajur de cabeceira. Tinha um pouco de luz vindo do outro lado. Eu tinha a lanterna do celular, era tarde e eu não estava a fim de fazer nada para resolver isso. Caí no sono quase imediatamente. Então acordei à 1h30, porque ouvi um barulho do lado de fora da janela...

– Que tipo de barulho? – perguntou Vicky.

– Passos raspando no concreto. A janela do meu quarto dava para um pátio atrás do prédio. As cortinas eram muito finas e não fechavam direito. Foi então que vi a sombra de uma pessoa lá fora passando pela abertura.

– O que você fez?

– Pensei que fosse outra aluna no pátio fumando um cigarro. Eu tinha ouvido algumas das meninas que estavam comigo dizerem que era lá que as pessoas fumavam... Então vi uma luz se acender e senti o cheiro de cigarro, então relaxei e voltei a dormir... Acordei de novo, mais tarde, e dessa vez estava muito frio no quarto. O aquecedor tinha desligado. Ouvi um som agudo. *Nhec, nhec, nhec...*

– O que era?

– Tinha um par de mãos passando pela janela aberta, girando uma chave de fenda, desparafusando as grades na janela.

– As grades eram fixadas do lado de dentro da janela?

– Sim. Não achei estranho até ver alguém colocando as mãos para dentro e as desparafusando. Aconteceu tudo muito rápido. Ele passou a metade superior do corpo e ergueu as grades pesadas da parede e as colocou no chão.

– Como ele conseguiu soltar os parafusos na parte de baixo das grades?

– Elas não deviam estar parafusadas embaixo – disse ela, com a voz trêmula. – Sem as grades, ele foi entrando, passando os ombros e o tronco pela janela superior estreita. Pensei que estava sonhando. Observei o quanto agia de forma atrevida e confiante.

– Ele sabia que você conseguia vê-lo?

– Não sei. Estava tudo nas sombras. Não vi o rosto dele. Ele passou por essa janela alta e desceu para o chão, de cabeça, apoiando as mãos no parapeito como se fizesse uma parada de mão. Ele caiu no chão com um baque, depois se levantou devagar. A sombra dele pareceu crescer e se alongar ao pé da minha cama. Foi aterrorizante. Então tentei fugir... Mas ele chegou à porta antes de mim. – Na gravação de áudio, eles ouviram a voz dela ficar densa de emoção. – E ele me puxou de volta para cama.

– Tudo bem. No seu ritmo – disse Vicky.

– Fiquei lá deitada enquanto ele me encarava. Eu deveria ter gritado. Deveria ter resistido, mas fiquei lá parada. O quarto pareceu pequeno e ele parecia preencher o lugar. Ele foi até a porta e confirmou que estava trancada, depois voltou na minha direção.

– Você conseguiu ver o rosto dele?

– Não. Estava muito escuro. Não tinha lâmpadas e, no meio da noite, não tinha muita luz entrando de fora...

Caiu um silêncio pesado, e ouviram mais um barulho, talvez lenços de papel.

– No seu ritmo – disse Vicky.

– Ele subiu em cima de mim. Só me lembro do cheiro dele; ele usava um pós-barba forte muito horrível. Como se tivesse passado demais e, além disso, tinha um hálito horrível... Ele disse: *"Fique com a boca fechada, sua puta, e não vou machucar você...*". Segurou meus braços e me imobilizou... colocou o joelho entre minhas pernas... Ele ficava dizendo "*Calma, calma, calma*" como se eu fosse uma criancinha que tinha acordado de um sonho ruim. Enquanto subia em cima de mim com seu hálito, ele começou a babar. Era nojento. Ele ficava babando que nem um cachorro e senti em meu pescoço e minha bochecha... E ele estava... estava ereto. Eu conseguia sentir... Então, graças a Deus, ouvi alguém no corredor lá fora, uma das outras meninas tinha saído para usar o banheiro no fim do corredor. O barulho da descarga o distraiu por um momento. Pensei de repente que não era assim que minha vida acabaria. Consegui livrar a mão. Eu tinha feito um curso de defesa pessoal no qual ensinavam essa manobra, em que você bate em alguém com a mão estendida para cima no nariz da pessoa... Não sei como criei coragem, mas bati nele com força... E devo ter acertado em cheio, porque ele berrou, e eu berrei, depois ele saiu correndo. Ele abriu a porta e desapareceu. O corredor estava escuro... Fiquei lá deitada por um segundo, em choque, com a porta escancarada. Depois me apavorei, fechei e tranquei a porta e encostei uma cadeira...

– O que você fez depois? – perguntou Vicky.

– Fechei a janela. Era umas 3h, e eu estava morrendo de medo que ele voltasse... E fiquei ali até clarear.

– Você denunciou?

– Eu não ia denunciar. Esperei até as 6h, quando começou a clarear, e só queria sair de lá e correr para pegar o trem... Vi uma das meninas enquanto estava saindo. E ela me viu e perguntou se estava tudo bem, e contei para ela... Foi ela quem me convenceu a ir à polícia. E denunciei.

– O que aconteceu depois que você denunciou?

– Nada – disse ela. – Não recebi notícias da polícia nem de ninguém da ATG. Não consegui uma vaga na escola de teatro. Eu não queria voltar. Foi como se nunca tivesse acontecido.

CAPÍTULO 37

– Era para Vicky ter publicado o episódio dezoito do podcast dela na semana passada, mas não publicou – disse Erika ao fim da gravação.

– Se era um episódio sobre um criminoso sexual, nós saberíamos, não? Deve ter algo no sistema, se essa Becky Wayland denunciou – disse Peterson.

– Mas não temos a data exata de quando aconteceu – pontuou Moss.

– Mas temos um endereço. Precisamos descobrir quantas casas a ATG usa como acomodação estudantil – disse Erika. – Além disso, precisamos descobrir onde Vicky guardou as anotações dela.

– Tem mais três arquivos – disse Moss. Ela clicou no terceiro. Eles ouviram Vicky limpar a garganta e falar com uma intensidade dramática maior.

– Esta é a primeira tomada, introdução ao ato dois do episódio dezoito... Com efeito de som de lâmpada... – Ela limpou a garganta, depois fez um tom de voz mais sério. – Todas as três estudantes com quem conversei contam uma história parecida. Quando estavam hospedadas em quartos térreos da residência estudantil na região de New Cross Gate, elas relataram o aquecedor avariado e um quarto abafado... – Apareceu um som rangente, de metal contra metal, rítmico, no áudio. – Não havia lâmpadas no teto ou no abajur... – O som rangido continuou. – Será que alguém havia preparado esses quartos de maneira deliberada? Desenroscando as lâmpadas e colocando os aquecedores no máximo? Conversei com outra mulher... – Depois de uma pausa eles ouviram as páginas de um caderno sendo viradas, e a voz dela voltou ao tom normal. – Ai, merda, qual é o nome dela?

Aqui a gravação acabava abruptamente. Moss clicou no arquivo de som número quatro. Essa era a segunda "tomada" da mesma coisa, e, quando eles chegaram ao mesmo ponto em que Vicky tinha parado, ela deu o nome da mulher como Kathleen Barber.

– Kathleen conseguiu afugentar o homem antes que ele conseguisse fazer qualquer coisa... Outra mulher, Grace Leith, denunciou um homem em seu quarto, mas ele foi afugentado pelo namorado de Grace quando ele voltou do banheiro. – No fim da faixa houve um estalo e um estrépito enquanto a lâmpada se quebrava. O arquivo de som acabava aí.

– Três nomes – disse Erika enquanto Moss clicava no último arquivo de som. Era uma gravação de um telefonema. O telefone estava tocando, levemente metálico, através da caixa de som. O telefone era atendido por uma mulher que dizia trabalhar para o escritório de Assistência Estudantil da ATG. Vicky dizia à mulher que se chamava Becky Wayland, e que estava querendo saber se havia alguma novidade sobre o caso de uma tentativa de ataque na acomodação estudantil de Jubilee Road que ela havia denunciado em fevereiro de 2012. Houve um longo silêncio do outro lado da linha.

– Desculpa. Por que você está ligando? – perguntou a mulher, cuja voz parecia reservada agora.

– Sabe, denunciei isso para a polícia e para o gabinete de Assistência Estudantil da ATG, e isso foi há seis anos. Vocês nunca entraram em contato... – Houve outra longa pausa.

– Você tem o número do boletim de ocorrência? – a mulher disse por fim.

– Não. Não tenho, mas, como foi um incidente grave, imaginei que vocês teriam alguma coisa para me contar.

– Esse é um assunto da polícia, não?

– Sim, mas eu estava hospedada no prédio da Jubilee Road quando alguém invadiu meu quarto. Deve haver algum registro disso e uma investigação policial? Tenho dois outros nomes aqui. Kathleen Barber passou por uma experiência parecida no mesmo prédio, um mês antes de mim, em janeiro de 2012, e Grace Leith em fevereiro de 2014 em outro prédio de residência estudantil na Hartwood Road, perto da estação New Cross Gate. Você tem outros relatos de ocorrências?

A voz da mulher do outro lado da linha soou muito agitada.

– Sinto muito, mas vou ter que pedir para outra pessoa retornar sua ligação e, se você tiver o número de um boletim de ocorrência, terei uma posição melhor para direcionar sua ligação... – Vicky passou os números dela e a mulher desligou.

– "Uma posição melhor para direcionar sua ligação" – repetiu Vicky depois que acabou. – Sou o quê? Alguém ligando sobre as cortinas que ela encomendou?

O arquivo de som acabava abruptamente.

– Temos datas – disse Erika. – E dois endereços de residências estudantis.

– A história da lâmpada me dá arrepios – disse Moss. – Imagine estar num lugar em que não dá para acender a luz.

– E em janeiro e fevereiro escurece muito cedo – disse Peterson.

– Precisamos passar todas essas informações pelo sistema e ver o que aconteceu com o boletim de ocorrência de Becky Wayland – disse Erika. – E ver se tem alguma ocorrência semelhante registrada. Será que Kathleen ou Grace denunciaram o que aconteceu?

CAPÍTULO 38

Na tarde do mesmo dia, Jasper recebeu alta do hospital e aceitou ser interrogado na delegacia de Lewisham Row.

Erika se sentou na frente dele em uma sala de interrogatório, cercada por Peterson e pelo advogado de Jasper, que tinha um curativo na testa e um hematoma se formando na lateral da cabeça.

– Por que você fugiu de nós? – perguntou Erika.

Ele ficou encarando a mesa, depois respirou fundo.

– Eu estava tentando vazar – disse ele.

– O que isso quer dizer?

– Ir embora. Quero ir embora. Estou nas últimas. E não aguento mais. Não vamos conseguir pagar o aluguel do mês que vem no restaurante. Não vamos pagar a quinta prestação da hipoteca da casa. Eu não sabia sobre Vicky quando fugi... – Ele balançou a cabeça e pareceu sinceramente horrorizado. – Tess que encontrou o corpo dela?

– Sim.

– Elas tinham as rivalidades delas, como irmãs, mas *Jesus*. Isso vai destruir Tess. – Ele balançou a cabeça e baixou os olhos.

– Você ainda quer ir embora? – perguntou Erika.

– Agora não posso, posso?

– Onde você estava entre a meia-noite de ontem, quando deixei Vicky, e a manhã de hoje quando vimos você passar reto com o carro?

– Dormi no restaurante. Tem um quarto no andar de cima onde durmo às vezes.

– Alguém pode confirmar isso?

– *Não*, mas tenho câmeras de segurança no Goose. Posso dar as gravações que me mostram chegando e saindo. E é na rua principal.

Erika olhou para Peterson. Só porque ele tinha imagens das câmeras de segurança não queria dizer que estava lá o tempo todo. Ela folheou outro arquivo que tinha na mesa, e encontrou a página que estava procurando.

– Sabemos que você tem uma ficha criminal, Jasper.

– Quem te contou?

Erika não queria contar que tinham ficado sabendo por um malandro na Habitação Social Forbes.

– Temos tudo em nossa base de dados. Você passou oito anos na prisão, cinco por perseguir e assediar uma mulher, além de estuprar outra. E você estava dirigindo uma operação de tráfico interna que acrescentou três anos à sua sentença.

– Vocês contaram isso para Tess? – perguntou Jasper, com a voz rouca. Ele estava ficando vermelho e trêmulo.

– Tess não sabe que você esteve na prisão? – questionou Erika, recostando-se, surpresa.

– Ela sabe que fui preso, só não sabe exatamente por quê.

– Por que ela acha que você foi preso? – perguntou Peterson.

– Evasão fiscal – disse ele, depois de um segundo.

Jesus, pensou Erika. *Tess não fazia ideia do homem com quem era casada, e coloquei Vicky naquela casa.*

– Não. Não contamos para ela – disse Erika. Jasper se recostou e pareceu se afundar na cadeira.

– Muito bem. Agora todos estamos cientes dos crimes do passado de meu cliente – disse o advogado. Havia um tom na voz dele que indicava que ele queria mudar de assunto. Erika se voltou para o terno de risca de giz, o sotaque de classe alta, e viu o desdém óbvio que ele tinha pela polícia.

– Como o senhor se chama mesmo? – perguntou ela.

– Martin Semple.

Erika abriu o arquivo que tinha diante de si.

– Sr. Semple. No dia 14 de agosto de 2004, a primeira mulher, Kelly Chalk, de 18 anos, estava voltando a pé para casa depois de uma noite em Brixton. Seu cliente a seguiu até a casa dela e entrou no hall do prédio em que ela morava. Ele a empurrou para dentro do apartamento dela, onde a estuprou. A segunda mulher, Tina Rogers, teve mais sorte. Seu cliente entrou pela janela aberta do apartamento do andar térreo e entrou no quarto dela, mas então a colega de apartamento de Tina o afugentou.

O advogado se agitou um pouco e mexeu na caneta, baixando os olhos.

– Como eu disse, todos estamos cientes.

– Você tem uma filha, sr. Semple?

– Realmente não acho que isso seja apropriado... detetive inspetora.

– É detetive inspetora-chefe – disse Erika. – E estou dizendo isso por um motivo.

Ele inclinou a cabeça, assentindo, mas não se corrigiu.

– Dirigir-se a mim pessoalmente é falta de profissionalismo e algo de mau gosto. E devo lembrar que meu cliente está aqui *voluntariamente.*

– De mau gosto... – repetiu Erika. – Você deveria dar uma olhada de que lado da mesa está sentado.

– É disso que se trata? *Um jogo de lados?*

Jasper agora estava alternando o olhar entre Erika e seu advogado com um fascínio mórbido.

– Erika. Podemos conversar? Lá fora? – perguntou Peterson. Ela viu a expressão de preocupação no rosto dele e fez que sim. – O que você está fazendo? – ele perguntou quando saíram para o corredor. Erika se recostou na parede e cruzou os braços.

– Você leu os arquivos do caso?

– Nem tudo. Foi um dia muito agitado – disse Peterson, na defensiva.

– Certo, bom, Kelly Chalk, a jovem que ele estuprou, tinha só 18 anos. Uma estudante. A garota tinha acabado de sair de casa três semanas antes... A segunda mulher, Tina Rogers, tinha crescido em orfanatos. Ela não tinha nenhuma família que a apoiasse nem na hora nem depois. Jasper estudou em uma escola particular muito boa, tinha família, pessoas que se preocupavam com ele. Seu relatório psicológico menciona que ele tinha... tem tendências sádicas. James, eu trouxe Vicky de volta a Londres para responder perguntas, prometi que ela ficaria bem, depois fui lá e a botei na porra da casa de um estuprador condenado!

– Você não sabia que ele era um estuprador condenado. E Jasper está nos dizendo que não estava na casa.

– Caramba, James! Isso depende dos resultados das câmeras toscas do Goose. Eu deveria ter investigado a família antes. E se Vicky estava perto de descobrir quem era esse agressor em série nas residências estudantis ou descobriu que era Jasper?

– É especulação demais sem outras evidências.

– Mas é uma pergunta que deveríamos fazer.

– Sim, mas ele também está a uma pergunta de sair andando. Erika, ele está aqui voluntariamente com um advogado grã-fino – disse Peterson. Ele colocou a mão no braço dela. – Espero não estar falando além do que devia.

Erika colocou o rosto entre as mãos e esfregou os olhos.

– Não, claro que não. Você está certo, preciso de mais evidências. É só que irrita que aquele advogado pensa que não tenho o direito de comentar as condenações prévias de Jasper por violência contra mulheres!

– É relevante, mas Jasper cumpriu pena por isso – disse Peterson. Ele ergueu as mãos no ar. – Não estou justificando, só estou dizendo que ele não saiu impune.

– Ele cumpriu pena de oito anos! Não é nada em uma expectativa de vida de 75 anos. Eu levei mais tempo economizando para juntar a grana para dar entrada na minha casa – disse Erika.

– E qual é sua questão?

– É claro que economizar para dar uma entrada não deveria durar mais do que uma sentença de prisão por estupro.

Peterson assentiu e sorriu.

– Acho que devemos classificar esse último comentário como "privilégio branco". – Erika olhou para ele e se sentiu envergonhada. – Estou brincando – ele acrescentou com um sorriso. – É preciso dar espaço para um pouco de humor, senão enlouqueceríamos.

Erika assentiu.

– Não sei, acho que nem assim você devia brincar com essas coisas – disse ela, com um pequeno sorriso.

– Posso, sim. Como eu disse, somos amigos não somos?

Erika suspirou e olhou para ele. É isso que eram agora? Amigos? Ela torcia para que sim. Pensar nele de fora de sua vida a enchia de pavor. Ela teve uma visão passageira dele com Fran, deitados na cama nova. Erika a expulsou da cabeça.

– Claro – respondeu Erika. – Obrigada por me dar uma segurada.

– Como meu amigo Leon sempre diz, às vezes você precisa se controlar para não se destruir – disse ele com um sorriso.

– Você não tem um amigo chamado Leon.

– Eu poderia ter. E, se tivesse, eu me lembraria dessas sábias palavras.

Houve um momento de silêncio entre eles.

– Sério, James, é que não gosto das semelhanças entre esse episódio do podcast em que Vicky estava trabalhando e o motivo da condenação dele. Vicky tinha medo de alguém... E Jasper diz que está duro e que ia fugir do país, mas aparece aqui com um advogado caríssimo. É tudo muito esquisito.

– Vamos voltar para a sala e ver qual é a dele, antes que fique de saco cheio e resolva ir embora – disse Peterson. – Com calma, com calma.

CAPÍTULO 39

– Por favor, podemos falar sobre sua relação com Vicky? – perguntou Erika.

Eles tinham voltado à sala de interrogatório, e a detetive sentiu ter recuperado o controle de suas emoções. Jasper estava sentado com os ombros curvados, a palma da mão na lateral da cabeça, logo abaixo do curativo que agora estava se manchando de sangue. Ele ainda chocado com os acontecimentos daquela manhã.

– Ela era minha cunhada – respondeu ele.

– E também era sua inquilina. Você é dono do apartamento em Honeycomb Court com sua esposa?

– Sim.

– Você sempre trabalhou no ramo de restaurantes?

– Sempre fui *restaurateur.* Tive três no passado, perto de West End.

– Por que não os tem mais? – perguntou Erika.

– Um faliu, e os outros dois eu vendi quando fui condenado e cumpri pena. Usei o dinheiro para abrir o Goose, em 2013.

– Quando você comprou o apartamento em Honeycomb Court?

– Por volta da mesma época. A dona é uma velha conhecida de minha família.

– Henrietta Boulderstone?

– Sim. Ela é dona do prédio há anos, e um dos apartamentos foi colocado à venda. Tess me convenceu a ter Vicky como nossa inquilina. Ela havia acabado de sair da escola de teatro e precisava de um lugar para ficar em Londres.

Erika hesitou. A conexão com Henrietta Boulderstone a pegou um pouco de surpresa; todos os envolvidos nesse caso pareciam interligados.

– Vicky sabia de seus problemas financeiros?

– *Só* passei a ter problemas financeiros uns dois anos atrás... Mas, respondendo a sua pergunta, sim, tenho certeza de que Tess contou para ela.

– Por que você passou a ter problemas financeiros? – perguntou Peterson.

Jasper suspirou e olhou para o advogado.

– Realmente não entendo como isso pode ser relevante à perda súbita e devastadora da cunhada de meu cliente – disse o sr. Semple.

– Só estamos tentando montar um perfil da família – disse Erika.

O advogado consentiu e se recostou na cadeira.

Jasper limpou a garganta.

– Dois anos atrás, decidi expandir o Goose. Hipotequei a casa de novo para comprar a loja ao lado. Planejamos fechar por oito meses. O primeiro grupo de empreiteiros nos ferrou, depois se demitiu. Até arranjarmos outro, a reabertura estava atrasada em seis meses, o que matou... afetou nossa receita.

– Quantos vezes Vicky deixou de pagar o aluguel do apartamento no último ano?

– Acho que três ou quatro – contou Jasper.

– Esse aluguel que ela deve a você ainda está pendente? – perguntou Peterson.

– Sim.

– Você sabia que Vicky estava fazendo um podcast? – indagou Peterson.

Jasper se recostou, surpreso com a mudança na direção do questionamento.

– Sim, eu sabia que ela estava tentando entrar no ramo de locução. Ela tinha arranjado alguns trabalhos de atuação, mas foram desaparecendo. Demos um monte de caixas de ovo para ela forrar o quarto e transformá-lo num estúdio.

– Você chegou a escutar o podcast dela?

– Não.

– Ela já deixou algo do trabalho dela no restaurante? Cadernos com coisas em que estava trabalhando? Pen drives ou CDs com gravações?

Jasper ergueu uma sobrancelha.

– Não. Por quê?

– Ela estava trabalhando num episódio sobre um estuprador em série. Ele perseguia jovens mulheres e estudantes na Academia de Teatro de Goldsmith. Vicky sabia de sua condenação?

– Não – respondeu ele, balançando a cabeça. O rosto dele estava ficando nervoso de novo.

– Não ao episódio do podcast em que ela estava trabalhando ou não a Vicky saber que você foi condenado por estupro?

– Não para as duas coisas. Eu disse a elas, Tess e Vicky, que tinha sido preso pelo fisco por fraudar grana em um de meus restaurantes, lavagem de dinheiro, sabe?

– Você cumpriu oito anos em Belmarsh. É uma prisão dura.

Jasper ergueu a cabeça e se crispou pela dor na cabeça.

– Olha isso aqui. Sei bem como é dura – disse ele, traçando o dedo ao longo de uma longa cicatriz branca e fina escondida ao longo de seu maxilar. – Isso quase me matou. Precisei de 26 pontos e seis litros de transfusão de sangue. O médico disse que, se a faca tivesse me cortado alguns centímetros mais embaixo, teria atingido uma artéria principal e eu teria sangrado até a morte.

Erika ficou tentada a dizer que o agressor tinha um problema de mira, mas resistiu ao impulso.

– Por que você foi atacado?

– Drogas. Eu devia dinheiro a alguém de fora. Arranjaram um sujeito de dentro para resolver. Acontece muito.

– Você não estava vendendo drogas lá dentro?

– Sim – respondeu ele. – Tinha cansado de ser o peixe pequeno e virei o peixe grande.

– Você ainda usa drogas? – perguntou Erika.

O advogado se inclinou para a frente e começou a fazer uma objeção, mas Jasper ergueu a mão.

– Tudo bem. Não. Não uso mais aquelas merdas.

– Você conhece bem o namorado de Vicky, Shawn? – perguntou Erika.

Jasper encheu as bochechas de ar, tendo que pensar sobre essa pergunta.

– Já tomei umas cervejas com ele, mas acho que ele e Vicky não eram mais próximos.

– E a vizinha de Vicky, Sophia?

Jasper negou com a cabeça.

– Não, eu não a conhecia bem. Vicky tinha falado dela uma ou duas vezes de passagem, e da irmã também, mas foi só isso. Além de conhecer Henrietta vagamente, eu não conhecia nenhuma delas. Nunca fui muito lá, para ser sincero.

– E o vizinho de Vicky, Charles Wakefield? – perguntou Erika. Ela observou Jasper com atenção. Ele se recostou e esfregou uma mão na outra. Erika notou pela primeira vez como os braços dele eram fibrosos e rijos. Ele não era musculoso, mas parecia ter muita força corporal.

– Quem? Já disse que não conheço ninguém lá – respondeu, estreitando os olhos.

– Ele trabalha como o zelador informal de Honeycomb Court. É muito próximo de Henrietta.

– Ah, o zelador. Sim, eu o conheço. Tive que tratar com ele, séculos atrás, para deixar o cara da caldeira entrar quando compramos o apartamento. Ele é meio estranho. Sempre achei que fosse meio bich... meio gay.

– O que fez você pensar isso? – perguntou Peterson.

Jasper encolheu os ombros.

– A maneira como ele se veste. Quando dei a chave para ele, o sujeito estava usando uma porra de chapéu e andava de um jeito afetado. – Ele colocou a mão no curativo com cuidado e examinou a palma para ver se tinha algum sinal de sangue. – O que ele tem a ver com isso tudo? – perguntou. Erika conseguia ver que Jasper estava ficando cansado e inquieto.

– Vicky fugiu do local do crime para se hospedar na casa de uma professora da escola de teatro. Cilla Stone. Você a conhece? – perguntou Erika.

– Não. Mas já ouvi falar. Cilla isso, Cilla aquilo. Vicky era muito fã dela.

– Você ou Tess pensaram em entrar em contato com Cilla? Ver se ela estava lá?

– Não. Pensamos que *Vicky* estivesse morta, daí ela não estava, e agora... – Pela primeira vez, Erika pôde ver o que parecia um sofrimento genuíno em Jasper. – Jesus. Não sei como Tess vai suportar isso. Já foi ruim ela pensar uma vez que Vicky estava morta e, agora, depois de um reencontro, ela morre de novo. – Ele se recostou e esfregou a testa. – Vocês têm mais alguma pergunta? Estou aqui voluntariamente, mas gostaria de ir embora e consolar minha esposa.

– Precisamos das imagens de segurança do restaurante, se puder providenciar que sejam mandadas o quanto antes – pediu Erika.

CAPÍTULO 40

– Você acha que ele é um potencial fugitivo? – Erika perguntou enquanto eles, pela janela da delegacia, observavam Jasper entrar no Jaguar do advogado no estacionamento.

– Ele queria fugir para escapar das dívidas. Talvez ainda tente, mas será que abandonaria Tess?

– Ele está longe de ser o sr. Moral... Só não tenho provas suficientes para confiscar o passaporte dele agora – disse Erika.

– Que tal vigilância?

Erika olhou para Peterson.

– Qual seria a motivação dele para matar Vicky? Ela estar com o aluguel atrasado? Ainda não temos as evidências de DNA do local do assassinato de Sophia. Não conseguimos provar se ele a conhecia... E não conseguimos nem provar se existe uma ligação entre os dois assassinatos. – O Jaguar se afastou, e Erika se questionou de novo de onde Jasper estava tirando dinheiro para um advogado tão caro se estava falido. Então ela tomou uma decisão: – Dane-se. Vamos colocar um carro atrás dele, vigilância 24 horas. Vou enfrentar a fúria de Melanie.

– Boa decisão – disse Peterson. – O que quer fazer agora?

Erika teve que pensar por um momento.

– Quero fazer uma visita à Academia de Teatro de Goldsmith e ver se conseguimos localizar alguém que saiba sobre os relatos de agressão mencionados naqueles áudios. Temos os três nomes das mulheres entrevistadas, e deveríamos também conseguir uma lista dos alojamentos estudantis. Podemos tentar descobrir se Vicky estava conversando com mais alguém enquanto fazia a pesquisa dela para o podcast.

Eram quinze minutos de carro de Lewisham Row até New Cross. Peterson dirigiu para que Erika pudesse usar o celular. Ela ligou para o setor de investigação e pediu para Crane ver se havia algum registro de ataques e invasões relatados por Kathleen Barber em janeiro de 2012, Becky Wayland em fevereiro de 2012 na Jubilee Road, ou Grace Leith na Hartwood Road em fevereiro de 2014.

Ela esperou e ouviu Crane digitando no fundo.

– Jubilee Road está aparecendo – disse ele, por fim. – Jubilee Road, número 84... Há uma denúncia de 24 de janeiro de 2012, sobre uma tentativa de invasão durante a noite. Tem pouca informação, só diz que a jovem, Kathleen Barber, não conseguiu identificar o invasor e que a pessoa foi afugentada. A polícia visitou o local, procurou impressões digitais... mas não encontrou nada. Ah, sim, também tem a denúncia de Becky Wayland. Ela denunciou uma invasão em 18 de fevereiro de 2012, também na Jubilee Road 84. A polícia foi ao local e procurou impressões digitais, mas não havia nenhum sinal de invasão.

– Nenhum sinal de invasão? Os boletins mencionam algo sobre as grades da janela do quarto onde Becky ou Kathleen estavam hospedadas serem removidas? Ou ausência de iluminação? – perguntou Erika.

– Não – disse Crane depois de uma pausa.

– E não tem nada no sistema sobre uma Grace Leith em fevereiro de 2014? Se não aparece o endereço, o boletim pode mencionar a Academia de Teatro de Goldsmith – indicou Erika.

Eles ficaram em silêncio enquanto Crane digitava.

– Não – disse Crane. – Não tem nada.

– Certo, obrigada – Erika agradeceu. – Pode mandar tudo para o meu e-mail? – Em seguida, ela fez uma ligação para Melanie para pedir vigilância 24 horas a Jasper Clark, que Melanie aprovou sem muita resistência. – Pensei que seria mais difícil... – disse Erika quando desligou a ligação.

– Ela provavelmente não aprovaria com tanta disposição uma vigilância para Charles Wakefield – disse Peterson. Erika deu uma risada seca. Melanie pareceu ficar aliviada, talvez supondo que o foco deles havia mudado. – O que não entendo é como Vicky encontrou essas informações sobre as invasões – continuou Peterson. – Como encontrou Kathleen Barber, Becky Wayland e Grace Leith? Ela conhecia algum policial ou a ATG tinha registros aos quais ela teve acesso?

– Não sei – disse Erika. Ela baixou o espelho na frente do banco de passageiro para olhar o próprio reflexo e encarou seu rosto exausto. – Nossa. Preciso dormir.

Eles pararam em um semáforo perto da estação Forest Hill, perto do apartamento onde Erika morou quando se mudou para Londres. Isso tinha sido quatro anos antes. A casa dela foi invadida quando morava lá, e tinha sido aterrorizante. Ela pensou naquelas mulheres, todas jovens adolescentes, tendo seus alojamentos estudantis invadidos. Para todas, era a primeira vez longe de casa. Sozinhas em Londres pela primeira vez. Uma sensação horrível.

– Você comprou uma cama no fim das contas? – perguntou Peterson, tirando-a de seus pensamentos.

– Quê? Ah, não. Não da Bed World. Estava lá quando recebi a ligação de Isaac do necrotério. E você?

– Sim. Foi entregue ontem à noite.

– Como é? Para dormir? – disse Erika. Ela não estava louca para ouvir sobre as intimidades domésticas de Peterson e Fran.

– Boa. É uma cama grande e gostosa, então é claro que Kyle quer dormir com a gente.

– Por causa dos terrores noturnos?

– Sim. É um mau hábito deixar as crianças dormirem na mesma cama que os pais, mas Fran não quer se assustar se ele acordar por causa deles.

– Deixar as crianças dormirem na mesma cama é um mau hábito? – perguntou Erika.

– Segundo minha mãe, sim – disse Peterson. – Ela vive criticando Fran por causa disso. Está causando um pouco de tensão... – Erika assentiu e olhou pela janela. A mãe dele poderia ser uma presença assustadora, e tinha deixado isso muito claro para Erika, quando ela e Peterson ficaram juntos por um período curto, que Erika não servia para ser namorada de seu filho, por ser mais velha e obcecada pela carreira. Dava a ela um certo prazer culpado saber que não estava sendo fácil para Fran lidar com a grande sra. Peterson. – Então, se você não comprou a cama, ainda está no colchão inflável? – Peterson perguntou.

– O colchão inflável estourou. Estou dormindo numa pilha de cobertas... Isso me lembra...

– O quê? – perguntou Peterson, enquanto o farol ficava verde e eles saíam com o carro.

– Preciso reagendar a entrega. – Erika olhou para a rua e viu que ainda demoraria alguns minutos até chegarem a New Cross. Ela ligou para a central de atendimento de entrega e ficou surpresa por não ter que esperar. O único horário que eles tinham nos próximos dias era às 18h30. – Não sei se consigo a esta hora... – disse, olhando o relógio. Eram quase 15h30, eles nem tinham chegado ainda à ATG, e antes de ir para casa ela queria dar uma passada na delegacia.

– Posso te ajudar hoje à noite – disse Peterson, escutando a conversa. – Você precisa ter uma cama.

Erika cobriu o fone.

– Tenho que voltar ao setor de investigação e verificar a equipe de vigilância.

– Posso fazer isso. Pegue o horário. Você precisa dormir para funcionar. Todos precisamos de você – disse Peterson. Erika sentiu um carinho e um afeto verdadeiro por ele se oferecer para ajudar, e aceitou o horário.

Quando desligou o celular, os dois estavam passando pela estação New Cross Gate, ao lado do grande campus da Universidade Goldsmith. A Academia de Teatro de Goldsmith ficava quase um quilômetro depois dali, composta por uma série de seis casas geminadas que tinham sido transformadas num edifício único.

Eles pararam na frente da entrada principal bem quando um grupo de rapazes e moças saía pela porta, usando leggings e roupas de dança. Duas garotas usavam faixas de cabelo amarelo néon. Estavam conversando e dando gargalhadas estridentes, e não pareciam se importar com o frio. Os jovens passaram pelo carro e seguiram na direção de uma das portas da fileira de casas geminadas.

Bem quando Erika e Peterson estacionaram o carro, um Beetle amarelo vivo estacionou na vaga em frente, e Cilla Stone saiu do veículo. Ela estava vestindo cores espalhafatosas: meias-calças verde-limão com botas Dr. Martens autênticas e uma estranha capa xadrez azul e vermelha que ia até abaixo da cintura.

– Que roupa é essa que ela está vestindo? – disse Peterson enquanto observavam um homem que vestia um elegante terno azul trancar o carro e segui-la até a entrada principal.

– Todas as cores possíveis. Aquela é Cilla Stone – disse Erika.

– A Cilla Stone com quem Vicky ficou na Escócia?

– Isso. Eu a reconheço da foto do site da universidade.

– E quem é aquele com ela?

– Não sei.

Cilla subiu a escada e disse algo para o homem, cochichando com um ar de conspiração, quase de flerte. Ela gargalhou e o homem abriu um sorriso para ela. Peterson começou a sair do carro, mas Erika ergueu a mão.

– Espere, vamos aguardar. Não quero ter que contar para ela sobre Vicky no estacionamento.

CAPÍTULO 41

Erika e Peterson observaram enquanto o homem tocava uma campainha na porta. Ela se abriu e ele deu um passo para o lado para deixá-la entrar.

– Ela é aposentada da ATG? – perguntou Peterson.

– Foi o que Vicky me contou. E foi morar na Escócia. O que ela está fazendo aqui em Londres?

Os dois saíram do carro, subiram até a entrada principal e tocaram a campainha. Um momento se passou e, em seguida, uma voz feminina aguda soou pela caixa de som metálica, perguntando quem eles eram. Erika ergueu o distintivo para a câmera e disse que queriam falar com a Secretaria de Bem-Estar Estudantil. Houve outra longa pausa.

– Qual o assunto? – perguntou a mulher.

– O assunto é que dois policiais precisam conversar com vocês – disse Erika.

Depois de um silêncio a porta zumbiu e se abriu alguns centímetros.

Eles adentraram o hall de entrada, que parecia uma casa geminada institucionalizada, com lâmpadas tubulares e um piso de madeira arranhado. Perto da porta principal, havia um quadro de avisos e fileiras de escaninhos com nomes gravados. No final do longo corredor em frente dava para ver uma jovem de roupa de dança diante de uma porta holandesa dividida em duas. A metade de cima estava aberta. O cabelo da jovem era ruivo, cacheado e longo, descendo pelas costas, e nos olhos ela usava um forte delineador preto.

– Mandei o trabalho por e-mail faz um tempão – dizia ela. – Olhe. – Ela revirou uma bolsa de tricô cor-de-rosa e tirou uma folha de papel. – Esse é o horário de quando mandei o e-mail, cinco minutos antes do prazo final.

Quando se aproximaram, conseguiram ver o escritório amplo por trás da porta. Uma mulher de ar desconfiado, baixa e magra, com o cabelo grisalho cortado rente, usando uma blusa de gola rolê bastante encardida e pequenos óculos em meia-lua estava de braços cruzados, observando a jovem com frieza. Três mulheres trabalhavam nas escrivaninhas atrás dela, erguendo os olhos de relance e fingindo não escutar.

– Como vou saber que você não falsificou isso? – disse a mulher, pegando a folha de papel.

– Nunca perdi um prazo de trabalho, e o sistema está dizendo que perdi esse por *um segundo*!

– É responsabilidade dos estudantes enviar os trabalhos por e-mail no tempo estipulado – disse a mulher, devolvendo o papel. Elas continuaram discutindo por mais um minuto, e a mulher da secretaria se recusava a ceder.

– Vou falar com meu orientador – disse a jovem.

– Faça isso.

A jovem passou por eles aos prantos.

– Oi. Estamos procurando a administradora da secretaria estudantil – disse Erika, dirigindo-se à porta.

– Sou eu – a mulher respondeu, com a mesma hostilidade com que tratara a jovem.

– E como a senhora se chama?

– Sheila Wright.

Ela não abriu a porta para eles.

– Estamos investigando ataques antigos contra estudantes que aconteceram nas moradias estudantis da ATG. Gostaríamos de conversar com a senhora sobre o assunto em algum lugar um pouco mais reservado – pediu Erika.

Erika ergueu o distintivo de novo, se apresentou e apresentou Peterson. Sheila se inclinou, olhou para os distintivos deles, e só depois destravou a porta para entrarem. As três mulheres ergueram os olhos com interesse.

– Por favor, venham comigo – disse ela. Eles atravessaram para outro corredor que dava em mais portas. A sala dela ficava no final de tudo e dava para um pequeno jardim com um pátio central, árvores e canteiros floridos.

– Não fui avisada de que vocês viriam – comentou ela.

– Precisamos saber se vocês têm registros de um invasor que entrou em suas moradias estudantis de Jubilee Road e Hartwood Road, ameaçou e atacou jovens mulheres. – Os olhos de Sheila se arregalaram. – Os nomes são Kathleen Barber, em um incidente que aconteceu em janeiro de 2012 na Jubilee Road, Grace Leith, cuja ocorrência foi em fevereiro de 2014 na Hartwood Road, e Becky Wayland, que foi atacada na Jubilee Road em fevereiro de 2012.

Sheila alternou o olhar entre Erika e Peterson por um momento, depois se recostou e virou a tela do computador para ela.

– Não era para vocês terem essas informações, sendo da polícia?

– Nem todas as ocorrências chegam até a polícia – disse Erika.

– E essas jovens eram estudantes daqui?

– Elas fizeram testes para vagas aqui no curso de teatro.

– Se não foram admitidas, elas nunca se tornaram estudantes em tempo integral. Não mantemos registros de estadias temporárias ou de não estudantes – argumentou Sheila.

– Mas se uma estudante em potencial que ficou por apenas uma noite foi atacada ou teve o quarto invadido, vocês não teriam algum registro? Como dona dos imóveis, a escola deve ter alguma apólice de seguro – disse Peterson.

Os dedos de Sheila se moviam com velocidade enquanto digitava.

– Não tenho nenhum registro dessas mulheres em nossa base de dados de ex-alunos. Só mantemos registros de estudantes.

– E se uma janela é quebrada? Ou uma moradia é invadida mais de uma vez? Vocês têm um registro do prédio da Jubilee Road? – perguntou Erika.

– Sim. Mantemos registros das moradias estudantis. Se há necessidade de reparos ou ocorrências... – Erika notou o toque pesado da mão de Sheila no teclado, como se estivesse descontando a irritação nas teclas. – Mas não encontro nada. Sabem se houve algum dano grave quando a pessoa ganhou acesso? Alguma janela quebrada ou porta arrombada?

Ganhou acesso, pensou Erika. Era uma forma estranha de descrever uma invasão.

– Não sabemos se houve algum dano – disse Erika. – Então você está me dizendo que, se têm uma invasão em uma moradia estudantil, nada é feito a respeito?

Sheila se recostou e cruzou os braços.

– Não, não é isso que estou dizendo. Cuidar de estudantes é uma prioridade. Temos fortes medidas de segurança em vigor. Desde 2017, todas as entradas de moradias estudantis têm uma câmera de vídeo. E, desde

2000, temos um sistema de cartão-chave em todas as entradas e saídas. E as janelas têm grades – disse ela.

– A pessoa que invadiu desparafusou as grades – disse Erika.

– Não sabia disso.

– Como funciona o sistema de cartão-chave? – perguntou Peterson.

– Cada estudante tem um cartão-chave magnético que usa para abrir a porta. Ninguém consegue entrar sem um.

– Mas alguém poderia pegar emprestado ou roubar um cartão-chave? – perguntou Erika.

– Tecnicamente, sim. Mas somos muito cuidadosos a respeito disso, e atualizamos a segurança para incluir um sistema de câmeras em 2017.

– Só no ano passado? – perguntou Erika.

– Sim.

– Por que esperaram até o ano passado?

– Não sou eu quem faz as regras. Sou apenas a administradora de bem-estar estudantil. Não controlo os orçamentos.

– Você era a administradora de bem-estar estudantil em 2012?

– Sim.

– Poderia nos dar todos os registros de invasões e ataques em moradias estudantis? – perguntou Erika.

– Já falei. Não tenho nada nas datas que vocês especificaram – respondeu Sheila. Ela parecia estar na defensiva.

– Mas você mantém registros sobre estudantes. Podemos voltar com um mandado e causar todo um alarde e dizer que Sheila, a administradora da secretaria estudantil, está impedindo uma investigação policial – disse Erika.

– Não estou impedindo nada.

Erika estava profundamente irritada com a síndrome do pequeno poder.

– Que bom. Então você vai atender minha solicitação e entregar todos os seus arquivos.

– Eu precisaria examinar muitos dados. Nem sei se temos esse tipo de informação.

Erika revirou o bolso e tirou seu cartão.

– Esse é meu número. Quando os arquivos estiverem prontos, entre em contato comigo, e vamos providenciar uma transferência segura. Espero que me ligue prontamente.

– Sim – disse Sheila.

– Você foi contatada por uma ex-aluna para falar sobre esses ataques? Uma mulher chamada Vicky Clarke?

Sheila pareceu pensar nisso por um momento.

– Não, não que eu me lembre.

– Certo, obrigada. Pouco antes de entrarmos no prédio, vimos um homem entrar com Cilla Stone. Quem era ele?

Sheila voltou ao computador, e Erika viu que ela tinha aberto as imagens da câmera de segurança da porta de entrada.

– Aquele é Colin McCabe.

– Ele tem uma sala aqui?

– A sala dele fica no último andar. O quarto andar.

– Qual o cargo dele?

– Ele é professor titular de Drama Clássico e faz parte do conselho diretor da faculdade. Se vierem comigo, posso liberar sua entrada – ofereceu ela.

Sheila os levou até a entrada e Erika e Peterson começaram a subir uma escada estreita. Em cada andar, havia uma porta corta-fogo com um vidro de segurança transparente que levava para um corredor.

– Parecia que você estava com vontade de dar um tapa na cara dela – disse Peterson, parando no segundo patamar para recuperar o fôlego.

Erika parou com ele.

– Viu como ela falou com aquela aluna cujo trabalho foi entregue um segundo depois do prazo? Você acha que ela sabia de alguma coisa ou só era o comportamento impeditivo dela?

– Não sei. Pessoas com síndrome do pequeno poder não costumam ligar para a essência do que fazem. Só gostam de negar informações.

CAPÍTULO 42

O escritório de Colin McCabe ficava ao fim de um longo corredor com janelas com vista para a movimentada rua principal. Eles ouviram um murmúrio de vozes do lado de dentro. Erika bateu à porta. As vozes pararam e, em seguida, Colin abriu a porta. Ele tinha uma sombra sutil de barba no rosto e trazia consigo um forte aroma de pós-barba. Algo amadeirado e caro. Pela fresta da porta, conseguiram ver o escritório, onde Cilla estava sentada na ponta da mesa dele. As pernas finas e compridas vestidas com meias-calças verde-limão sob a capa xadrez fez com que Erika se lembrasse dos episódios de o *Muppet Show* em que Kermit, o Sapo, se sentava em cima de um muro para tocar violão e cantar uma música.

– Boa tarde, posso ajudar? – perguntou ele, abrindo um sorriso largo para Erika e Peterson. Eles se apresentaram e mostraram seus distintivos.

– Estamos aqui por causa de uma aluna antiga, Vicky Clarke – disse Erika.

– Ah, sim – disse Cilla, saindo de cima da mesa. O rosto dela adquiriu uma expressão muito grave. – Eu ia mesmo me colocar à disposição de vocês. Como sabem, Vicky foi se hospedar comigo.

Colin abriu mais a porta.

– Entrem e sentem-se, por favor – disse Colin, apontando para o grande sofá de couro.

Eles entraram no escritório. Era uma sala grande cercada por estantes. O piso era de madeira, desgastado e empoeirado, tinha um padrão espinha de peixe, e um imenso sofá de couro verde surrado estava posicionado na frente de uma lareira de ferro. A *bay window* ao lado da escrivaninha tinha vista para o jardim. Erika observou que, em uma das paredes, havia um quadro de cortiça com dezenas de fotos polaroides dos estudantes, todos olhando fixamente para a câmera, com uma confiança intensa. Seus nomes estavam escritos na parte de baixo das fotos. Ela se perguntou por um instante se algum dos estudantes havia visitado aquele sofá de couro.

– Estava pensando que teria que entrar em contato com você na Escócia – disse Erika.

Cilla hesitou.

– Sim... Mas eu quis vir a Londres. Para ver se podia apoiar Vicky – respondeu ela, apertando uma mão junto ao peito enquanto falava, como se tentasse enfatizar o quanto se preocupava. – E, como eu disse, para me colocar à disposição da polícia.

– Quando você chegou a Londres? – perguntou Erika.

– Ontem à noitinha. Nós pegamos um voo, pouco depois de Vicky.

– Nós?

– Eu estava na Escócia com Cilla, assim como outro colega nosso, Ray – disse Colin.

– Onde está Ray?

– Ele ficou na Escócia para cuidar de meu cachorro – disse Cilla. – Ele ensina dança aqui na ATG.

– Você disse que voltou a Londres para se colocar à disposição da polícia, mas não recebemos nenhum contato seu – comentou Peterson.

– Imagino que isso não seja um problema – disse Colin. – Cilla, até onde ela me contou, não sabia que Vicky tinha fugido do local de um crime. Ela poderia ter ficado na Escócia, mas decidiu vir para cá. Isso não é ilegal.

– Meu Deus, tomara que não! – exclamou Cilla. – Se eu soubesse o que tinha acontecido, teria falado para ela voltar diretamente para Londres. Pensei que Vicky estava fugindo de algum romance desastroso. – Ela mexeu com nervosismo em um pingente pesado de prata ao redor do pescoço. Colin, em comparação, estava muito relaxado, em pé, com os braços descruzados e as mãos no quadril.

– Você sabe por que Vicky decidiu viajar até a Escócia para ficar na sua casa? – perguntou Erika.

– Não... Mas somos próximas – disse Cilla, ainda mexendo no pingente com nervosismo. – Sempre mantivemos contato.

– Amigas próximas?

– Sim. Não fico amiga de muitos alunos, mas Vicky é muito especial para mim. Eu me mudei para a Escócia faz pouco tempo, no ano passado. Eu a tinha convidado para me ver ou, melhor dizendo, tinha dito que ela era bem-vinda quando quisesse.

– Você socializava regularmente com Vicky depois que ela se formou na ATG seis anos atrás?

– Sim. Nós nos víamos ao menos uma vez por mês para jantar. Eu tinha um apartamento em Sydenham que vendi faz pouco tempo para comprar minha casa nova na Escócia. – Ela parou de mexer no pingente e olhou para Erika. Caiu um silêncio constrangedor. Cilla alternou o olhar entre eles. Colin franziu a testa.

– O que houve? – perguntou ele.

– Lamento em dizer que Vicky foi assassinada ontem à noite – disse Erika.

Cilla os encarou por um longo momento. Depois levou os dedos às têmporas, pareceu cambalear por um momento e, então, cedeu lentamente e caiu estatelada no chão. Colin correu até ela.

– Cilla! Cilla! Consegue me ouvir? – Ele deu alguns tapas no rosto dela, com bastante vigor. Ele chacoalhou os ombros da mulher e a cabeça dela pendeu para trás. Ele deu outro tapa.

– Certo, certo, chega – disse Peterson, se aproximando. – Vamos colocá-la na posição lateral de segurança.

– Ela não comeu muito hoje cedo – Colin contou, recuando, para deixar Peterson ajudar. Ele virou Cilla de lado com delicadeza e inclinou a cabeça dela para trás. – Ela está respirando? Tem pulso? – perguntou Colin, sua voz frutada de barítono erguendo-se de emoção. Erika conseguia ver que Cilla estava respirando. O peito dela subia e descia sob a capa xadrez e suas pernas finas estavam estendidas com suas meias-calças verde-limão.

– O pulso dela está forte – disse Peterson, apalpando o pescoço da mulher enquanto se ajoelhava ao lado dela. Eles hesitaram por um momento, observando, e, então, os olhos de Cilla piscaram de maneira teatral, seus lábios se abriram e cabeça balançou de um lado a outro. Ela abriu os olhos.

– Onde estou? – disse ela com a voz rouca, erguendo olhos estreitados para eles como se não os enxergasse. Apesar da seriedade da situação, Erika sentiu um impulso súbito de gargalhar e teve que morder o lábio.

– Meu bem! – Colin exclamou, empurrando Peterson com o cotovelo para se ajoelhar ao lado dela. – Você passou mal – disse, com uma voz que não combinava com os tapas fortes que tinha dado no rosto dela.

– Vicky. *Assassinada*? – questionou ela, olhando primeiro para Erika e Peterson, depois para Colin.

– Sim – disse Erika.

– Mas eu estava... ela estava... na minha casa... Como assim? Como?

Cilla tateou os braços no ar e Colin a ajudou a se sentar e arrumou a capa dela para preservar o recato. Ela levou os dedos à bochecha onde uma marca de mão vermelha estava surgindo, e Erika pensou ter visto um breve lampejo de irritação perpassar seu rosto. Colin a ajudou a se sentar no sofá.

– Quer uma água? – perguntou Peterson, dirigindo-se a um bebedouro no canto da sala.

– Acho que preciso de algo mais forte – respondeu Cilla. Colin concordou e foi até uma das prateleiras, de onde tirou alguns livros com encadernação de couro. Ele pegou uma garrafa de uísque Glenlivet detrás da fileira de livros.

– Imagino que vocês dois estejam em horário de trabalho – disse ele.

– Estamos – disse Erika. Colin encheu dois copos de plástico do bebedouro com uísque e entregou um para Cilla, que o pegou com as mãos trêmulas. Erika notou que Colin também estava tremendo um pouco. Os dois deram um gole.

– Como isso aconteceu? – perguntou Cilla com a voz baixa.

Erika explicou as circunstâncias brevemente.

– Tess a encontrou, na própria cozinha? Ai, meu Deus, que horror. E ela foi esfaqueada! Ah, Vicky. Quem faria uma coisa dessas? – disse Cilla. Seu lábio inferior começou a tremer e Colin tirou um lenço branco dobrado do bolso de cima do paletó e o deu para ela. Cilla começou a chorar de soluçar. Erika olhou de relance para Peterson, que ergueu uma sobrancelha.

– Vocês têm alguma ideia do responsável? Algum suspeito? – perguntou Colin, falando em cima da cabeça de Cilla, que se afundava no paletó dele, apertando o lenço no rosto. Agora havia uma marca de mão vermelho-clara na bochecha da professora.

– Não, não temos – disse Erika. – Cilla, você poderia responder algumas perguntas, se estiver disposta?

– Agora? – questionou Cilla, secando os olhos. – Vocês acabaram de me contar da perda de uma amiga querida.

– Por favor. Pode ajudar.

Ela respirou fundo e pareceu se centrar. Colin se manteve a seu lado.

– Pode parecer um assunto estranho para começar, mas o que você sabe sobre o podcast de Vicky?

– O podcast dela? Sei que era muito bom – disse Cilla. – Nós dois escutamos, não é? – Ela olhou para Colin, que fez que sim com a cabeça.

– O que a fez começar a fazer um podcast de *true crime*? – Cilla fez uma expressão confusa.

– Por favor, essas perguntas são importantes.

– Vicky teve muita dificuldade para conseguir trabalho quando se formou – disse Cilla, olhando para o copo de plástico. – Ela conseguiu um agente, mas ele não era muito bom. Ela tem... *tinha* uma voz muito boa de locução, então sugeri que tentasse entrar nesse ramo. Foi só isso que fiz.

– Alguém mais da ATG ajudou Vicky?

– Acho que Vince, que dirige a equipe técnica do teatro aqui na ATG, deu alguns conselhos sobre equipamentos de som.

– E, claro, nós da ATG tivemos o maior prazer de participar e ajudar com o *casting* – disse Colin.

– Ah, sim, o [casting] – disse Cilla.

– Como assim, *casting*? – perguntou Erika, pensando ter ouvido errado.

– Para os personagens. Você já escutou? Cada episódio tem personagens novos – disse Colin.

Erika e Peterson se entreolharam, sem conseguir disfarçar o choque.

– Queridos, vocês não sabiam que o podcast de Vicky era ficcionalizado? – disse Cilla.

CAPÍTULO 43

Erika sentiu que, de repente, estavam um passo atrás. Se o podcast era em parte ficção, em que Vicky estava trabalhando quando foi assassinada? Uma investigação ou uma história?

– Sabemos que a própria Vicky fazia o roteiro – disse Colin.

– Sim, e era muito bem escrito – continuou Cilla, ainda secando os olhos com o lenço. – Mas ela precisava de atores de voz para os personagens adicionais, e ajudamos com isso.

– Espere. Ouvimos o episódio sobre o Matador de Gatos de Croydon – disse Erika. – Aquele é um caso real, e sabemos disso porque a polícia investiga o caso há alguns anos.

– Claro, o podcast dela é baseado em crimes reais – disse Cilla. – Mas ela estava pegando o que estava em domínio público e *dramatizando* aquilo. É uma técnica legítima usada por documentaristas e criadores de podcast.

Todos silenciaram por um tempo.

– Parece que os senhores de repente ficaram um pouco verdes – disse Colin. – Não querem mesmo uma bebida? Não vou contar para ninguém.

Erika precisava de um momento. Ela deu a volta até ficar diante da lareira.

– Acreditamos que Vicky estava trabalhando em um episódio novo do podcast e pode ter descoberto algo sobre uma série de crimes que aconteceram na moradia estudantil aqui na ATG – disse ela.

– Como assim? – perguntou Cilla, olhando para Colin.

As sobrancelhas dele se ergueram e ele negou com a cabeça.

– Crimes aqui, na ATG? Não sei de crime nenhum. Que crimes são esses? – quis saber ele.

– Uma série de invasões nas moradias estudantis perto de New Cross. Três jovens foram ameaçadas e, num caso de que temos conhecimento, o agressor a atacou.

Cilla e Colin ficaram em silêncio, chocados. Erika os observou com atenção. O choque parecia muito genuíno.

– Vocês têm provas disso? – perguntou Colin.

– Sim. Vicky entrevistou essas jovens e os registros da polícia correspondem ao que elas contaram para Vicky – disse Erika.

– Como sabem disso? Vicky contou para vocês? – perguntou Cilla.

– Não podemos entrar em mais detalhes neste estágio – disse Erika.

– Por que ela não me disse nada sobre isso quando foi se hospedar em minha casa? Ela disse algo para você, Colin?

– Não. Nada. Quando foi isso? Quando esses ataques aconteceram? – perguntou Colin.

– Entre 2012 e 2014 – disse Peterson.

– Não tinha conhecimento sobre isso – disse Colin. – O que é surpreendente. Os estudantes aqui gostam de falar. Esse teria sido um assunto e tanto.

– Essas mulheres não eram estudantes. Apenas se hospedaram por uma noite na moradia estudantil, elas fizeram testes para entrar na ATG e não passaram – disse Erika.

– Pode ser por isso que não ficamos sabendo – disse Cilla. – Estive presente nos testes todos os anos. Só encontramos os candidatos por metade do dia, e a maioria nunca vemos de novo.

Colin franziu a testa.

– Vocês têm os nomes dessas jovens? Caso nos lembremos delas? Ou possamos ajudar?

– Sim, mas, como eu disse, não podemos compartilhar essas informações com vocês – disse Erika.

– Vocês já conversaram com Sheila, a administradora da secretaria estudantil? –perguntou ele, agora com a voz desconfiada.

– Passamos pelo escritório dela quando chegamos – disse Erika, querendo ver se ela daria informações diferentes. – Presumo que a escola deva manter registros de ocorrências de agressão nas moradias estudantis?

– Sim, mas permita-me dizer que temos uma política de tolerância zero aqui na ATG, não é mesmo, Cilla? – perguntou Colin.

– Sim – concordou ela.

– Em todos os meus anos aqui, só ouvi falar de estudantes festeiros e generosos, mas de agressões a alunas nunca ouvi falar – disse Colin.

– Sim. Muitos dos alunos homens são gays – completou Cilla.

Mais uma pausa constrangedora recaiu no ambiente.

– Posso perguntar onde você está hospedada e por quanto tempo pretende ficar em Londres? – perguntou Erika.

– Estou ficando na casa de Colin em Telegraph Hill, que é subindo a rua – respondeu Cilla.

– A que horas vocês chegaram ontem à noite? – perguntou Peterson.

– Oito ou oito e meia da noite – disse Cilla. – Pegamos o voo de Glasgow a Heathrow. E só devemos ter chegado a sua casa bem depois das 22h.

Colin concordou com a cabeça.

– E vocês dois passaram a noite em sua casa em Telegraph Hill? – perguntou Erika.

– Vocês estão nos pedindo um álibi? – questionou Cilla, com um lampejo de raiva repentino.

– Só estamos tentando conferir todos os detalhes – Peterson disse com firmeza.

Ela colocou o copo de plástico na mesa.

– Devo avisar que não gosto dessa linha de questionamento. Acabei de ouvir que uma amiga muito, mas *muito querida* morreu. Estou em choque, e vocês vêm aqui e me fazem perguntas ridículas e têm a audácia de dar a entender que...

– Cilla, querida. Eles só estão fazendo o trabalho deles – disse Colin, pegando a mão dela. Ela puxou a mão. Ele olhou para Erika e Peterson. – Sim, nós dois ficamos em minha casa. Acho que chegamos do aeroporto por volta das 22h30 e fomos para a cama pouco depois disso. Hoje nos levantamos tarde e demoramos um pouco para nos arrumar; só saímos de casa para vir aqui há umas duas horas. Cilla está muito exausta. Voar é cansativo para ela, mesmo sendo um voo curto.

– Por que você veio para cá? – perguntou Erika. – Imagino que seus planos iniciais fossem ficar na Escócia por um tempo com Cilla.

– Sou chefe do departamento de teatro, sempre tenho trabalho a fazer, papéis para assinar – respondeu ele.

Cilla ainda estava com a respiração ofegante e tentando controlar a raiva.

– Essas são todas as perguntas que os senhores têm? – disse ela, por fim.

– Sim, acho que sim – disse Erika.

– Bom, se me derem licença, tenho coisas a fazer. Preciso ligar para Tess... Preciso de tempo para processar o que acabaram de me contar. Não quero ficar aqui. Quero ir embora, voltar para sua casa, Colin – disse ela.

– Sim, meu bem – respondeu ele. – O que precisar.

– Obrigada pelo seu tempo – disse Erika.

Estava quase escuro e chovia torrencialmente quando Erika e Peterson saíram, e eles pararam por um momento na escada embaixo da entrada principal, considerando se corriam até o carro ou esperavam a chuva diminuir.

– Ainda não consigo entender de onde vieram as fontes de Vicky – disse Erika. – E agora Cilla e Colin nos falam que ela estava contratando atores e escrevendo roteiros!

– Isso não significa que todo o podcast fosse fictício.

– Preciso encontrar essas mulheres – disse Erika, desejando ter algo do apartamento de Vicky com que pudessem trabalhar, cadernos ou arquivos de computador. – Como ela as encontrou ou descobriu sobre as invasões? As pessoas que vêm aqui para fazer testes não ficam muito tempo: vêm durante a tarde, depois passam a noite na moradia estudantil e vão embora.

– Vicky se formou faz seis anos – disse Peterson. – Ela pode ter conhecido essas mulheres, ou ouvido falar delas. O último ano de estudo dela aqui foi 2012 e, em janeiro e fevereiro daquele ano, Kathleen Barber e Becky Wayland denunciaram as invasões na Jubilee Road.

– Mas, se o podcast de Vicky é uma obra de ficção, então isso pode destruir nossa teoria de que ela estivesse perto de revelar o agressor dessas mulheres – disse Erika. – E se essa não for a motivação do assassinato dela?

– Por que Tess não comentou nada?

– Tess não tinha muito interesse pelo podcast.

– E Shawn? Ele disse que Vicky fazia todo o trabalho sozinha e que ele só contribuía com a música...

Erika esfregou o rosto.

– E você não acha estranho que Cilla tenha vindo para Londres tão rápido? Ela deve ter comprado o voo praticamente assim que Vicky foi embora.

– E Colin e esse outro professor, Ray, tinham acabado de chegar à casa dela. Esses dois estavam me dando calafrios, Cilla e Colin. Toda aquela atuação do desmaio – disse Peterson.

– Sim, foi um pouco teatral. Mas vai saber? Conhecemos muita gente esquisita nessa profissão. – Erika olhou o relógio; já eram 17h30.

– É melhor corrermos para você chegar a tempo da entrega – disse Peterson.

– Eu tinha me esquecido completamente. – Erika olhou o celular e viu que tinha e-mails de Crane e da equipe de Lewisham Row. – Seria melhor cancelar. Preciso verificar a equipe de vigilância de Jasper Clark. E tem duas mensagens novas deixadas por Maria Ivanova... Está perguntando quando vamos liberar o corpo da irmã. Ela quer que ele seja enviado à Bulgária para poderem planejar um funeral. E precisamos voltar a falar com Sheila para ver se a Academia de Teatro de Goldsmith tem algum registro desses ataques.

– Posso fazer essas coisas.

Erika continuou a descer a tela e viu mais coisas em sua caixa de entrada.

– Também recebi outra mensagem de uma das colegas de Sophia do hospital, uma estudante de Medicina chamada Olivia Moreno. Ela está disposta a conversar conosco; está livre amanhã de manhã.

– Erika. Deixe que eu faça essas coisas – disse Peterson. – Sem maldade, mas você está com uma cara péssima. Faz dias que não dorme direito. Vá para casa, receba aquela cama. Jante direito e tenha uma boa noite de sono.

Erika começou a contestar, mas se sentia podre e exausta. Ela olhou para os olhos castanhos suaves de Peterson, grata por poder confiar nele. Quase contou o quanto ele ainda significava para ela... Mas mordeu o lábio e se conteve. Ela olhou os e-mails de novo. Erika não conseguia pensar direito, e uma noite de sono decente em uma cama de verdade também fazia parte do trabalho.

– Tá. Obrigada. Vou encaminhar as mensagens para você – disse ela.

– E, se receber mais alguma coisa que eu possa resolver...

– ...encaminho para você também – completou ela.

– *Só* não me peça para ajudar a montar móveis – disse ele. – Com estupradores e assassinos eu consigo lidar, mas a ideia de instruções para montar móveis me apavora.

Erika riu.

– É mais provável que eu capote no colchão e deixe para montar o estrado da cama outra noite – disse ela. A chuva diminuiu, e eles correram até o carro de Erika.

CAPÍTULO 44

A trégua da chuva só durou alguns minutos e, quando Erika se aproximava de casa, ela começou de novo, esmurrando o teto do carro. O celular dela tocou, uma ligação de um número desconhecido. A detetive atendeu e ouviu um homem com sotaque eslavo.

– Entrega. Estou com sua máquina de lavar – disse ele. – Você está em casa desta vez?

Erika revirou os olhos. Era o mesmo cara com quem tinha discutido na tentativa anterior. Quando entrou na rua, avistou uma grande van branca de entrega esperando na porta de sua casa, os faróis brilhando sob a chuva.

– Estou bem aqui – respondeu ela. – No carro atrás de você.

Erika parou atrás da van bem quando um homem alto e musculoso de boné de beisebol saía do veículo. Ele parecia ter 30 e tantos anos, e vestia uma calça jeans e, apesar do tempo frio, só uma camiseta com a marca da cerveja Corgoň. Erika saiu do carro e correu até o homem enquanto ele abria a porta da traseira da van. A chuva se intensificou, ela se curvou e ergueu a gola do casaco.

– Quer que eu leve pela frente ou pelos fundos? – gritou ele, pulando para dentro da van empilhada de caixas altas. Erika teve que pensar por um segundo. Tinha um quintal dos fundos, mas qual era o melhor caminho para chegar até lá? Ela não tinha certeza se o portão era largo o suficiente.

– Pode ser pela porta da frente – respondeu, torcendo para o corredor ser largo o bastante. Ela puxou ainda mais a gola do casaco. – É a porta vermelha, aqui.

A rampa hidráulica se projetou para fora com um ruído, e ele passou a caixa com a máquina de lavar para um carrinho. Erika correu pela trilha e destrancou a porta. Ao entrar, sentiu o frio e o cheiro de umidade. George, o gato, estava esperando por ela no corredor, e correu até Erika, miando e esfregando-se em seus calcanhares. Ela fez um carinho rápido nele e estava prestes a verificar onde o entregador poderia colocar a máquina de lavar quando o homem apareceu no batente com a caixa gigantesca equilibrada no carrinho.

– Por aqui – indicou ela. Ele conseguiu entrar com a caixa, que passou raspando, pela porta da frente. George deu um miadinho indignado e saiu correndo pelo corredor até a cozinha. O homem usava um crachá no colete que dizia "Igor". Isso, somado à camiseta com a marca de cerveja eslovaca Corgoň, deixava óbvio que ele era um compatriota. Por algum motivo, isso a deixou envergonhada pelo estado da casa.

– Onde eu coloco? – perguntou ele.

– Na cozinha, ali no fundo. – George voltou correndo e estava miando e passando pelas pernas dela, então Erika o pegou no colo enquanto o carrinho passava barulhento, chacoalhando pelas tábuas expostas do assoalho até a cozinha dos fundos. Igor deixou a caixa no chão. – Pedi uma cama também.

– Sim, já vou pegar – respondeu. Ele levou o carrinho vazio de volta para fora e voltou alguns minutos depois com um colchão enrolado em plástico e uma caixa fina e comprida em um carrinho maior.

– No andar de cima – indicou Erika. Ainda carregando George nos braços, ela subiu a escada rapidamente e tentou decidir em qual quarto dormiria. Escolheu o quarto do meio, que era menor, mas tinha uma lareira bonita e uma vista para o jardim.

Igor carregou o colchão para dentro do quarto, depois a caixa comprida. Também subiu a embalagem com a roupa de cama, que deixou no chão. Voltaram para a cozinha, onde ele havia deixado a papelada. Erika viu que Igor estava encharcado. Ela tinha comprado uma pilha de panos de prato e ofereceu uma delas para ele.

– Obrigado – agradeceu, aceitando e secando o rosto.

– De onde você é? – perguntou ela, começando a falar em eslovaco.

– Nitra – disse ele. – Quer dizer, do lado. Na vila, Lehota.

– Também sou de Nitra – disse ela. Ele tirou o boné e secou a testa. Erika o encarou. – Quantos anos você tem?

– Quarenta e quatro.

Ele parecia familiar, e então tudo se encaixou.

– Igor Mak?

– Eu mesmo.

Eles se encararam por um longo momento.

– Erika Boldišova? – indagou ele.

– Sim!

De súbito, Erika o viu como ele era vinte e seis anos antes. Agora ele era um homem robusto e forte, parecia fazer musculação. Mas, quando garoto, era só pele e osso. A imagem dele na formatura da escola, magro e esguio, vestido com um terno marrom e uma gravata grossa veio à sua mente. Sexy e meio palhaço. Ele foi seu primeiro namorado, nada sério, mas, mesmo assim... Igor era uma parte importante de sua vida. Depois, quando Erika se mudou para o Reino Unido, aos 18 anos, eles perderam o contato.

– Jesus, *Erika*. – Ele abriu um sorrisão.

– Fui tão grossa com você da outra vez que falamos. Desculpa.

Ele fez que não era nada.

– Tudo bem, todos temos dias ruins.

Por um momento, só ficaram sorrindo um para o outro, até que ele baixou os olhos para o próprio corpo. A camiseta estava encharcada, e a água pingava no chão de madeira. Ele a secou com o pano de prato. Erika não sabia mais o que dizer. Igor pegou a prancheta em cima da máquina de lavar. O papel estava ensopado.

– Você pediu a instalação?

– Não.

– Tudo bem, então só preciso de uma assinatura – disse ele, revirando o bolso e tirando uma caneta.

– Quanto custa para instalar? – perguntou Erika. A ideia de ter que procurar e contratar um encanador era opressiva, e havia algo de maravilhoso em ver Igor depois de tantos anos.

– Precisa agendar quando compra a máquina. São oitenta libras.

– E se eu der oitenta libras para você em dinheiro? Você tem tempo agora?

Ele pareceu considerar por um segundo.

– Pode ser. Essa foi minha última entrega do dia.

– Está com fome? Posso pedir uma comida, se você não achar muito estranho. É só que me sinto péssima por ter sido tão grossa e é muito bom te rever.

Erika se perguntou, por um momento, se estava sendo direta demais. Provavelmente ele não pensava nela fazia anos.

– Chinês? – sugeriu ele.

– Chinês, claro. Colocaram um cardápio embaixo da porta ontem mesmo.

Pela primeira vez em séculos, Erika sentiu uma pequena vibração de euforia no peito e se esqueceu completamente do trabalho.

CAPÍTULO 45

Igor desembalou a máquina de lavar e a instalou. Depois, sem que Erika pedisse, ele começou a trabalhar na montagem da estrutura da cama. Bem quando terminou, a entrega de comida chinesa chegou. Igor levou o colchão de volta para o andar de baixo. Eles comeram na sala, sentados em pontas opostas do colchão ainda no plástico, tomando cerveja e se atualizando sobre os acontecimentos nos últimos vinte e seis anos.

– Lembro bem do dia em que você foi se despedir de mim na rodoviária, quando eu estava vindo para a Inglaterra – contou Erika. Igor assentiu, cutucando o rótulo de sua garrafa de cerveja. – Foi a coisa mais assustadora e emocionante, como pular de um penhasco para o desconhecido. Eu sabia seis palavras em inglês.

Igor sorriu.

– Nós trocamos umas cartas, não? – recordou ele.

– Sim – disse Erika, também batendo os dedos no rótulo da própria cerveja.

– Estou tentando me lembrar por que paramos...

Erika hesitou, sentindo-se constrangida. Uma onda súbita de lembranças e emoções tomou conta dela.

– Paramos por minha causa. Conheci uma pessoa.

– Sim. Um britânico. *Mike*?

– Mark.

Quando Erika o pronunciou, o nome de Mark pairou lúgubre no ar. Ela se deu conta de que não o falava em voz alta com muita frequência.

– Você estava trabalhando em Manchester como *au pair* daquele professor de Ciência Forense, não?

– Professor Portnoy. Era uma casa antiga, grande e muito estranha. Carpetes grossos. Silêncios funestos. Relógios tiquetaqueando. Não era um lugar muito alegre.

Eles ficaram por alguns minutos ouvindo a chuva batendo no telhado.

– O que aconteceu com Mark? Cadê ele? Gostaria de trocar uma palavrinha com o cara por roubar você de mim – disse ele com um sorriso e olhou para Erika. – Ah... Falei o que não devia.

Erika massageou as têmporas. O estresse de ter que explicar sua viuvez parecia nunca passar.

– A versão curta é que nos casamos. Treinamos juntos na academia de polícia e, tempos depois, ele morreu em serviço. Levou um tiro de um traficante. Foi quase cinco anos atrás.

– Sinto muito. Eu não sabia.

– Não tinha como você saber.

– Chegaram a pegar o cara que atirou?

– Não.

– *Não?* Você sabe quem foi?

Erika hesitou.

– Sim. Ele ficou sob nossa vigilância por... por muito tempo. Mas desapareceu completamente... – Ela encolheu os ombros. – Ainda verifico de vez em quando, para ver se ressurgiu em algum registro policial. Achamos que fugiu para algum lugar no exterior. E você? – Erika resolveu mudar de assunto. Ela já estava sentindo que aquelas lembranças a estavam colocando para baixo. Era uma sensação que não queria ter em sua casa nova.

– Estudei Literatura Inglesa em Bratislava. Vim para Londres em 1999, como tradutor de uma empresa de financiamento. Eu me casei com Denise, tivemos um filhinho. Perdi o emprego em 2009. Nos divorciamos em 2012. Os últimos seis anos foram... – ele encolheu os ombros – ...focados em tentar sobreviver. Aluguel. Pagar pensão.

– Quantos anos seu filho tem?

– Doze. – Ele deixou a cerveja no chão, levantou-se e tirou a carteira do bolso de trás. Então pegou uma pequena foto e a entregou para Erika. Era de um garotinho de cabelo castanho, sentado em cima dos ombros de Igor. Os dois estavam usando óculos escuros e sorrindo para a câmera. O sol brilhava no fundo, refletindo-se nas lentes, banhando Igor e o filho em uma coroa amarela e branca.

– Ele é fofo – disse Erika, e ela ficou contente por estar sendo sincera.

– Thomas.

– *Th-omas*? E não *Tomaš*?

Igor assentiu e sorriu. Erika devolveu a foto.

– Nem me fale. Tive tantas discussões com Denise sobre o nome. Eu queria Tomaš, mas ela acha que "Mak" já é um sobrenome estranho o bastante para um menino britânico.

Erika riu. *Mak* significava "semente de papoula". Ele deu mais uma olhada na foto. Ela notou que o sorriso dele estava cheio de tristeza enquanto guardava a carteira no bolso.

– Tommy Semente de Papoula. Parece um rapperzinho bem fofo – comentou ela. Igor riu. – Ninguém conseguia pronunciar *Boldišova*. Foster é muito mais fácil.

Ele deu mais um gole de cerveja.

– Que tipo de policial você é?

– Sou meio mala, mas sempre justa.

Ele riu.

– Não. Sua patente.

– Detetive inspetora-chefe – disse Erika. Ela se levantou e pegou o distintivo no casaco pendurado numa das cadeiras de escritório e o entregou para ele, sentindo um orgulho que não admitia com frequência.

– Uau. Parabéns – elogiou ele, observando a foto do distintivo dela.

– Não tenho filhos nem fotos de filhos para mostrar.

Um longo silêncio se fez. Ficaram um tempinho ouvindo a chuva. Igor devolveu o crachá para ela. George bocejou e se espreguiçou entre eles no colchão, fazendo o plástico crepitar.

– Essa lareira funciona? – perguntou ele, apontando para a parede.

– Não. Tenho cinco lareiras e só uma funciona. E não tenho calefação.

– Se quiser que desentupa e limpe suas lareiras, posso fazer isso por você. Tenho todas as qualificações. Trabalhei nisso por alguns anos quando me mudei. Eu era autônomo e... Enfim. Só precisaria alugar o equipamento por algumas horas.

– Ainda não pensei nas lareiras. Olhe o resto da casa. Tem tanta coisa que precisa ser feita.

– Só quis oferecer – disse ele com simpatia, sem pressionar.

Igor era tranquilo. Uma presença relaxante. Ela tinha se esquecido de que ele era assim. Mark também era calmo e tranquilo. O pensamento de Mark se acendeu em sua mente, e ela o extinguiu rapidamente. Eles beberam suas cervejas e se encararam dos lados opostos do colchão. Erika estava espantada de ver como Igor havia mudado nos últimos vinte e seis anos. E pensou em como ela própria havia mudado.

– Estou a um passo de ir embora de Londres e voltar para a Eslováquia – disse ele, quebrando o silêncio confortável. – Esse trabalho de entrega é horrível, os horários e o pagamento. E com o Brexit, e o custo de vida, não sei. Mas tem meu filho...

O celular de Erika tocou, e ela viu que era Isaac. Atendeu na hora.

– Oi, tá tudo bem? – perguntou ela.

– Estou indo para a sua casa, pode ser? Pensei que você poderia precisar de ajuda com a casa nova, e tenho novidades sobre Vicky Clarke.

– Você está com os resultados da autópsia?

– Sim. Chego aí em alguns minutos – disse Isaac e desligou.

– É um amigo? – perguntou Igor.

– Sim, e não. Quer dizer, é um colega.

– É melhor eu ir – disse Igor, levantando-se. Ele virou o resto da cerveja. – Obrigado pela comida.

Ele foi até o aquecedor elétrico onde sua camiseta estava secando. Tirou a camiseta seca que tinha pegado emprestada de Erika e vestiu a dele. Erika viu de relance o tronco bonito dele. *Igor se cuida mesmo*, ela pensou. Ela não conhecia muitos homens eslovacos na casa dos 40 anos que ainda tinham uma barriga tanquinho.

– Escuta. Tenho seu número. Vou te ligar para falarmos sobre as chaminés quando tiver colocado as coisas em ordem aqui – disse ela, sem saber se estava falando sério.

– Seria ótimo.

– E obrigada por me ajudar com a cama e a máquina de lavar.

Eles se dirigiram para o corredor, e Erika viu, pelo vidro fosco da porta de entrada, que Isaac tinha chegado e subia a trilha da frente. Ele tocou a campainha, e Erika de súbito se sentiu estranha de apresentá-lo a Igor. Quando abriu a porta, viu que Isaac estava segurando uma garrafa de champanhe e uma plantinha num vaso embrulhado com celofane.

– Oi – disse Isaac, olhando para Igor com admiração. – Desculpa, não sabia que você estava com visita.

– Já estou de saída. Meu nome é Igor – disse ele, estendendo a mão. Isaac se atrapalhou com a planta por um momento e entregou a garrafa de champanhe para Erika.

– Sou Isaac Strong. Amigo de Erika... O *best* dela – disse ele, rindo com nervosismo.

– *Best*? – repetiu Erika, surpresa. Ele nunca tinha ouvido Isaac falar assim antes.

– O melhor amigo gay – respondeu Isaac, corando. Erika o encarou e ficou surpresa ao ver Isaac constrangido apesar de sua calma habitual.

– Ah, sim – disse Igor, hesitante e sorridente. Ele levou a mão à cabeça. – Deixei meu boné na cozinha.

– Eu pego – disse Erika, voltando pelo corredor.

– E são oitenta libras pela instalação – acrescentou Igor, gritando atrás dela.

Erika pegou a bolsa e o boné dele na mesa da cozinha. Quando voltou, Isaac e Igor estavam esperando num silêncio constrangido. Ela entregou o boné para Igor e deu quatro notas de vinte libras para ele, e uma de dez de gorjeta.

– Ah. Obrigado – disse ele. – Então você me liga?

– Sim. Ligo. Sobre a limpeza das chaminés – respondeu Erika.

Igor se aproximou para dar um beijo na bochecha de Erika, no estilo europeu. Mas ela se virou para o lado errado e ele acabou dando um beijo em seus lábios.

– Desculpa! – disse ela.

– Foi culpa minha. Enfim, bom te ver, e um prazer te conhecer, Isaac.

Quando ele saiu, Erika fechou a porta e se voltou para o amigo.

– Ele estava entregando minha máquina de lavar e minha cama e se ofereceu para fazer a instalação. Igor é meu antigo namorado da minha terra. Uma coincidência muito esquisita.

– Interessante. Ele é bonitão – disse Isaac com um sorriso. – Feliz casa nova! – ele entregou a planta para ela. – E isso é para regar – acrescentou, apontando para a garrafa.

– Obrigada. Entre. Só tem um colchão no chão da sala ou uma espreguiçadeira. Quer uma taça? – perguntou ela, erguendo o champanhe.

– Sim. Estou com os resultados da autópsia de Vicky Clarke. Se estiver disposta a falar de trabalho.

– Esse ficou pronto rápido – disse Erika, intrigada e grata pela conversa estar de volta em um assunto mais seguro. – Venha.

CAPÍTULO 46

– Vicky Clarke morreu com uma única facada no coração – disse Isaac quando eles se acomodaram na sala. – Não havia drogas nem álcool no sistema dela.

– Havia algum outro sinal de violência? – perguntou Erika.

– Nenhum. O coração em si é difícil de perfurar porque fica abaixo do esterno – disse Isaac, colocando a taça no chão e se empertigando para indicar o osso duro entre seus músculos peitorais. – O esterno é parcialmente coberto pelas costelas, e o coração tem sua própria camada fibrosa cobrindo o pericárdio, que é o saco protetor grosso que cerca o coração.

– A pessoa precisaria ter uma faca muito afiada e comprida? E uma boa mira, também?

– Sim. Acertar o coração com uma faca em si é muito difícil. A pessoa que apunhalou precisaria ter uma força física acima do normal. E ter confiança no que estava fazendo. Havia um único ferimento de faca. O cenário era muito diferente do assassinato de Sophia Ivanova. Aquele foi um ataque ensandecido com pouco controle. Já vi muita coisa em meus anos de medicina forense, e uma facada no coração é muito, muito rara. Em um crime passional ou de ódio, é mais fácil e mais seguro partir para o pescoço, a artéria hepática perto do fígado, a aorta no torso, os rins por trás, ou as artérias femorais em cada perna.

– Então você acha que os dois assassinatos não estão relacionados? – perguntou Erika. – Estou com dificuldade para encontrar uma relação além de nossa suposição de que o assassino confundiu Sophia com Vicky e que, depois, quando Vicky foi encontrada, voltou para finalizar o trabalho.

– Não tenho como responder isso. O que posso dizer é que as armas usadas para matar Sophia e Vicky são muito diferentes. A faca que matou Sophia Ivanova era larga e tinha cerca de vinte centímetros de comprimento, como uma faca de cozinha comum. Para Vicky, o assassino usou uma faca fina e comprida, o que foi essencial para atingir o coração como atingiu.

Isaac ergueu a mão direita.

– Feche o punho – pediu ele. Erika colocou a taça no chão e fechou o punho direito. – Imagine que você tem uma faca na mão e tente fazer um movimento de punhalada.

Os dois esfaquearam o ar, e Erika viu que conseguia exercer muita força dessa forma. Ela apunhalou o colchão coberto de plástico, que tinha uma bolha de ar, e a pressão fez o plástico rachar com um estalo baixo.

– Certo, estou esfaqueando. Aonde você quer chegar? – perguntou Erika.

– Você tem uma faca de cozinha de verdade para eu poder demonstrar?

– Espere. – Ela se levantou e foi até a cozinha, onde pegou a caixa marcada com uma etiqueta em que estava escrito TALHERES. – Pronto – disse ela, voltando à sala. Ela colocou a caixa de papelão no chão, e ali dentro encontraram oito facas de tamanhos variados.

– Para que você usa isto? – disse ele, erguendo um enorme cutelo prateado.

– Eram todas do Mark. Ele adorava cozinhar.

– Certo. Imagine que queira me esfaquear no coração com uma faca normal – disse ele.

Erika pegou uma faca de cozinha que tinha uma lâmina grossa e a ponta serrilhada. Ela a ergueu, sentindo seu peso.

– A faca de cozinha comum não é feita para apunhalar – disse Isaac. – *É* feita para cortar, aplicando pressão na extensão da lâmina. E, se você quisesse me esfaquear entre as costelas, teria que virar a lâmina na horizontal, para encaixá-la entre elas, e isso deixaria a faca menos fácil de controlar. Esta faca serviria melhor para o objetivo. – Ele pegou uma longa faca de pão serrilhada. Era mais antiga, com um cabo de madeira liso já desgastado. Tinha sido do avô de Mark, que fazia questão de cortar seu pão em fatias bem finas. Isaac a entregou para ela. – Imagine tentar me esfaquear com essa.

Ele se virou para ficar de costas para ela. Ela olhou para os ombros dele e então pegou a faca na mão. Erika ergueu a faca sobre a cabeça. Era muito comprida e, embora ela e Isaac tivessem a mesma altura, ela conseguia perceber como teria que erguer muito mais a faca para exercer a força e a velocidade necessária para penetrar o músculo rígido das costas.

– Seria difícil mirar, tendo que erguer tanto a faca.

– E seu braço naturalmente faria um arco no movimento de esfaquear – disse Isaac, virando-se enquanto ela descia a faca devagar até que a ponta ficasse perto do tecido do suéter dele.

– Uma faca mais curta seria mais fácil de controlar – disse Erika, colocando a faca de lado e escolhendo uma faca de legumes pequena, com um cabo de madrepérola. Era muito afiada e tinha sido da mãe de Mark. Ela a havia comprado em uma viagem à Tailândia, nos anos 1970, na época em que facas de recordação podiam ser embarcadas no avião.

– Uma faca de legumes afiada como essa penetraria mais facilmente – disse Isaac, pegando-a da mão dela –, mas seria curta demais para realmente alcançar o coração. Estou dizendo que um tipo especial de faca fina comprida ou adaga foi usada para matar Vicky. E a pessoa que matou foi muito precisa e tinha força na parte superior do corpo.

– A pessoa precisaria dos mesmos atributos para matar Sophia? – perguntou Erika, colocando a faca de madrepérola de volta na caixa.

– Não necessariamente, mas, como eu disse, não estou oferecendo uma hipótese. Estou apenas apresentando os fatos...

– Mas os assassinos de Sophia e Vicky podem não ser a mesma pessoa – disse Erika, voltando a se afundar no colchão. Ela pegou a taça e deu um gole do champanhe.

– Tem mais uma coisa – disse Isaac.

– O quê? – disse Erika, com a voz cansada.

– Foi encontrado muito pouco DNA no local. Encontramos o DNA de Jasper e Tess Clark, o que era de se esperar na casa deles, e algumas outras amostras benignas que passamos pela base de dados. Poderiam ter sido de entregadores, amigos do casal etc. Também conseguimos tirar amostras de saliva latente do ombro esquerdo de Vicky.

– Quanta saliva?

– Não foi só uma gotícula. Foi bem mais. Quando o corpo dela foi encontrado, ela estava de pijama com uma camiseta regata, e a boca dessa pessoa pode ter entrado em contato com o ombro dela. Foi coletado um milímetro de saliva seca da superfície da pele.

– O que isso quer dizer em termos leigos? – perguntou Erika.

– Uma boa quantidade de baba – disse Isaac.

– Vocês têm uma correspondência do DNA da saliva? – perguntou ela. Erika começou a sentir seu coração se animar.

– Não. Nós o comparamos com todas as amostras que nos deram e com a Base Nacional de Dados de DNA. Também tiramos amostras de DNA de Tess, para eliminar o DNA dela do cenário do crime. E não pertence a Jasper. Tampouco é saliva da própria Vicky, o que é algo que eu queria descartar. Quem quer que seja não tem ficha criminal. É alguém que nunca deu uma amostra.

– E isso também descarta Charles Wakefield, porque o DNA dele foi coletado quando ele foi preso na segunda. E Shawn. Ele nos deu uma amostra voluntária de DNA. O que mais você pode nos dizer pela amostra?

– É de um homem branco – disse Isaac.

– É claro que também outra pessoa pode ter visitado a casa naquela noite antes de Vicky ser morta – disse Erika. – Você acha que a mesma pessoa que matou Sophia matou Vicky?

– Não tem como saber – respondeu Isaac. – Os métodos dos dois assassinatos são diferentes. Um acesso ensandecido de violência da pessoa que matou Sophia comparado com a forma controlada e calculada de matar Vicky.

CAPÍTULO 47

No comecinho da manhã seguinte, Erika e Peterson se encontraram com Olivia Moreno, a estudante que trabalhava com Sophia Ivanova. Parecia ser uma manhã tranquila no hospital Lewisham, e eles se acomodaram em um canto reservado no refeitório vazio.

– Não consigo pensar em ninguém que gostaria de machucar Sophia – disse Olivia. Ela era uma mulher linda que fazia Erika pensar em uma Penélope Cruz nerd. – Ela era muito popular.

– Você socializava com Sophia fora do trabalho? – perguntou Erika.

– Não muito. Ela não costumava ir ao pub. Acho que via bebida alcoólica como algo ruim. Sophia gostava de tomar café, e tomávamos um de vez em quando, e estudar era importante para ela.

– Ela chegou a comentar de amigos fora do trabalho?

– Não. Ela falava da irmã... Quer dizer, *reclamava* da irmã, *muito*. Ela não gostava da moradia delas, as duas tentando estudar num apartamento de um quarto.

– Ela chegou a mencionar uma amiga chamada Vicky Clarke? – perguntou Erika.

Olivia pensou por um momento.

– Não. Desculpa.

– E namorados? – perguntou Peterson.

Olivia se recostou por um momento.

– Só a conheço há um ano e meio. Ela tem... tinha um lance com um dos caras que trabalha aqui. Começou logo que entramos, e me deixou bem surpresa.

– Por quê?

– Ele é um tipo de faz-tudo aqui no hospital.

– Por que isso é surpreendente?

Olivia hesitou e então sorriu.

– A dinâmica de um hospital. É tudo muito segregado. Os médicos não socializam com enfermeiros, e os enfermeiros não socializam com o pessoal da manutenção ou com a equipe administrativa. E os gerentes do Serviço Nacional de Saúde são odiados por todos, então Sophia começar um lance com esse cara foi...

– Esquisito?

– Sim. Ele é bem sexy e tem um estilo mais *bad boy*, mas esse tipo de envolvimento é raro.

– Como ele se chama? – perguntou Peterson.

– Reece. Reece Robinson. Ele basicamente trabalha no porão.

– Eles estavam namorando? – perguntou Erika.

– Eles estavam transando, e tomavam um café de vez em quando.

Assim que terminaram de conversar com Olivia, Erika e Peterson foram procurar Reece. Entraram num elevador industrial enorme e apertaram o botão do porão. A descida pareceu levar séculos. Eles ouviram clangores, rangidos e grunhidos distantes e, por fim, pararam. As portas se abriram para um longo corredor sem janelas e mal iluminado. Mais à frente, havia uma área de luz brilhando sobre o linóleo rachado. Eles seguiram uma placa pendurada na parede que dizia incinerador. Seus sapatos ressoavam alto sobre o piso conforme se aproximavam dos barulhos estridentes e ecoantes. No fim do corredor, uma porta de metal estava aberta. Sentiram o calor da fornalha e entraram em um enorme espaço redondo de concreto. Havia poucas lâmpadas no teto, gerando uma iluminação bem fraca, e, num canto da sala vasta, havia uma fornalha de metal enorme. Um homem de macacão abriu a porta da fornalha e jogou alguns sacos de lixo dentro. Eles entreviram o brilho incandescente no interior da fornalha antes de ele fechar a porta.

O homem os notou, tirou as luvas grossas e se aproximou. Ele era muito alto e magro. Tanto Erika como Peterson tinham mais de 1,80 m de altura, mas o sujeito era alguns centímetros mais alto do que os dois. O rosto tinha uma sombra azulada de barba, e os olhos escuros e penetrantes eram quase pretos. O nariz era marcante e os lábios proeminentes. Havia uma intensidade nele que Erika admitia poder ser atraente.

– Posso ajudar? – perguntou. Ele tinha um forte sotaque de East End.

– Oi, você é Reece Robinson?

– Sim. Quem são vocês?

Erika e Peterson se apresentaram e mostraram seus distintivos.

– Gostaríamos de fazer algumas perguntas sobre Sophia Ivanova – disse Erika. Ela conseguia sentir o calor de onde estavam, e um cheiro quente de putrefação chegou até eles. – Podemos conversar com você lá fora?

– Sim – respondeu ele. – Eu ia mesmo sair para fumar um cigarro. – Reece os guiou por uma saída de incêndio e abriu a porta. A luz do dia preencheu o ambiente e eles foram para o ar mais fresco do estacionamento. Reece indicou um banco, onde se sentaram. Ele acendeu um cigarro e apertou os olhos contra a luz da manhã. – Fiquei sabendo sobre Sophia. Terrível... – disse ele, exalando fumaça e tirando um pedacinho de tabaco dos lábios. Erika conseguiu ver que ele tinha um piercing prateado na língua.

– Você e Sophia estavam num relacionamento? – perguntou Peterson.

– Eu diria que era mais casual do que isso, se é que me entendem – respondeu ele. Pelo tom de sua voz, parecia que o sujeito estava se gabando, o que Erika achou de mau gosto.

– Só estamos fazendo algumas perguntas para todos que a conheciam. Pode nos dizer onde você estava na última segunda-feira, 22 de outubro, entre 16h e 20h? – perguntou Peterson.

– Deixe-me pensar... – Ele deu um trago de seu cigarro.

– É uma pergunta simples – disse Erika.

– Sim. Eu entendi. Eu trabalho em turnos e meus horários são todos bagunçados. Segunda... segunda... dia 22, encontrei uma menina no fim de tarde na cidade, depois fomos para a casa dela e transamos.

– Como ela se chama?

– Vou ter que dar uma confirmada – disse ele.

– Não pode dizer o nome dela agora?

– Esqueci meu celular. Eu estava atrasado para o trabalho, e todas as minhas mensagens estão lá – disse ele, tirando outro pedaço de tabaco da língua.

– Você chegou a visitar Sophia no apartamento dela? – perguntou Erika.

– Sim. Quando a irmã dela estava fora.

– Quando foi a última vez que você a visitou?

Ele encheu as bochechas de ar.

– Duas semanas atrás, acho. Eu teria que confirmar.

– Você tem um diário, é isso? – perguntou Peterson.

Reece suspirou e cuspiu no chão.

– Não. Tenho tudo no meu celular.

– Você chegou a conhecer a vizinha de Sophia, Vicky? – perguntou Erika.

Houve um brilho de alguma coisa nos olhos dele.

– Ela tem cabelo escuro?

– Sim, ela tinha cabelo escuro – disse Erika.

– Como assim? Ela pintou o cabelo?

– Não. Ela morreu. O corpo dela foi encontrado hoje cedo... – Reece se empertigou e ficou pálido. – Você teve relações sexuais com Vicky?

– Escuta. Eu não sabia sobre isso, Vicky...

– Você teve relações sexuais com Vicky? – repetiu Erika.

– Sim. E com Sophia. Ao mesmo tempo. Mas foi com consentimento e...

– Quando?

– De novo, eu precisaria olhar meu celular, e posso mostrar minhas mensagens, mas eu diria que foi uns dois ou três meses atrás. – A arrogância que Reece tinha antes desapareceu, e ele pareceu agitado.

– Você estaria disposto a nos dar uma amostra de DNA? – perguntou Erika.

Reece hesitou.

– Sou obrigado?

– Não. Mas vamos interpretar sua recusa como suspeita e podemos obter um mandado.

– Tá. Vou dar a amostra – disse Reece.

– Obrigada por seu tempo. Este é meu cartão – disse ela, pegando um e entregando para ele. – Mande o nome e os detalhes de seu encontro de segunda passada, e vamos combinar para tirarmos uma amostra de seu DNA.

– O que você acha? – indagou Peterson, quando já estavam no carro. De onde estavam, ainda dava para verem Reece sentado no banco, com o olhar fixo, em choque.

– Ele não está soando nenhum dos meus alarmes, mas vou me sentir mais tranquila quando tivermos a amostra de DNA dele – respondeu Erika, afivelando o cinto e ligando o motor. – E não estou nem um pouco ansiosa para falar deste assunto com Maria Ivanova.

CAPÍTULO 48

Quando chegaram às portas de vidro enormes na entrada de Honeycomb Court, viram que Maria estava pegando uma caixa de papelão grande de um entregador. O rosto dela estava lívido, e ela vestia uma calça e uma camiseta preta sem forma.

– Quer ajuda com isso? – perguntou Peterson vendo que ela estava com dificuldade para entrar com a caixa quadrada e atarracada. Maria soltou a caixa e se empertigou. O crucifixo prateado estava por dentro da camiseta, então a jovem o colocou para fora e ajeitou o cabelo.

– Vocês pegaram o homem que matou Sophia? Fiquei sabendo que Vicky foi assassinada. É isso que vieram me contar? – Ela tremia de raiva.

– Podemos conversar com você dentro de casa, por favor? – pediu Erika.

– Posso ajudar você com essa caixa? – Peterson ofereceu novamente. Maria hesitou antes de fazer que sim com a cabeça.

Quando entraram, a sala parecia igual a quando Erika a tinha visto pela primeira vez. Perfeitamente arrumada e modesta. Maria empurrou a mesa de centro para fora do caminho para que Peterson colocasse a caixa no chão.

– Tá bem pesadinha – comentou Peterson.

– Obrigada – disse Maria. – É uma cama dobrável... Meus pais vão chegar amanhã... Eles querem levar o corpo de Sophia de volta à Bulgária, para podermos dar um enterro digno para ela. Vivo perguntando para Fiona, a oficial de acompanhamento familiar: quando vocês vão liberar o corpo da minha irmã?

– Posso verificar isso – disse Erika.

– *Posso verificar isso* – repetiu Maria, bufando. – Não estou pedindo para verificar se meu hambúrguer está pronto. É o corpo da minha irmã!

Erika se crispou com a própria escolha de palavras.

– Desculpa. Prometo que vou averiguar.

Maria respirou fundo e se recompôs.

– Meus pais têm um restaurante. Eles não podem ficar muito tempo longe do trabalho, então queremos saber quando podemos providenciar para que o corpo dela seja repatriado.

– Prometo que vou verificar direitinho com o Instituto Médico Legal e informar suas questões para eles – disse Erika. Ela não sabia se liberariam o corpo tão cedo por causa da complexidade do caso. – Maria, precisamos conversar com você sobre algumas coisas. Podemos nos sentar?

Maria assentiu e se sentou na ponta do pequeno sofá. Peterson se sentou na outra ponta e Erika se recostou no balcão da cozinha. Ela contou a Maria sobre a morte de Vicky e o que havia acontecido. Maria fechou os olhos e baixou a cabeça, sacudindo-a de um lado para o outro.

– Vocês acham que foi a mesma pessoa que matou Sophia?

– Não sabemos ainda. Ainda estamos esperando chegar os resultados das evidências forenses. Posso fazer mais algumas perguntas? – indagou Erika.

– O que mais querem saber? Já contei tudo o que sei mais de mil vezes para vocês e seus colegas. Tenho muita coisa pra fazer.

Erika notou que havia alguns ingredientes separados no balcão da cozinha e um livro antigo de receita estava aberto numa imagem de um pão trançado.

– Isso é muito importante.

Maria ergueu as mãos no ar e sacudiu a cabeça, em um sim resignado.

– O que você sabe sobre as amizades de Sophia aqui em Londres?

– Conhecemos as mesmas pessoas da faculdade de Medicina, mas não socializamos. Só estudamos.

– Sabemos que vocês duas trabalhavam em hospitais diferentes. Sophia mencionou ter conhecido alguém? Amigos novos... – Erika a observou com cuidado antes de acrescentar: – Um namorado, talvez?

A cabeça de Maria se ergueu com a menção da palavra “namorado”.

– Sophia não tinha tempo para essas coisas. Estamos em Londres com uma bolsa estudantil. Temos pouco dinheiro para qualquer coisa além de comer e nos locomover.

Peterson olhou para Erika e fez um não imperceptível com a cabeça. Erika mudou de tática.

– Você sabia com que Vicky Clarke trabalhava?

– Ela era atriz, não?

– Sim. E tinha um podcast... Sabe o que é? É como um programa de rádio.

– Eu sei o que é um podcast – disse Maria com um olhar fulminante.

– Você sabe se Sophia chegou a participar desse podcast?

– Participar? Como?

– Vicky às vezes contratava atores para representar pessoas na gravação. Sophia chegou a comentar algo sobre gravar com ela?

Maria fez que não.

– Não. Ela era médica-residente. Não era atriz.

– Vicky nos disse que conhecia você e Sophia.

– Nós a conhecíamos como vizinha, sim.

– Você nunca a visitou e socializou com ela?

– Não. Nunca.

Erika respirou fundo.

– Maria. Quando falamos com Vicky, ela nos contou que ela e Sophia tinham se tornado amigas muito próximas... E algumas vezes a relação delas se tornou... sexual.

Maria a encarou.

– Quê? Você vem aqui, na minha casa, e fala uma coisa dessas da minha irmã, que nem está aqui para se defender? Não. Não. Já entendi como trabalham. Vocês falam coisas chocantes para provocar uma reação minha!

– Não, Maria, não estou dizendo isso para provocar nada. Vicky ficou muito abalada com a morte de Sophia e nos deu essa informação porque achou que ajudaria a encontrar a pessoa responsável...

– O que Vicky sabe sobre a morte de Sophia? Ela fugiu e largou o corpo de minha irmã!

– E precisamos saber por que Sophia estava no apartamento de Vicky. Ela nos disse que deixava Sophia usar o apartamento dela para quando encontrava um homem com quem queria dormir.

– Agora *chega*! – gritou Maria, levantando-se. Os punhos estavam cerrados e ela tinha fúria em seus olhos de passarinho.

– Maria, por favor. Precisamos fazer essas perguntas para você – disse Erika, chocada com a reação de Maria com o fato da irmã ter uma vida sexual. – Tem um homem no hospital que trabalha como faz-tudo e ele estava tendo um relacionamento sexual com Sophia. O nome dele é Reece Robinson.

– *Chega! Eu sei que ela era uma vadia!* – gritou Maria. Ela partiu para cima de Erika e deu um tapa forte na cara dela. Peterson se levantou de um salto e imobilizou Maria, segurando os braços dela atrás das costas. Foi um tapa forte e, por um momento, Erika viu estrelas. Ela observou enquanto Maria se debatia nos braços de Peterson e dava um grito horripilante. – *Seu merda! Me solta!* – Isso fez Erika se questionar: aquilo que Maria sentia era luto ou raiva? Os dois sentimentos costumavam estar relacionados, mas chamar Sophia de vadia e agredir uma policial eram reações extremas, ainda mais de alguém que estava prestes a fazer um juramento de proteger a vida.

– Vou soltar, mas você precisa se acalmar – disse Peterson, tendo que levar a voz com os gritos de Maria. Ele a soltou e, em seguida, ela desmoronou, virando-se e se apoiando em seu peito.

– Ela era uma boa pessoa! Não sei por que se envolvia com aqueles homens! Juro que ela era boa! – afirmou entre soluços.

Peterson ajudou Maria a se sentar novamente no sofá. Erika ainda se recuperava do tapa quando ouviram uma batida na porta. Erika foi abrir. A corrente do trinco estava fechada e a porta se abriu apenas uma fresta. O rosto de Henrietta Boulderstone espiou pela abertura estreita.

– O que está acontecendo aí dentro? – perguntou, ácida. Erika fechou a porta, destravou a corrente e abriu de novo.

– Estamos fazendo algumas perguntas para Maria.

– Pois mais parece que vocês estão molestando a garota! – contestou Henrietta. Ela passou por Erika, praticamente a empurrando para entrar no apartamento, e notou Peterson, que estava sentado com Maria. – Maria, querida, você está bem? Quer esses policiais aqui? – Maria olhou para Henrietta e fez que não com a cabeça. – Certo. Agora, como vocês não têm um mandado, sugiro que deem o fora!

Erika não estava a fim de argumentar contra conhecimentos jurídicos de sofá. Ela ouviu o bipe da porta principal do edifício e entreviu pela porta aberta do apartamento de Maria que Tess estava entrando no prédio.

– Maria, vamos entrar em contato quanto à liberação do corpo de Sophia – disse Erika. Eles a deixaram com Henrietta e saíram para conversar com Tess.

CAPÍTULO 49

– Tess, podemos conversar um minutinho? – perguntou Erika. Tess parecia cansada, com olheiras enormes. Carregando uma mochila grande, ela passou pelas portas de vidro da entrada e parou diante de Erika e Peterson.

– Policiais. Já respondi todas as suas perguntas.

– Desculpa, mas acho que não – disse Erika. – Podemos conversar dentro do apartamento?

Tess lançou um olhar para os dois.

– O que aconteceu com seu rosto? – perguntou. Erika entreviu o próprio rosto no pequeno espelho do corredor. Havia uma forte marca vermelha em sua bochecha direita.

– Nada. Podemos entrar, por favor?

Tess foi até a porta e colocou a chave na fechadura.

– Não deixem que perturbem você, meu bem – disse uma voz atrás de Erika. Eles se viraram e viram Henrietta Boulderstone saindo do apartamento de Maria. Ela fechou a porta atrás de si e foi até Tess, pegando a mão dela. – Lamento muito pela morte de Vicky.

– Obrigada – disse Tess.

– Isso tudo é tão terrível... – Ela olhou para Erika e Peterson. – Vocês, policiais. Quando eu era jovem, a polícia tinha o nosso respeito. Agora, só leio que perseguem pessoas por postarem bobagens nas redes sociais enquanto, bem embaixo do nariz de vocês, duas, *duas*, jovens moradoras deste prédio foram mortas. Vocês deveriam se envergonhar! – Ela se voltou para Tess. – Posso te ajudar com alguma coisa?

– Só preciso entrar e dar uma limpada – disse Tess, apontando para o apartamento.

– Ah, claro. Charles tem um bom estoque de produtos de limpeza. Se precisar, ele pode ajudar – disse Henrietta, encaixando a bengala embaixo do braço e dando um tapinha na mão de Tess.

– Obrigada.

– Já tem uma data para o funeral? – Henrietta continuou, baixando a voz por respeito.

Tess fez que não.

– Claro, querida, é cedo demais para saber. Por favor, assim que tiver uma data, nos avise. Todos nós iremos. Este prédio era o lar de Victoria, e esta é uma perda devastadora para todos nós.

Erika pensou que ela estava exagerando um pouco, falando com Tess como se fosse uma rainha visitando Honeycomb Court.

– Tess, podemos conversar com você em particular, por favor? – perguntou Peterson. Ele indicou para que entrassem no apartamento.

– Você não precisa deixar eles entrarem, sabe. Eles não têm um mandado! – papagueou Henrietta.

Pelo amor de Deus, some daqui, sua escrota, Erika queria dizer, mas manteve o rosto neutro. Por sorte, Tess parecia gostar um pouco mais de Peterson e concordou em conversar.

Tess, Erika e Peterson entraram no apartamento de Vicky, e Erika fechou a porta na cara furiosa de Henrietta.

Tess parou no meio da sala e colocou a mochila no chão. O apartamento ainda era o cenário de um crime, com respingos de sangue seco no carpete embaixo do estrado do sofá-cama. Tess se agachou e abriu a mochila, tirando um rolo de sacos plásticos pretos de tamanho industrial e vários panos e produtos de limpeza.

– Podemos conversar com você antes de começar a limpar, por favor? – pediu Erika.

– Por quê? O que vocês poderiam querer me contar? Que meu marido tem uma ficha criminal por estupro? Que mentiu para mim todos esses anos? Que pretendia me abandonar na manhã em que minha irmã foi assassinada? – disse ela, levantando-se e se aproximando de Erika. – Jasper deu ao advogado uma fita com as imagens da câmera de segurança que mostram que ele foi ao Goose pouco depois que Vicky chegou a nossa casa e ficou dentro do prédio até as 9h10 da manhã seguinte. As imagens cobrem as duas entradas.

Peterson olhou para Erika. Se as imagens conferissem, seria um suspeito em potencial a menos.

– Se essas imagens se confirmarem, tenho certeza de que vai ser um consolo para você – disse Erika.

Tess ficou com os olhos fechados por um tempo. Então os abriu e falou entre dentes:

– Consolo? Minha irmã está morta. Minha casa ainda está cheia de pessoas da polícia e da perícia, acabei de falar para meu marido que quero me divorciar e sou a única que está impedindo o barco de afundar. Nosso restaurante e nossa casa estão em risco de serem confiscados, e este apartamento, *se* eu conseguir alugá-lo, pode ser a única coisa que vai tirar o banco de cima de nós, mas, enquanto eu não limpar toda essa merda de sangue, ninguém vai alugar essa pocilga! – Sua voz foi crescendo no fim.

– Sinto muito, Tess – consolou Erika. – Só temos algumas perguntas rápidas que podem ajudar muito nossas investigações.

– Pergunta logo então.

– Perguntamos a Jasper sobre...

– Não quero falar sobre a condenação dele por estupro.

– Não é sobre isso. Vicky chegou a deixar algum caderno, HD ou pen drive em sua casa ou no Goose? Estou me referindo a algo sobre o trabalho que ela fazia no podcast. O motivo por que estou perguntando é que achamos que sua irmã estava pesquisando para um episódio de podcast e pode ter descoberto a identidade de um homem que agrediu estudantes na antiga escola de teatro dela.

Tess ficou parada por um momento, pensando.

– Não. Ela nunca deixava coisas pessoais no trabalho. E eu sempre vinha visitá-la aqui, ela quase nunca ia na nossa casa... – Tess franziu a testa. – Essas agressões que você mencionou, acham que Jasper foi o responsável? – Sua voz era baixa e derrotada.

– Duas das agressões que temos no registro policial aconteceram em janeiro e fevereiro de 2012. Jasper só foi solto da prisão em maio de 2012. Ele não poderia ter sido o responsável – disse Erika.

Tess suspirou, aliviada.

– Vicky nunca comentava do podcast dela, talvez achasse que eu não tinha interesse.

– Ela chegou a pegar dinheiro emprestado dizendo que precisava pagar atores?

– Pagar para quê?

– Para trabalhar no podcast.

– Não... Desculpa. – As emoções de Tess pareciam ter mudado completamente e agora ela parecia frágil e abatida. – Ela fez tantos trabalhos aleatórios como atriz que fui parando de prestar atenção neles.

Quando Erika e Peterson saíram do apartamento de Vicky, Charles Wakefield estava no vestíbulo, abrindo sua caixa de correspondência com uma chave. Ele os observou por sobre o ombro e tirou uma pilha de cartas.

– Bom dia – cumprimentou Erika. Ele acenou com a cabeça, fechou a caixa e a trancou. – Não tive uma chance de conversar com você sobre a outra noite.

– E o que aconteceu na outra noite? – perguntou ele, virando-se. O rosto rechonchudo pareceu se virar um milissegundo depois do restante do corpo.

– Quando nos vimos na delegacia de Lewisham Row...

– Eu estava lá com meu irmão, que tenho certeza que vocês sabem quem é, para fazer uma doação.

– Sim, sabemos quem ele é – disse Erika. – Vicky Clarke teve uma reação muito estranha quando te viu. Sabe por quê?

– Não, não sei. O que sei é que ela tinha passado por uma experiência muito estressante e que foi arrastada para uma delegacia tarde da noite. Acho que eu teria uma reação parecida...

Erika assentiu. Ela estava começando a recuperar a sensibilidade na região do tapa, que estava ardendo. Uma onda súbita de desesperança em relação ao caso tomou conta dela. As duas mulheres estavam mortas, e ninguém com quem eles falavam sabia de nada; ou todos eram muito bons em omitir informações.

– Fiquei sabendo do assassinato da pobrezinha hoje cedo – Charles acrescentou. – E, antes que perguntem, tenho um álibi para a noite de quinta. Estava na casa de meu irmão. Depois da entrega em Lewisham Row, jantamos no Ivy e em seguida fomos para a casa dele no centro de Londres, de onde saí só de manhã. Ele tem uma casa em Grosvenor Square. Tenho certeza de que será um prazer para ele confirmar isso.

Claro que sim, pensou Erika.

– Se isso é tudo... – Charles começou a se dirigir para a porta de seu apartamento folheando as cartas. Ele soltou um ganido baixo, um barulho estranho que fez Erika e Peterson olharem para ele.

– Tá tudo bem? – perguntou Peterson. Eles viram que Charles segurava um envelope com a mão trêmula. Ele se virou, segurando a pilha de cartas junto ao peito.

– Sim – disse ele, abrindo um sorriso apressado. – Sim, estou bem. Só surpreso por receber uma carta de um velho amigo.

Eles o observaram entrar em seu apartamento e, em seguida, Erika e Peterson voltaram à delegacia de Lewisham Row.

CAPÍTULO 50

Uma semana se passou, depois outra. O caso pareceu perder o ritmo e, com uma lista cada vez menor de suspeitos e a aparente impossibilidade de associar os dois assassinatos, o trabalho foi ficando mais difícil. Tanto o corpo de Sophia Ivanova como o de Vicky Clarke foram liberados pelo patologista, e Maria Ivanova providenciou a repatriação do corpo de Sophia e foi para a Bulgária.

Uma amostra de DNA foi coletada de Reece Robinson, o funcionário do Lewisham Hospital, e não houve correspondência com nada coletado nos locais dos crimes. Além disso, a moça com quem ele saiu confirmou que esteve com o cara na tarde do assassinato de Sophia no norte de Londres. O DNA de Shawn Macavity foi coletado, e um pouco de DNA residual foi encontrado no estúdio de gravação do apartamento de Vicky, mas isso era de se esperar, já que a ajudava com o podcast. Erika ainda se inquietava com o que poderia ter acontecido no intervalo de uma hora, depois que encontrou o corpo de Sophia, em que ele afirmava só ter caminhado pelo parque, mas não havia testemunhas para provar se o que dissera era verdade ou não.

Sheila, a administradora da Academia de Teatro de Goldsmith, mandou os detalhes das denúncias de agressões sexuais de ex-alunos. Mas era pouca informação, e só se aplicava a estudantes que tinham estudado na ATG. Pouquíssimos registros tinham sido mantidos, o que só deixava Erika e sua equipe ainda mais desconfiadas. Kathleen Barber, Becky Wayland e Grace Leith também estavam se revelando difíceis de localizar. Elas não moravam mais nos endereços informados nos boletins. Ainda havia um grande enigma: como Vicky tinha ficado sabendo delas, se aquelas garotas só fizeram teste para a ATG e nunca tinham sido alunas da faculdade?

No fim da segunda semana, Erika fez um pequeno avanço. Olhando uma página de Facebook de ex-alunos da ATG, ela encontrou uma seguidora chamada Becky Church-Wayland. O perfil não tinha fotos e tinha pouca informação publicada. Erika mandou uma mensagem para a conta, explicando quem era e que precisava conversar com ela sobre o podcast de Vicky Clarke. Ficou sem resposta por uma semana, mas no fim da noite de segunda-feira chegou um e-mail.

Era uma mensagem de Becky Wayland, agora Becky Church-Wayland, confirmando que iria ao funeral de Vicky no dia seguinte em Worthing. Ela não passou um número de telefone, mas Erika respondeu deixando seu próprio número, dizendo que estaria no funeral com Moss.

Na manhã seguinte, terça-feira, 13 de novembro, Erika e Moss foram de carro até Worthing, em Sussex. Era o desejo de Vicky que seu funeral fosse em sua cidade natal. De Londres, a viagem de carro durava duas horas, então elas saíram às 7h30 da manhã para o funeral marcado para as 11h.

Foi estranho para Erika e Moss voltarem a Worthing. Elas tinham uma relação estranha com a cidadezinha. Foi onde, dois anos antes, trabalharam vigiando e rastreando o assassino do caso do Perseguidor da Noite.

Quando entraram na cidade e pegaram a estrada que ladeava a orla marítima, o céu se coloria em belos tons de dourado e azul por trás de algumas nuvens finas. O mar estava completamente parado e plano e refletia o céu. A praia estava limpa e vazia. Era quase idílico. As duas olharam para a fileira de casas geminadas vitorianas.

– Foi naquela casa, número 34 – lembrou-se Moss, apontando para a porta verde da quitinete enquanto passavam. A moradia em que Erika havia confrontado o Perseguidor da Noite, enquanto Moss e Peterson estavam duas casas ao lado, sem saber o que estava se passando.

– Vamos torcer para Worthing fazer sua mágica de novo por nós – disse ela.

– Mágica? O que você quer dizer? – Moss sorriu. – Você quase morreu no número 34!

– Mas encontrei o assassino.

– Se fizermos algum avanço, tomara que não seja de um jeito tão dramático – disse Moss.

Elas passaram pela orla e pelo Teatro Worthing que ficava na ponta do píer como um enorme bote ancorado. A igreja era recuada em relação ao calçadão, um pequeno prédio de tijolos cor de manteiga com o teto acobreado e torres desbotadas de um tom verde-azulado claro. Encontraram uma vaga para estacionar a três ruas dali, e voltaram a pé. O ar era fresco e puro, e Erika sentia o cheiro forte do mar em suas narinas. A cidade parecia muito pacata para uma manhã de terça, até que, chegando perto da igreja, deram com um grande grupo de moças e rapazes na casa dos 20 anos vestidos com elegância. Shawn estava no grupo, usando um terno preto e sapatos engraxados. Seu cabelo comprido estava amarrado em um rabo de cavalo.

Erika e Moss diminuíram um pouco o passo para deixar o grupo entrar primeiro na igreja e só depois passaram pela entrada principal. Os bancos da igreja estavam cheios quase até os fundos. Erika calculou que ali tinha umas cem pessoas. Shawn estava distribuindo a programação da cerimônia com outro cara do outro lado do corredor. Quando elas entraram, ele cumprimentou Moss e Erika com o ar rígido. Cada uma pegou uma programação, e as duas encontraram dois lugares no fim da fileira de bancos no fundo.

Na frente da igreja, um caixão de carvalho polido com alças de latão estava posicionado à direita do altar. Havia um pequeno buquê de rosas vermelhas em cima da tampa, e Erika notou que a família havia optado pelo estilo americano de funeral; com uma grande foto emoldurada de Vicky num pedestal atrás do caixão. Três semanas antes ela estava conversando com Vicky no refeitório da delegacia de Lewisham Row. *Será que eu poderia ter feito alguma coisa para salvá-la?*, pensou Erika. Ela poderia ter designado uma equipe de proteção policial para ficar na frente da casa de Tess. Erika afastou esse pensamento. Quem quer que a tenha matado não tinha invadido a casa, mas entrara com o consentimento de Vicky, e Erika se consumia, mesmo três semanas depois, por eles não estarem nem perto de descobrir quem era essa pessoa.

Também frustrava Erika não ter uma foto de Becky Church-Wayland. Ela se levantou e observou os enlutados. A congregação estava cheia de jovens na casa dos 20 e 30 anos.

Tess estava sentada na frente, à esquerda e ao lado de Jasper, usando um grande chapéu preto. Ela parecia péssima: magra e abatida, com uma cara de quem estava há dias sem dormir. Cilla Stone também estava sentada na frente, no lado oposto da igreja, e sua roupa se destacava no mar de preto. Ela usava uma calça verde vivo, com um cachecol amarelo e um chapéu *pillbox* verde.

– O que ela está vestindo? – sussurrou Moss, que estava curvada ao seu lado. – Ela parece uma mistura de Willy Wonka com Oompa-Loompa. – Cilla estava com Colin à sua direita e outro homem à esquerda. Os dois homens haviam optado por elegantes ternos pretos.

– Quem é o outro cara com ela e Colin? – perguntou Moss, pensando o mesmo que ela.

– Não sei, talvez aquele seja Ray – sussurrou Erika. O homem parecia ter uma idade próxima a de Colin, em torno dos 50 e tantos anos, mas era mais magro, e tinha uma mancha escura na pele. A cabeça dele estava raspada e usava um brinco prateado na orelha. Os três conversavam com as cabeças próximas. Cilla assentia e parecia cativada pelo que eles diziam. Enquanto Erika os observava, ela colocou a mão no braço de Colin, passando-a sob a manga do paletó dele. O outro homem colocou o braço sobre os ombros de Cilla e acariciou a nuca de Colin com os dedos. Havia algo naquela linguagem corporal que indicava que eram muito próximos. – Eles parecem um *tresal*.

– Como assim? – perguntou Moss.

– *Tresal*, quando três pessoas estão juntas em um relacionamento.

– Você não quer dizer *trisal*? – disse Moss. – Um casal de três?

Erika revirou os olhos e então notou que, duas fileiras atrás, Charles Wakefield estava sentado com Henrietta Boulderstone. Charles usava um terno elegante, mas a peça estava mal ajustada e dava a impressão de ser um número maior que o dele. Henrietta usava um elegante chapéu de feltro preto com uma faixa preta e tinha um longo casaco preto pendurado ao redor dos ombros, como uma capa. Charles pareceu sentir o olhar de Erika e Moss sobre ele, porque se virou e olhou para as duas e, movida por seu olhar, Henrietta se virou também. Os dois lançaram um olhar duro, mas, então, se distraíram por causa de uma senhora de idade que entrou às pressas na igreja. Ela pegou a programação das mãos de Shawn e parecia esbaforida e sem graça. A mulher era baixa, tinha o rosto fortemente enrugado e usava um terninho preto e sapatos sociais de couro envernizado. Seus pés estavam inchados, com a pele do peito do pé transbordando para fora do sapato. Um homem chegou logo em seguida. Ele era alto e magro, com um rosto castigado pelo tempo, e estava vestido com um terno muito bom. Suas bochechas eram encovadas e ele tinha olhos pretos, como lascas de carvão. Erika percebeu que o homem ziguezagueou um pouco enquanto pegava um folheto da cerimônia, e tinha aquele olhar vítreo de quem estava se esforçando muito para não parecer bêbado.

– Desculpa, Jasper – elas ouviram a mulher dizer num sussurro alto quando chegou à frente da igreja –, seu pai não conseguia encontrar uma vaga.

Ela deu um beijo na bochecha de Tess, depois se aproximou de Jasper e pegou a cabeça dele nas mãos e deu um beijo demorado na bochecha dele, pressionando o rosto no dele por um tempo um pouco maior que o necessário. Jasper se encolheu para longe dela, e ela ajeitou as lapelas do terno dele.

– Você está muito chique. Vocês todos estão – disse ela à fileira de pessoas. – Conrad, *Conrad*! Estamos aqui – chiou ela, furiosa, dirigindo-se ao marido, que havia parado diante do caixão e estava com a cabeça baixa e a mãos sobre a superfície de madeira polida.

– Parece mais que deram uma passadinha no pub, né? – Moss murmurou para Erika enquanto observavam Conrad cambalear a caminho da fileira da frente.

– Conrad. Seu lugar é aqui ao meu lado – sussurrou a mulher, como se estivessem ali para assistir a um show e a cortina estivesse prestes a subir. Apesar do tom sussurrado, dava para perceber o forte sotaque de East End cortando a atmosfera sombria.

Erika viu que Henrietta estava observando a mulher com um olhar de desprezo; ela cochichou algo para Charles, que concordou com a cabeça.

O órgão, que vinha tocando uma melodia melancólica enquanto as pessoas entravam, parou e um silêncio recaiu sobre a igreja. Shawn deixou seu posto à porta e atravessou o corredor até a frente, onde encontrou seu grupo de amigos, que estavam sentados algumas fileiras à frente de Erika e Moss.

Um momento depois, uma voz suave disse:

– *Todos de pé.* – E, no silêncio que se fez em seguida, o padre subiu ao púlpito. Ele começou a rezar: – *Pai nosso que estais no céu...*

CAPÍTULO 51

A cerimônia religiosa foi estranhamente pomposa. Erika esperava por isso. Ela sabia por experiência própria que um funeral católico era mais um comercial da fé religiosa do que uma celebração da pessoa que havia falecido. O sacerdote havia anunciado (com uma cara de quem ficou com um gosto bastante ruim na boca) que, depois da missa, haveria outra cerimônia no crematório mais tarde, às 15h. Depois da missa, Erika e Moss foram as primeiras a sair da igreja e esperaram do lado de fora para observar os enlutados saírem. Ela não parava de olhar o celular, torcendo para Becky ligar.

Escutaram um dos enlutados dizer que havia um plano extraoficial de alguns deles irem ao pub Brewer's Arms na rua principal para beber e comer alguma coisa nesse intervalo. Havia quatro táxis pretos esperando na rua no canto do pátio. Erika observou Tess e Jasper saírem da igreja e seguirem na direção deles. Um senhor e uma senhora de aparência anciã seguiam atrás deles, num ritmo muito mais lento. A mulher se apoiava em muletas e o homem usava uma bengala. Eram ajudados por outro homem e outra mulher que pareciam estar na casa dos 40 anos e tinham o distanciamento passivo de cuidadores.

– Não acho que minha mãe e meu pai aguentarão ir ao pub – Tess disse a Jasper, olhando de relance para o progresso lento dos dois em sua direção. – Tem um café tranquilo subindo a rua – disse ela.

Os pais de Jasper surgiram logo atrás deles, e Conrad murmurou algo no ouvido de Jasper, sugando os lábios enrugados ao falar.

– Minha mãe e meu pai querem beber – Jasper disse a Tess.

– O pub é cheio demais – disse ela.

– Jesus, Tess. Precisamos de uma bebida! – disse Jasper.

Era uma cena interessante. Os pais de Tess estavam com o olhar perdido voltado para as portas do táxi preto enquanto a brisa da praia soprava seus cabelos finos e roupas elegantes, esperando que lhes dissessem o que fazer. Jasper e seus pais estavam agrupados a alguns metros de distância, e Tess estava bem no meio, sozinha em terra de ninguém num trecho da calçada. Ela notou Erika e Moss a uma certa distância.

– Estão gostando, né? – gritou. – Quem convidou vocês?

– Lamentamos muito por sua perda – Moss disse depois de um momento. – Só queríamos prestar nossas condolências.

Os pais de Jasper, aparentemente estimulados pelo fato de Tess chamar a atenção de Erika e Moss, foram até elas e pareceram passar da contemplação para a fúria.

– Nosso Jasper não teve nada a ver com isso! – disse sua mãe, apontando para a cópia enrolada da programação da cerimônia junto ao peito de Erika. Seu sotaque de East End era áspero e agudo. – Nada! Ele amava Vicky como uma irmã!

Conrad se aproximou até chegar muito perto de Erika e Moss, e as duas deram um passo para trás. Erika se sentiu assustada com o comportamento agressivo dele, que cheirava a álcool e cigarro. Ele era muito alto, assomando-se sobre Moss, e até Erika precisava olhar um pouco para cima para encará-lo nos olhos.

– A polícia não precisa estar aqui. Acho que seria melhor se vocês sumissem – disse. Seus olhos pretos ardiam com um ódio real. Erika começou a sentir raiva, mas resistiu ao impulso de mostrar o distintivo e lembrá-lo da razão pela qual estavam lá.

– O senhor se chama Conrad? Como é o nome de sua esposa? – perguntou Moss, encarando o homem e mantendo a calma. Erika notou que Henrietta e Charles tinham parado para olhar, assim como Shawn e seu grupo de amigos.

– Tudo o que eu tenho a dizer é *vai se foder* – disse ele.

– Conrad, vamos – disse a mãe de Jasper.

Ele deu meia-volta abruptamente e começou a se afastar da igreja.

– Podem nos deixar em paz? Estamos de luto – disse ela, que deu as costas para Jasper, ajustou a gola do casaco para se proteger da brisa forte que vinha da praia e saiu às pressas atrás de Conrad, que agora estava trançando as pernas ao longo da orla, o vento soprando o cabelo grisalho no alto de sua cabeça.

Quando Erika voltou a olhar para o táxi, Tess e Jasper estavam entrando com os pais de Tess. Jasper olhou feio para elas enquanto o carro saía.

– Os pais dele sabem que mantivemos Jasper sob vigilância por uma semana – disse Moss.

– E não foi uma semana barata – disse Erika. Jasper e Tess tinham passado a primeira semana depois do assassinato de Vicky hospedados na casa dos pais de Jasper, uma residência em Catford. No sexto dia, Conrad foi até o carro da polícia e falou de forma agressiva com McGorry e Amir, dizendo que a única coisa que eles estavam tentando fazer era ficar de luto, e ter um carro da polícia à espreita na rua transtornava a esposa dele.

Henrietta e Charles entraram em um dos carros, e Erika viu que Shawn e seus amigos já estavam no meio do calçadão, deixando o pátio já quase vazio.

– A tal de Becky não apareceu – disse Moss, mal conseguindo disfarçar a irritação na voz.

Erika olhou o celular de novo, e o Facebook Messenger. Não havia nada.

– Vamos àquele pub, vai quê – disse ela.

Erika e Moss caminharam o trecho curto até o Brewer's Arms. Era pouco depois do meio-dia, e o pub estava apenas um quarto cheio, e esse quarto era sobretudo de enlutados. Era um pub enorme em estilo *saloon*, com duas grandes *bay windows* com vista para a praia. Uma tempestade estava se formando no horizonte, e o Teatro Worthing parecia estar se encolhendo sob a água no fim do píer, onde um bando imenso de gaivotas estava reunido, pousando no vasto teto curvo. Os enlutados tinham se espalhado pelo espaço, e o rádio estava tocando uma música suave no fundo. Alguns rapazes na casa dos 20 anos jogavam bilhar no canto, e um senhor de idade estava colocando moedas em um caça-níquel. Sua cerveja estava apoiada em cima da máquina, e sacolas plásticas de compras estavam ao redor de seus pés.

Elas foram até o balcão, e Moss pediu duas cocas. Erika observou o pub. Cilla estava sentada com Colin e o outro homem em poltronas perto da *bay window,* ao redor de uma mesa grande. A luz se refletia em seu cabelo ruivo. Um grupo de quatro alunos, dois rapazes e duas moças, conversavam com eles. Cilla e o outro homem se levantaram e foram até o balcão.

– Olá, policiais – disse ela. – Esse é o meu colega, Ray. Ele dá aula de dança na ATG.

– E aí, tudo certo? – cumprimentou ele com um forte sotaque de East End. Cilla se inclinou para a frente e pediu duas vodcas com Coca-Cola e meio *pint* de Guinness para a garçonete.

– Que tipo de dança você coreografa? – perguntou Moss.

– Todo tipo – disse ele, olhando para as duas de cima a baixo. Ele tinha um tipo de sexualidade que Erika não conseguia identificar. Ele gostava de homens, mulheres ou os dois?

– Você era dançarino? – perguntou Erika.

– Na juventude. – Ele abriu um sorriso largo. Ele tinha dentes grandes bastante imponentes, e não tinha o incisivo direito, o que não era feio, mas, quando sorria, transformava seu rosto sinistro em algo um pouco bobo. A garçonete entregou os refrigerantes para Moss, que se virou para pagar.

– Você conhecia bem Vicky Clarke?

Ele sugou os lábios e negou com a cabeça.

– Ela nunca fez aulas de dança na ATG. Eu a conheci por Cil e Col – disse ele, coçando em cima do olho enquanto falava. Erika viu que ele usava vários braceletes prateados no punho direito.

Cilla pagou as bebidas e entregou a Guinness para Ray. Ela voltou à mesa levando as bebidas restantes, e Ray se virou para sair.

– Posso te fazer mais algumas perguntas?

Ele deu um gole de sua bebida e lambeu a espuma do lábio superior.

– Estamos em um velório.

Erika quis responder que ainda não era bem o velório, mas manteve um sorriso forçado no rosto.

– É rapidinho. Você voltou para Londres com Colin e Cilla, no dia 24 de outubro? – perguntou Erika.

– Vocês deveriam saber a resposta. Falei com um de seus policiais por telefone duas semanas atrás.

– Sabemos que você ficou na Escócia.

Ele deu outro gole da bebida e fez que sim.

– Por quê?

– Fiquei de babá de cachorro. Cil tem um cachorro, Noz-moscada, de quem cuidei por uma semana até o vizinho de Cil voltar de viagem. Vocês têm mais alguma pergunta sagaz? – Ele sorriu.

– Só isso, obrigada – disse Erika.

Ele bateu uma continência de brincadeira, balançando os braceletes, e voltou à mesa.

– Sua coca – disse Moss, entregando um copo para ela e dando um gole.

– Obrigada – disse Erika, dando um gole longo e saboreando a delícia do gás doce e gelado.

– Ele é um pouco arrogante.

– Sim, mas tem um álibi para o assassinato de Vicky. E, até onde a gente saiba, não teria motivação para matá-la – disse Erika com a voz baixa.

A entrada principal do bar era dividida por uma tela de vidro colorido. Quando Henrietta e Charles entraram, a porta rangeu e a luz encheu o salão dando a impressão de que tinham sido um pouco açoitados pelo vento. Charles estava com um chapéu de feltro parecido com o de Henrietta, e para Erika eles estavam parecidos com agentes secretos em uma viagem para maiores de 60 anos.

– O que quer fazer? – perguntou Moss, observando o salão. – Parece que todas as pessoas importantes para o caso estão aqui.

No canto oposto, Erika notou duas jovens que ela não tinha visto na igreja. As duas eram baixas, magras, e tinham cabelo escuro e comprido. Estavam de pé perto de uma *jukebox*, com os casacos amparados sobre os braços, e segurando garrafas de Budweiser. O grupo de alunos ao redor de Colin e Cilla estava crescendo e ficando barulhento, sugando o oxigênio da sala. As duas meninas trocaram um olhar; a com o cabelo preso pegou o celular e fez uma ligação.

O celular de Erika tocou e ela viu que era de um número desconhecido. Ela atendeu.

– Oi. Vocês são as policiais que trabalham no caso de Vicky Clarke? – perguntou a mulher. Tinha a voz baixa e parecia terrivelmente tímida.

– Sim – respondeu Erika, sentindo um triunfo crescente enquanto falava ao telefone. Ela sorriu para a jovem.

– Sou Kathleen Barber, e essa é Becky – disse ela, apontando para a outra mulher. – Estamos dispostas a conversar com vocês sobre o podcast de Vicky.

CAPÍTULO 52

Ainda tinha uma mesa pequena desocupada no canto do bar, e Moss foi direto para ela. Kathleen e Becky chegaram juntas à mesa. O cabelo comprido de Kathleen era completamente liso, cortado com uma franja reta. Um tique nervoso a fazia ficar tirando o cabelo da frente dos olhos. Erika e Moss se apresentaram e se sentaram.

– Não tínhamos certeza se viríamos – disse Becky.

– Não sabíamos se você tinha recebido minhas mensagens no Facebook – disse Erika.

– Recebi, sim, e contei para Kathleen – disse Becky.

Kathleen assentiu e olhou ao redor com nervosismo. O grupo em torno de Cilla, Colin e Ray falava alto, e Henrietta e Charles estavam ao lado deles, numa conversa intensa.

– Como ficaram sabendo da morte de Vicky? – perguntou Erika.

– Ela ficou de nos mandar uma versão final do podcast antes de publicar – disse Kathleen. – Só para confirmar se ainda tínhamos certeza de que queríamos participar.

– Quando foi isso? – perguntou Erika, pegando a caderneta.

– Ela disse que mandaria até 12 de outubro. Assim teríamos alguns dias para escutar antes da publicação no dia 17 – disse Becky.

– Não recebemos nada no dia 12 e, então, no dia 18, que era a data que o podcast iria ao ar, fiquei muito irritada. Daí liguei para ela, mas o celular estava desligado. Vicky tinha me dado o número de Becky. Liguei e ela disse que também não tinha recebido nada – explicou Kathleen.

– Quando vocês descobriram que Vicky estava morta? – perguntou Erika.

– Na semana passada. Vimos uma matéria no site do *Daily Mail*, em que narravam a história de uma atriz encontrada morta, e tinha a foto dela – disse Kathleen. – Liguei para Becky e contei para você, não foi? – perguntou, ajeitando a franja e se dirigindo para a outra garota.

Becky fez que sim. As duas pareciam apavoradas, com a cabeça baixa e o olhar voltado para a mesa, como se exigisse um esforço enorme falar sobre o assunto.

– Todas as anotações de Vicky, o HD do computador dela e os arquivos de som foram deletados. Só ficamos sabendo sobre vocês porque achamos um pen drive com alguns arquivos de áudio na mochila dela – disse Moss. – Como ela encontrou vocês?

– Ela me contou que tinha um cara que trabalhava na universidade que a ajudava com o som do podcast. Conforme foram ficando amigos e ele começou a ouvir os episódios, contou para ela de uns casos que tinha ouvido falar de invasões e ataques na moradia estudantil de Jubilee Road – disse Kathleen.

– Mas como ela encontrou vocês duas? Como conseguiu seus nomes? – perguntou Erika.

– Vicky nos contou que teve que investigar muito – disse Becky. – Tem um site público, um site da polícia, acho que chama police.uk. Ela disse que, se você sabe região e a data, consegue fazer uma busca dos crimes que foram denunciados naquela região, com o endereço exato. Ela contou que esse cara da universidade sabia de uma data aproximada de quando aconteceu comigo e Kathleen. Janeiro e fevereiro de 2012. Então Vicky disse que procurou os dados do crime para o código postal da Jubilee Road e viu as invasões e os ataques que foram denunciados naquela época.

– Ela disse que houve apenas dois casos na Jubilee Road – acrescentou Becky.

– Ela falou que depois telefonou para a ATG e inventou uma história, dizendo que era do Conselho de Artes Britânico, e que tinham selecionado a escola para um artigo sobre técnicas de testes, e que queria rastrear pessoas que haviam feito testes para faculdades de teatro. Alguma cafonice assim. Só tinha seis caras e seis meninas na lista. Foi assim que ela nos localizou. Nós duas tínhamos nos mudado de casa algumas vezes, mas nossos celulares não tinham mudado.

Kathleen fez uma pausa e houve um longo silêncio. Moss olhou para Erika e ergueu a sobrancelha.

– O que foi? Algum problema?

– Não. Só estou impressionada. É um bom trabalho de detetive – disse Erika.

Moss concordou com a cabeça.

– Certo. Então. Vicky entrou em contato com vocês e explicou sobre o que era o podcast. O que aconteceu depois?

– Para mim, ela explicou que esse era o primeiro episódio do podcast em que estava investigando algo ativamente – disse Becky. – Ela me disse que, no passado, tinha feito seus episódios de podcast com base em informações que estavam em domínio público e só tinha dramatizado tudo, mas que agora seria mais real...

– Ela já tinha conversado comigo – disse Kathleen – e acho que também já tinha conversado com a outra menina, Grace Leith, e tinha ficado bem chocada que havia um estuprador em série...

– É, então, quando ela me encontrou, eu era mais uma peça do quebra-cabeça. Vicky perguntou se eu poderia ir até Londres ou se ela deveria viajar para me encontrar e gravarmos o que eu tinha a dizer. Ela se ofereceu para pagar a viagem de trem e o almoço. Gostei da ideia de viajar para Londres, então a encontrei em Covent Garden.

– Onde? – perguntou Erika.

– Um bom restaurante no mercado coberto – disse Becky. – Isso que estou contando ajuda? Ela foi muito gentil, e conversamos por muito tempo antes de irmos para um café, uma Starbucks que estava vazia, e foi lá que gravamos minha entrevista. Tinha uma cantora de ópera se apresentando na frente do restaurante onde comemos e Vicky disse que não dava para ter a cantoria no fundo da gravação – disse Becky. – Ela pagou minha passagem de trem, bancou meu almoço e estava muito animada com a entrevista. Ela achava que realmente elevaria o nível do podcast.

– Onde ela conversou com você? – Moss perguntou a Kathleen.

– Tenho filhos. Sou sozinha. Moro no meio do mato em Suffolk, perto de um lugar chamado Beccles – respondeu ela. – Vicky foi até lá. Pedi para minha mãe cuidar das crianças por algumas horas e nos encontramos num café da cidade. Tive a mesma impressão que Becky. Ela era um amor. Pagou meu almoço e minha passagem de ônibus.

– Alguma de vocês conhece Grace Leith? – perguntou Erika.

– Não... Vicky perguntou sobre ela, mas ela fez o teste em outro momento, dois anos depois de nós – disse Becky.

Elas ficaram em silêncio por um momento, enquanto Erika tentava absorver as informações. O tempo estava passando, e alguns estudantes já estavam se levantando para sair do pub. Kathleen deu um gole de sua bebida e ajeitou a franja.

– Vicky mandou algum material gravado para vocês? Ela enviou algum arquivo de som? E-mails com detalhes do que encontrou? – perguntou Moss.

As duas fizeram que não.

– Vicky contou a vocês mais alguma coisa sobre as investigações dela? – perguntou Erika.

As duas ficaram em silêncio. Kathleen ajeitou a franja e olhou para Becky.

– O que ela comentou sobre o vizinho? – perguntou.

– Que vizinho? – disse Erika.

– Vicky me contou que tinha um vizinho esquisito, um senhor que morava no apartamento ao lado do dela. Quando começou a pesquisar os ataques nas moradias estudantis de Jubilee Road e Hartwood Road, descobriu que ele tinha sido o zelador daqueles prédios e de alguns outros da Academia de Teatro de Goldsmith entre 2007 e 2012. As mesmas datas em que fomos atacadas... Daí ela foi falar com ele para dar uma sondada sobre esse trabalho, sabe, imaginando que ele tinha ouvido falar dos ataques e invasões, já que tinha sido o encarregado daqueles prédios... Ela contou que ele ficou *furioso* e já foi falando que não tinha nada a ver com aquilo. O vizinho ainda ameaçou que a denunciaria por assédio e depois a expulsou do apartamento dele, puxando Vicky pelo braço. Ela contou que a reação do senhorzinho foi tão estranha que ela ficou ainda mais desconfiada – disse Becky.

Erika ficou em choque por um momento. Ela olhou ao redor e viu que as pessoas estavam se preparando para sair. Henrietta e Charles já tinham saído, deixando dois copos e dois pacotes vazios de batatinhas na mesa.

– Vocês têm certeza de que ela disse que esse homem era vizinho dela? – perguntou Erika.

– Sim – disse Becky. – Ela o chamou de Charlie, Charliezinho.

Erika se lembrou subitamente da imagem de Charles e Henrietta entrando no pub com chapéus de feltro preto iguais.

– Merda. Charles Wakefield – disse ela, olhando para Moss.

CAPÍTULO 53

– É isso mesmo. Charles Wakefield foi zelador da escola entre 2007 e 2012 – disse Erika, depois de ligar para a secretaria da ATG e conversar com Sheila. Kathleen e Becky tinham ido para o crematório no carro de Becky, mas Erika e Moss ficaram no pub.

– E ninguém com quem conversamos pensou em mencionar isso? – disse Moss.

Erika ligou para o ramal de Peterson no setor de investigação. Ninguém atendeu. Ela tentou alguns outros números até que, finalmente, foi atendida por Crane.

– O que está acontecendo aí, estão todos almoçando?

– Desculpa, chefe. Fizemos uma certa descoberta aqui – disse Crane.

– Que tipo de descoberta?

– Estávamos revisando toda a papelada e os arquivos do caso de Vicky Clarke, e McGorry encontrou uma coisa... *preocupante*, para dizer o mínimo.

– O quê?

– Quando Charles Wakefield foi preso três semanas atrás, não coletaram uma amostra do DNA dele na sala de custódia de Lewisham Row.

– Como assim? Ele foi preso. Todo mundo que é preso tem o DNA coletado na sala de custódia.

– Não nesse caso – disse Crane. – Não tem nenhum registro no banco nacional de DNA para Charles Wakefield. E o relatório da prisão está incompleto.

– Jesus! Como assim?

– Pois é. Tive a mesma reação. Estamos repassando todos os registros para encontrar quem estava trabalhando na sala de custódia na noite em que ele foi preso.

– Já contaram para Melanie? – perguntou Erika.

– Não. Eu ia ligar para você primeiro.

– Então todo DNA que procuramos no banco de dados nas últimas duas semanas não incluiu uma comparação com Charles Wakefield?

– Não diretamente.

Erika então contou para Crane sobre a revelação de que Charles Wakefield tinha sido zelador da ATG na mesma época em que as agressões aconteceram, e que Vicky o tinha confrontado a respeito disso quando estava investigando para seu podcast.

– Tem mais uma coisa. Charles e Henrietta vieram ao funeral vestindo *trench coats* pretos e chapéus de feltro pretos. Os dois têm a mesma altura. Estou me lembrando daquela imagem da estação de trem de Blackheath, tirada quando Charles foi a Londres no dia em que Sophia foi morta. Esse é o álibi dele, mas, como o rosto da imagem está obscurecido, *não* é um álibi. E, agora que vi os dois juntos, tive uma ideia absurda: e se a pessoa nas imagens das câmeras de Central London for Henrietta? Vocês conseguiram localizar alguma outra imagem que mostre Charles Wakefield entrando na Central London naquele dia?

– Não – disse Crane. – E falamos com a pessoa que estava trabalhando na bilheteria. Ela não se lembra de ver Charles naquele dia, mas acrescentou que foi um dia muito movimentado e que vende muitas passagens e fala com muitos passageiros todos os dias.

Crane ficou em silêncio por um bom tempo. Moss olhou para Erika e ergueu uma sobrancelha.

– Certo. Onde você está agora, chefe? – perguntou Crane.

– Estou em um pub em Worthing, com Moss. Todos foram ao crematório, incluindo Charles Wakefield. Me dê um momento, Crane. Já ligo para você.

Erika suava enquanto atualizava o ocorrido para Moss.

– E se Charles atacou aquelas mulheres da ATG? E então, quando soube que Vicky estava investigando as agressões, fez ameaças, mas Vicky continuou pesquisando até achar Becky e Kathleen e conversar com elas. E depois talvez ela tenha voltado a falar com Charles, dizendo que tinha depoimentos das duas?

– Espere – disse Moss. – Isso não explica por que Sophia foi morta.

– E se foi o que pensamos a princípio, um erro de identificação? Sophia estava no apartamento de Vicky. Elas realmente se pareciam.

Charles invade, em frenesi, achando que aquela é Vicky. Ele bate nela, a enfia dentro do sofá-cama e a esfaqueia... O foco dele estaria em apagar e destruir as evidências que Vicky havia acumulado sobre o caso: todos os cadernos e pen drives dela, o HD do computador.

– Mas tem uma questão – disse Moss. – Você viu como era o apartamento dele quando olhamos. Ele é antiprogresso. O único eletroeletrônico que ele tinha era uma vitrola antiga e um VHS.

– Isso lá quer dizer que ele é inocente? Charles pode ter aprendido a usar um computador no trabalho – disse Erika.

– Certo, então Charles entrou no apartamento de Vicky, matou quem ele achou que era Vicky, mas, na verdade, era Sophia... Fez a limpeza e foi para o *happy hour* com Henrietta. Isso explicaria por que estava tão elétrico quando chegamos ao local do crime e o prendemos com os gatos mortos congelados, que não tinham nada a ver com nada. O irmão dele por acaso é o comissário adjunto... E o DNA dele não é coletado na prisão. E Henrietta? Ela tem algum envolvimento?

Erika massageou as têmporas.

– Não sei. Não sei. Julian Wakefield arriscaria a carreira dele pelo irmão? E o que Julian Wakefield tem a ver com isso, se é que falta alguma coisa?

Moss ergueu as mãos.

– Vamos recuar um pouco, de volta ao primeiro assassinato... Tess *também* errou ao identificar Sophia como Vicky. As duas se pareciam e no estado que o corpo dela estava...

– Entrei no local pouco depois que Tess viu o corpo, o que nos fez acreditar na identificação errada. Só descobrimos que não era Vicky 24 horas depois – disse Erika.

– E, 24 horas depois disso, encontramos Vicky. Ela voltou da Escócia e Charles Wakefield a viu quando saía de Lewisham Row – disse Moss. – Ele pareceu chocado em vê-la?

Erika pensou naquele dia e tentou se lembrar. Naquela noite ela havia focado mais na reação de Vicky.

– Não sei se eu diria chocado, mas ficou um clima muito estranho entre eles – disse Erika.

– Então, ao ver Vicky, Charles Wakefield descobriu que ela não estava morta e que estava prestes a falar conosco... Será que torceu para que ela estivesse tão assustada que não abriria o bico logo de cara? Esperou até ela voltar à casa de Tess. Depois bateu na porta tarde da noite e a apunhalou pelas costas – disse Moss.

Erika refletiu.

– Saco. Será que isso se sustenta no tribunal? Não sei, mas pode ter sido assim. Charles não tem um álibi para a noite em que Vicky foi assassinada. Quer dizer, o álibi dele é Julian Wakefield. Com essas imagens de segurança inconclusivas da estação de trem, ele não tem um bom álibi para o horário da morte de Sophia. E agora descobrimos que ele foi o zelador da ATG no mesmo período que Vicky estava investigando...

– E acabamos de descobrir com Becky e Kathleen que Vicky trabalhava bem a sério e era uma excelente investigadora. O que mais de grave ela poderia saber para confrontar Charles? – perguntou Moss.

Erika se recostou e olhou para o bar vazio.

– E, sem o DNA de Charles, a saliva que a perícia encontrou no ombro de Vicky está de volta ao jogo. Pensamos que já tínhamos comparado a baba com o DNA de Charles Wakefield, mas não.

Ela tamborilou os dedos na mesa. Precisavam de uma amostra de DNA de Charles e tinham motivos para prendê-lo e pegar a amostra. O único problema era a cremação: elas tinham como justificar perturbar o evento e fazer uma prisão em um momento tão delicado para a família?

– Você está pensando o que estou pensando? – perguntou Moss.

Erika fez que sim.

– E se Charles Wakefield reconheceu Becky e Kathleen quando estávamos conversando com elas? Ele pode tentar atacar. Precisamos que fique sob custódia, tirar uma amostra de DNA e interrogá-lo.

– E o fato de que ele é... – começou Moss.

– Eu não ligaria a mínima nem se ele fosse o rei da Inglaterra, que dirá o irmão do comissário adjunto – disse Erika. – Ele pode ser o culpado.

Erika pegou o celular e ligou para Crane.

– Crane. Quero apreender Charles Wakefield e levá-lo para a delegacia. Vou te mandar o endereço do crematório. Vamos fazer isso depois da cerimônia e com toda a discrição, para não incomodar a família. Preciso que providencie reforços da polícia local.

– E Melanie? – perguntou ele.

– Eu sou a agente responsável pelo caso. Pode deixar que *eu* me preocupo com Melanie. Só me arranje dois policiais à paisana e um carro de reforço – disse Erika.

CAPÍTULO 54

O crematório de Worthing era perto da cidade e ficava em uma área muito bonita. Enquanto passavam pelos campos abertos e árvores altas ao longo da estrada comprida, Erika concluiu que seria difícil fazer uma prisão discreta. Tinha imaginado que o crematório ficasse em uma área mais urbana.

– Aqui antes tinha uma mansão, que foi demolida e transformada num crematório – disse Moss.

O céu estava claro e, depois de virarem à direita em uma curva da estradinha, as árvores se abriram e as duas avistaram o longo edifício baixo do crematório com um telhado branco e plano. À esquerda e à direita havia fileiras de lápides e uma única enlutada, uma senhora de idade de casaco bege grosso que estava colocando um ramalhete de flores em um pequeno túmulo quadrado. Uma gralha a observava, pousada a quatro lápides de distância. Tudo parecia pacífico, e a cena idílica era desfigurada apenas pela visão da chaminé comprida que saía do crematório, de onde a fornalha bombeava uma nuvem de fumaça escura no ar.

– Odeio esses lugares, esse contraste – disse Moss. – Me faz lembrar do funeral da minha avó. Depois da cerimônia, ficamos todos conversando numa área verde belíssima como esta, falando sobre ela, mas ninguém comentou que a fumaça preta que saía da chaminé e o cheiro de queimado eram *dela*.

Erika olhou para Moss, surpresa pelo comentário tão negativo. Moss costumava ser imperturbável.

– Você está bem?

– Eu? Claro – disse Moss, empertigando-se e respirando fundo.

Quando Erika virou em mais uma curva, elas chegaram a um pátio de cascalho. Já havia uma viatura perto da entrada principal e dois jovens policiais uniformizados estavam encostados na frente dela, de braços cruzados.

– Ah, não! Não, não, não e não. Eu queria que estivessem à paisana, sutis! – disse Erika, conduzindo o carro para uma vaga longe da entrada principal. Os dois rapazes tinham uma postura que indicava que estavam prontos para a ação. – Esses palhaços vão causar uma confusão.

– Só pra você saber, as pessoas estão saindo do prédio – disse Moss, apontando para a entrada principal, onde Cilla, Colin e Ray apontavam no alto da escada. Cilla estava entre os dois homens, as mãos entrelaçadas nos braços de ambos. Ela soltou uma das mãos para pegar um lenço do bolso e secar os olhos. Um pouco depois, outros enlutados começaram a surgir atrás deles, enchendo os degraus largos de pedra que davam no estacionamento.

Estava muito claro para Erika que os dois policiais eram do tipo agressivo, daqueles com alarmes soando na cabeça. Ela conhecia bem essa beligerância, mas aqueles caras pareciam prontos para um confronto. O mais alto se desencostou da lateral do carro onde estava com o quadril apoiado e ajeitou o quepe. Ele deu uma olhada no cinto para confirmar se estava com as algemas e o cassetete.

– Precisamos conversar com eles agora – disse Erika, tirando o cinto. Moss fez o mesmo, e as duas saíram do carro e correram até a viatura. Erika se atrapalhou para pegar o distintivo, pois estava de olho em Jasper e Tess descendo a escada com Shawn e um grupo de amigos.

– Sou a detetive inspetora-chefe Erika Foster. Esta é a detetive inspetora Moss – disse Erika, mantendo a atenção nos enlutados. Becky e Kathleen também surgiram no patamar, logo à frente do pai de Jasper, Conrad, que segurava o braço da esposa.

– Sou John Fryatt – disse o oficial de cabelo moreno. – Este é o oficial Murray Frazer.

Murray colocou a mão no chapéu num tipo de continência casual, deixando Erika irritada.

– O suspeito é este cara? – disse Murray, um ruivo de maxilar forte e olhos verdes vivos um pouco próximos demais um do outro. Ele mostrou uma foto impressa de Charles Wakefield. A escolha não era das melhores: um retrato de quando foi preso, com olhos desvairados e um curativo ensanguentado no rosto.

– Prestem atenção. Precisamos fazer uma prisão discreta. Quero que esperem os enlutados se dispersarem e, só depois, abordaremos Charles Wakefield.

– Ele é acusado de agressão sexual? E assassinato? – perguntou o oficial Fryatt.

– Sim... – Erika começou a explicar. Então viu os dois homens se empertigarem, como cães prestes a atacar. O oficial Frazer ergueu a foto bem quando Charles Wakefield saía com Henrietta. Os dois piscaram diante do céu claro; Henrietta se apoiando na bengala. Charles colocou o chapéu de feltro preto e ofereceu o braço para ela. Embora estivesse apoiando Henrietta, havia algo vulnerável na forma como segurava o braço dela, parecia uma criança prestes a passar o primeiro dia na escolinha.

Tess notou a presença do aparato policial, afinal era difícil não notar, e estava descendo a passos largos na direção de Erika, Moss e os dois policiais. Os olhos dela estavam inchados de tanto chorar.

– O que é isso? O que está acontecendo? – indagou ela, com a voz aguda de emoção.

– Não é nada, por favor, não queremos perturbar vocês – disse Erika, sentindo uma onda de pânico.

– Vocês estacionaram uma viatura policial bem na entrada principal durante a cremação de minha irmã? – gritou.

Os enlutados começaram a olhar para a viatura de polícia. Jasper esperava um pouco atrás com os pais, que pareciam preocupados. Quando Charles e Henrietta chegaram ao pé da escada, eles pararam para observar. Erika viu Henrietta cutucá-lo.

– Vamos mudar o carro de lugar, mil desculpas por chegarmos no momento errado – disse Erika, mantendo os olhos em Charles e tentando aplacar Tess.

– Vou reclamar para seu superior, Erika. Isso é assédio. Você *não* foi convidada para esta cerimônia!

Charles colocou a mão no braço de Tess.

– Tess, meu bem. Vamos embora. Descobri que essa nova geração de policiais é muito rude e, para ser sincero, não sabem nada sobre o trabalho policial...

Erika sabia que Charles estava falando da perspectiva de seu irmão, mas, para os dois jovens policiais, a grosseria foi como um pano vermelho para um touro. O que aconteceu em seguida foi tão rápido que Erika ficou sem ação, em choque. Fryatt e Frazer partiram para cima de Charles, que deu meia-volta por instinto e começou a fugir pelo estacionamento com uma explosão de energia surpreendente.

Henrietta gritou "*Ah, não!*" bem alto, o que fez todos ao redor pararem e voltarem a cabeça para observar os dois policiais perseguindo Charles pelo estacionamento. Eles o alcançaram na beira do cascalho, onde ficava uma cerca de arbustos. A grama do outro lado descia em um barranco íngreme em cujo sopé ficava uma plaquinha com os dizeres *Jardim do Luto*. Frazer segurou o paletó de Charles, mas ele se contorceu até se livrar da peça de roupa, perdendo o equilíbrio e caindo cerca viva abaixo, esquivando-se dos dois policiais e rolando pelo barranco.

– Pegue esse cara! – gritou Frazer. – Não deixe ele escapar!

A essa altura, qualquer esperança de uma prisão discreta tinha se evaporado. Jasper havia se juntado a Tess e estava gritando com Erika e Moss.

– O que vocês estão fazendo? É só um senhorzinho! Vocês são um bando de brutamontes de merda!

Erika e Moss correram pelo cascalho e, quando chegaram à fileira escassa de sebe e ao Jardim do Luto, conseguiram ver o outro lado do barranco coberto de grama, onde Frazer havia imobilizado Charles e estava com o joelho nas costas dele. O outro policial estava agachado diante da cabeça de Charles, recitando seus direitos. E, por todo o tempo, Charles soltava gritos agudos, como um leitão tentando se libertar.

Erika se virou para olhar os enlutados, que assistiam à cena paralisados e boquiabertos. A única pessoa que não parecia surpresa ou particularmente abalada era o pai de Jasper, Conrad, e sua mãe, que estava parada com elegância ao pé da escada com uma bolsa pequena embaixo do braço.

Erika e Moss deram a volta correndo pela cerca de arbustos e foram até onde os policiais estavam com Charles no chão.

– Saiam de cima dele! – Erika gritou. – Agora! – Ela estava horrorizada com a maneira como tudo aquilo havia acontecido em tão pouco tempo.

Frazer tirou o joelho das costas de Charles e Fryatt se recostou. Os dois estavam ofegantes pelo esforço. Foi então que Erika percebeu que Charles tinha parado de gritar e estava deitado, muito imóvel, com a cara na grama. Ela correu até o lado dele e o virou de lado com delicadeza. Ele estava murmurando e revirando os olhos.

– Meu braço! Ele quebrou meu braço! – gritou com uma fúria rouca na voz.

– Chamem uma ambulância – disse Erika. Ela começou a recitar a Charles Wakefield seus direitos, mas as pálpebras dele tremularam e ele virou a cabeça para o lado. Ele estava inconsciente.

CAPÍTULO 55

Naquela noite, quando Erika e Moss voltaram a Lewisham Row, a delegacia estava tranquila e com os corredores silenciosos.

– Quer que eu suba com você? Vou contar exatamente o que aconteceu – se ofereceu Moss.

– Não. Vá para casa ficar com Celia e Jacob. Eu resolvo isso – disse Erika. Ela estava grata por Moss demonstrar apoio e sabia que sua colega estava sendo sincera, mas Erika era a oficial superior e tinha tomado a decisão de prender Charles Wakefield.

– Boa sorte. E me conte como foi – pediu Moss, apertando o braço de Erika.

Sentindo-se exausta, a detetive começou a subir os degraus. Quando chegou ao alto da escada, parou um pouco para olhar para o carpete cintilante de Londres que se estendia a distância. Era uma noite sem nuvens, e dava para ver as luzes coloridas da London Eye, à margem do Tâmisa.

– Pelo jeito você teve um dia e tanto, não é? – provocou Melanie quando Erika se sentou diante dela. Seu rosto não revelava muita coisa. Erika achou que ela parecia cansada, afundada do jeito que estava entre pilhas de documentos e de arquivos que se espalhavam por cima de sua escrivaninha e se alastravam em montinhos pelo chão de toda a sala.

– Não tive escolha senão prender Charles Wakefield. A maneira como a prisão aconteceu foi infeliz – disse Erika. Em seguida, explicou o que havia descoberto com Becky e Kathleen. E que Crane tinha descoberto que nenhuma amostra de DNA havia sido coletada na primeira prisão de Charles Wakefield.

– Vou conduzir uma investigação completa para sabermos por que não coletaram uma amostra. Isso *já* aconteceu antes – disse Melanie, o rosto franzido de preocupação.

– Mas é uma coincidência estranha, não acha? – indagou Erika, erguendo uma sobrancelha. – Preciso repetir de quem ele é irmão?

– Confie em mim: não vou varrer isso para debaixo do tapete.

– Marsh entrou em contato?

– Não. Isso não tem nada a ver com o comandante Marsh. Essa investigação é sua e esta é a minha delegacia – disse Melanie.

– Obrigada – disse Erika, sentindo-se aliviada. Ela realmente não estava em condições de lidar com Melanie e Marsh ao mesmo tempo.

– Qual é o estado de saúde de Charles Wakefield? – perguntou Melanie.

– Não sei se ele fingiu inconsciência quando o prendemos... Os direitos dele foram lidos, mas o paramédico se recusou a me deixar coletar uma amostra de DNA.

– Você não pode atrapalhar o trabalho dos paramédicos.

– Eu sei, mas e se ele escapar mais uma vez? – questionou Erika, esfregando os olhos. – Foi uma verdadeira confusão. E os dois policiais enviados eram brutamontes. Eles agravaram o que era para ter sido uma situação simples.

– Na frente de toda uma congregação de pessoas em luto?

– Sim – disse Erika. – Mas Charles Wakefield agora é meu principal suspeito. Se o DNA dele corresponder à saliva que a perícia coletou no ombro de Vicky Clarke, significa que estava presente quando ela foi morta. Também coletamos DNA do local do assassinato de Sophia Ivanova, e uma das amostras não tem correspondência. Não sei quando o hospital vai dar alta para ele.

– Ele está machucado?

– Charles alegou que os policiais tinham quebrado o braço dele, mas fizeram um raio-x e era só uma entorse. O hospital quis que ele passasse a noite em observação, por causa da idade. A polícia de Sussex foi muito vaga, e estou tendo que trabalhar por todas as jurisdições.

Erika se recostou e se sentiu subitamente exausta.

Melanie bateu a caneta na mesa.

– Olha, eu conheço o superintendente-chefe de Sussex. Vou ligar para ele agora e recomendar que ordene ao policial que está de plantão no pronto-socorro para relembrar Charles Wakefield dos direitos dele e colete uma amostra de DNA na presença de um enfermeiro. Assim fazemos as coisas de acordo com as regras.

– Mesmo se fizermos isso, só vamos ter o resultado do DNA em 48 horas.

Melanie se recostou e a observou.

– Erika, não seja impaciente. Você acha mesmo que o irmão de um oficial superior da polícia vai fugir? Vai chegar um momento em que Julian Wakefield vai ter que aceitar o que está acontecendo, mesmo que seja o irmão dele.

– Eu não teria tanta certeza disso – disse Erika.

– Já está tarde, Erika. Vá para casa e deixe o celular ligado. Pode deixar que vou fazer tudo dentro do meu alcance ainda hoje.

– Obrigada – agradeceu Erika.

Já passava das 21h quando Erika chegou ao estacionamento para pegar seu carro. As revelações do dia tinham feito o caso avançar, mas ela se sentia profundamente apreensiva de que Charles Wakefield escapasse mais uma vez por entre seus dedos. Seu celular tocou, e ela ficou surpresa ao ver que era o número de Igor.

– *Ahoj* – disse ela, atendendo em eslovaco.

– *Ciao*. Espero que não se importe que eu esteja ligando para você.

– Imagina. Eu disse que você deveria ligar, mas não tive tempo para pensar sobre a questão da chaminé. As últimas duas semanas foram malucas com o caso em que estou trabalhando.

Ela o ouviu hesitar do outro lado da linha.

– Ah, olha, esqueça isso... O que você diria se eu contasse que... – Ele deu um riso nervoso. – Que não consigo parar de pensar em você?

– Eu diria que essa é uma das cantadas mais cafonas que existem.

Ele ficou em silêncio por um instante.

– Erika, eu estou falando sério.

Ela abriu a boca para falar, mas desistiu. Também tinha pensado nele, embora não o tempo todo, mas vinha tendo muitas lembranças do passado deles e pensado em como tinha sido bom reencontrá-lo.

– O que você está fazendo?

– Agora? Estou estacionado na frente da sua casa.

– Tá. Você é um *stalker* com cantadas cafonas?

Ele riu.

– Não. Minha última entrega foi na sua região... porque organizei para que fosse.

– Vamos fazer o seguinte. Tem uma lanchonete fantástica duas quadras acima da minha casa. Por que você não passa lá e pega um jantar para a gente? Pede o bacalhau com fritas para mim. Te encontro na minha casa daqui a meia hora. O que acha?

– Parece uma boa – respondeu ele, e ela percebeu o entusiasmo na voz de Igor.

Erika desligou o celular. Era estranho e totalmente inesperado ter um encontro com alguém que ela sabia ter caído do céu. Quase se sentia culpada. Mas o mundo não desabaria se ela jantasse com um velho amigo, e Erika se livraria dele depois de comerem, para poder trabalhar.

Não é um encontro, ela disse a si mesma, *ele é só um amigo*.

CAPÍTULO 56

Erika acordou assustada. O relógio digital em cima da mesa de cabeceira estava dizendo que eram 3h. Ela olhou para o lado e viu que Igor dormia profundamente ao seu lado.

O que estou fazendo?, pensou. Eles tinham comido o peixe com fritas e tomado algumas cervejas. Com isso, apesar de tudo que estava acontecendo com o caso, Erika tinha se esquecido da vida por algumas horas e se divertido muito. Igor a fazia rir, e era muito bom conversar com alguém em sua própria língua. Então uma coisa levou à outra e eles acabaram juntos na cama e Erika deixou que ele passasse a noite.

Ela se sentou e tateou a ponta do edredom. George tinha sumido. Ele sempre parecia sumir em algum ponto da noite. Erika voltou a se deitar, então ouviu o barulho. Um ruído e um baque. Ela ficou dura. Houve um silêncio por um momento, depois aconteceu de novo.

Erika se levantou e atravessou o piso sem fazer barulho. Ela vestia um pijama grosso e estava descalça. Quando chegou ao patamar e ao alto da escada, as luzes da rua da frente lançavam uma luz alaranjada e meio suja através da porta de vidro pelo patamar e pelo corredor. A detetive ouviu outro barulhinho suave vindo da cozinha, e novamente o mesmo rangido. Erika desceu os degraus, que rangeram baixo, e o barulho na cozinha parou.

George, pensou ela. *Era George*. Erika chegou ao pé da escada e hesitou, entrando no corredor. Ela deu a volta pelo retângulo de luz laranja sobre as tábuas do assoalho. Passou discretamente ao redor da ponta curva do corrimão, até conseguir ver o pedaço curto do corredor que entrava na cozinha.

O som de passos suaves voltou e, sob a luz fraca, ela viu algo pequeno se flexionar, saltar da bancada da cozinha e cair nas tábuas do assoalho com um baque surdo. A luz que entrava pelo corredor se refletiu nos olhos de George, com um brilho verde na escuridão.

– O que você está fazendo, pestinha? São 3h da madrugada – sussurrou.

George deu um miado alto, bateu no chão com as patas e saltou novamente para a bancada. Erika ouviu um barulho rangido, depois um estrondo alto e um tilintar de vidro. *Um camundongo. Esse pestinha pegou um camundongo*, pensou. Ela adorava George, mas a ideia de um camundongo semimorto ou muito vivo desaparecendo dentro das tábuas do assoalho lhe dava arrepios.

A detetive avançou às pressas pelo corredor e estava prestes a acender a luz quando sentiu os cacos de vidro sob seus pés. Era tarde demais para parar e ela pisou com tudo na pilha de vidros estilhaçados, sentindo uma dor agonizante quando um pedaço se cravou na sola de seu pé direito.

Erika gritou e deu um passo para trás, mas pisou em outro caco. Ela achou o interruptor e o acendeu. George estava na bancada em frenesi, batendo com as patas em um camundongo, fazendo as embalagens de batatas e uma caneca caírem com estrondo no chão. Houve um som rangido vindo de cima, depois os passos de Igor atravessaram o andar de cima.

– Erika! – gritou ele. – Você está bem?

George saltou em cima do camundongo, estripando-o com as garras e, ao mesmo tempo, jogando-o no ar. O sangue espirrou pela janela e Erika deu um grito, coisa que ela nunca fazia. Igor desceu a escada com tudo, completamente nu, na direção dela. Ele estava com a lanterna do celular ligada.

– O que foi? Você está bem?

– Pare! Cuidado! Tem cacos da garrafa de cerveja no chão! – disse Erika, tentando sair mancando da poça de cacos verdes. George já tinha terminado com o camundongo e olhou para os dois, dando um miado como se dissesse: *O que vocês estão olhando?*

Igor apontou a lanterna para o chão, e Erika viu uma poça de sangue bastante grande ao redor de seu pé, em meio aos cacos de vidro. Ele estendeu a mão.

– Venha, vamos tirar você daí, vou limpar o vidro – disse ele.

Erika se virou e saiu saltando em uma perna só por entre os cacos de vidro verde.

– Cuidado com George para ele não cortar as patas – disse ela, apoiando-se no braço de Igor e olhando para trás.

– Ele está bem. É um bichano esperto – disse Igor, enquanto George saltava sobre o vidro e caminhava pelo corredor atrás deles. A dor no pé de Erika era lancinante, mas ela riu.

– O que foi? – disse Igor.

– Desculpa. Estou sendo imatura.

– Está rindo porque eu disse *bichano*?

– Não conheço ninguém que chame um gato desse jeito, talvez alguma velhinha – brincou ela enquanto ele a ajudava a atravessar o corredor em uma só perna.

– Que bom que me acha engraçado – disse ele com um sorriso.

– E você, correndo sem roupa – disse Erika, rindo ainda mais. Ela mancou até a escada, e Igor a ajudou a se sentar no primeiro degrau. Ele a encarou, observando Erika se dissolver em gargalhadas com uma expressão curiosa no rosto, o que a fez rir ainda mais.

– É difícil ter uma mulher rindo de você quando se está pelado.

– Não estou rindo de você... É só uma situação engraçada.

George e Igor esperaram pacientemente para que ela risse um pouco mais, então viu o pé dela. Havia um corte feio na sola interna, curvo e de cerca de dez centímetros, encharcado de sangue. Olhando para o machucado, ela parou de rir e a dor piorou. Erika apertou o braço dele.

– É um corte feio – disse ele, agachando-se para examinar. – É melhor irmos ao hospital.

– Não. Por favor, nada de hospital. Está tudo bem. Vou fazer um curativo.

– Erika. É na sola do pé. Tem artérias grandes aí, e é um corte fundo. É melhor examinarem. Eu vou te levar. Só preciso colocar uma roupa primeiro.

Erika olhou para o corte largo embaixo do pé. A poça de sangue estava crescendo no chão. Igor ressurgiu um momento depois, vestido e carregando as roupas dela.

– Quer mesmo me levar para o hospital?

– Claro – disse ele.

Enquanto Igor a ajudava a vestir a calça, Erika se sentiu muito à vontade com ele, como se de repente não estivesse mais sozinha no mundo. Aquele era um pensamento assustador de se ter, mas a dor latejante em seu pé tirou isso da sua mente.

CAPÍTULO 57

Sonolento, Peterson chegou a Lewisham Row na manhã seguinte. Estava muito frio e, mesmo às 8h, o dia parecia não querer amanhecer, deixando um tom azul crepuscular no ar enevoado.

Ele não tinha dormido bem e, enquanto pegava sua mochila e os enroladinhos de salsicha que havia comprado na Greggs no caminho para o trabalho, não queria nada além de estar no conforto de sua cama nova com Fran. Enquanto atravessava o estacionamento às pressas na direção da entrada principal, uma imensa van de entrega da Argos chegou à cancela, depois passou ruidosamente. Ao lado do logo da Argos na lateral do ônibus estava uma foto imensa de um Papai Noel sorridente fazendo sinal de joinha.

A van parou na entrada principal, e um cara que Peterson nunca tinha visto, jovem, de barba e com o corpo atlético desceu da cabine e deu a volta correndo para o outro lado do veículo. Ele abriu a porta, e Peterson ficou surpreso ao ver Erika sentada no banco de passageiro. O homem praticamente a carregou para fora do veículo, e ela pisou com cuidado no asfalto. O pé direito dela estava enfaixado e enfiado em um chinelo mal ajustado. O cara colocou os braços dentro da cabine e tirou um par de muletas de metal, entregando-as para Erika.

Peterson ficou olhando, e o cara o cumprimentou com um aceno de cabeça. Ele conseguia ver que Erika estava constrangida.

– Bom dia – cumprimentou Peterson. – Está tudo bem?

O cara disse algo para Erika que ele não conseguiu entender, e Peterson se deu conta que estavam falando em eslovaco. Erika murmurou algo em resposta, o que parecia ser um obrigado.

– Este é Igor. Igor, este é James.

Eles ouviram uma buzina, e Peterson viu que Moss tinha acabado de entrar pela barreira e estava tentando chegar ao estacionamento, mas a van da Argos estava bloqueando o caminho.

– Tenho que ir. Você pode ajudar a Erika? – Igor pediu a Peterson em inglês.

– Claro.

– Tchau. Me liga e toma aqueles analgésicos – Igor disse a Erika.

– Sim – respondeu Erika.

– E, quando for tomar banho, ponha um saco em volta do pé – disse ele e se aproximou para dar um beijo na bochecha dela.

Peterson notou que Erika não pareceu muito contente com o beijo, mas também não se esquivou.

– Tchau, bom dia e obrigada, Igor.

Apoiada nas muletas, Erika foi mancando até Peterson enquanto Igor voltava para dentro da van e saía devagar do estacionamento, dando um aceno final antes de sair de vez. Moss entrou no estacionamento e parou ao lado deles, abrindo a janela.

– O que aconteceu com você, chefe? – perguntou ela, olhando para Erika de muletas. – E por que foi entregue no trabalho numa van da Argos? – Peterson olhou para Erika; ele podia ver que ela não queria explicar o entregador da Argos.

– Pisei em uma garrafa quebrada em casa – disse ela. – Um acidente besta. O gato quebrou a garrafa.

– Não era para você estar de repouso? – perguntou Moss, olhando o pé enfaixado de Erika pela janela.

– Estou bem. Deram pontos, e tomei analgésicos fortes... Vejo vocês no setor de investigação.

Ela saiu andando de muletas, e Moss olhou para Peterson, erguendo uma sobrancelha.

– Sabe quem era aquele cara? – perguntou baixinho.

Peterson fez que não sabia.

– Bom, deixa pra lá. Tenho um catálogo da Argos no porta-luvas. Vou ver se encontro uma foto do cara nele – acrescentou ela com um sorriso. – E desde quando ela tem um gato?

– Não faço ideia.

– Isso é bastante bom – disse Moss, já engatando para estacionar o carro.

Peterson viu que Erika estava com dificuldade para subir os degraus da entrada principal e foi correndo ajudar.

Erika estava envergonhada pelo encontro que tinha acabado de acontecer na entrada da delegacia, mas, quando chegou à recepção, logo esqueceu o constrangimento. O policial de plantão contou para ela que Charles Wakefield tinha recebido alta do hospital e estava em uma cela na sala de custódia. Moss se juntou a Erika e Peterson logo em seguida.

– E o advogado dele? – perguntou Erika.

– Acabamos de ligar para ele. O advogado deve chegar aqui em uma hora – disse o oficial de plantão.

– Obrigada – disse Erika. Ela pegou as chaves do carro. – E pode providenciar para alguém pegar meu carro da frente da minha casa e trazer até a delegacia?

– Sim, senhora – disse o oficial de plantão.

– Advogado de quem? – perguntou Moss.

– Charles Wakefield está em uma cela lá embaixo.

– Caramba. Bom trabalho. Quando quer falar com ele?

– Assim que o advogado chegar – disse Erika.

Moss foi até a porta e liberou a entrada. Erika foi mancando atrás dela, seguida por Peterson.

– Tem certeza de que está bem, chefe? – perguntou Moss. – Parece um pouco pálida.

– Estou bem – estourou Erika, odiando como as pessoas a tratavam diferente por estar machucada. – Desculpa. Podem ir na frente – acrescentou. Os dois assentiram e saíram pelo corredor na direção do setor de investigação enquanto Erika mancava atrás deles.

Ela teve que esperar por três horas no pronto-socorro até receber atendimento e ficou grata pela companhia de Igor durante a espera. Fez com que ela sentisse que alguém se importava. Moss e Peterson olharam para trás antes de entrarem na sala, e ela fez sinal de que estava bem.

– Quer café? – Moss perguntou.

– Por favor, o mais forte que conseguir fazer – disse Erika. Ela viu que estava perto do banheiro, entrou e parou na fileira de pias para se olhar no espelho. Ela não parecia tão mal, mas a noite com Igor e a aventura no hospital haviam tirado sua cabeça do caso. Erika tinha imaginado que não interrogaria suspeitos naquele dia, muito menos Charles Wakefield, e não se sentia pronta.

Ela equilibrou as muletas na beira da pia e se inclinou para jogar água fria no rosto. Bastou inclinar o peso para a parte da frente do pé para causar uma nova explosão de dor na ferida. No hospital prescreveram que ela tomasse um analgésico forte, por uma semana, mas o efeito do comprimido que havia tomado quatro horas antes já estava passando. A dose seguinte deveria ser só dali a duas horas, mas Erika precisava estar em sua melhor forma para Charles Wakefield. Ela tirou a cartela da bolsa e tomou outro comprimido com água da torneira. Depois ajeitou o cabelo com as mãos úmidas e revirou a bolsa até encontrar a pouca maquiagem que guardava lá dentro. Com um pouco de base e um batom suave, ela se sentiu um pouco melhor. Depois lambeu o dedo e o esfregou em uma pequena mancha de chocolate na manga da jaqueta preta. Satisfeita de que daria conta, pegou as muletas e foi devagar até o setor de investigação, ansiando por uma dose de cafeína para complementar o analgésico superforte.

CAPÍTULO 58

– Está pronta, chefe? – perguntou Moss uma hora depois, quando estavam prestes a entrar na sala de interrogatório.

Erika respirou fundo. Teve um desejo súbito de poder voltar no tempo e ainda ser permitido fumar na delegacia. Ela se lembrou de todos aqueles cinzeiros transbordando nas salas de interrogatório.

Ela ajeitou o cabelo e fez que sim.

Charles Wakefield estava usando o mesmo terno que tinha usado no funeral. Suas mãos estavam entrelaçadas com elegância sobre o colo, e ele estava olhando fixamente para a parede. O advogado era um homem de pele acobreada num terno justo demais, com um círculo de cabelo farto cercando um ponto calvo que brilhava.

– Ah, detetives, enfim vocês chegaram – Charles disse com calma, com o ar de quem estava guardando os lugares delas para a ópera e a apresentação estivesse prestes a começar. – Ah, minha nossa... – acrescentou ele ao ver Erika apoiada em muletas. – O que você fez consigo mesma?

Erika o ignorou e se sentou ao lado de Moss, de frente para ele.

– Sr. Wakefield, bom dia.

– Bom dia para vocês também – disse ele, olhando para seus crachás. – Só memorizando seus nomes e números. – Ele abriu um sorriso maldoso, e Erika notou que ele tinha dois dentes podres no fundo da boca. O hálito de Charles era horrível.

– O senhor foi o zelador da Academia de Teatro de Goldsmith entre 2007 e 2012? – perguntou Erika.

– Sim, fui.

– Achamos bem difícil conseguir essa informação com a ATG. Parece que os registros deles são bem falhos.

– Ah, são? Que pena. Mas, sim, posso confirmar que fui o zelador.

– Posso perguntar por que o senhor saiu?

– Claro. Eu me aposentei.

– Quais eram suas funções como zelador?

– Eu supervisionava a manutenção.

– Pintando? Consertando coisas, trocando lâmpadas? – perguntou Erika.

Charles fez uma careta.

– Eu mais providenciava os profissionais, mas, sim.

– O senhor não tem passaporte. Não tem passaporte válido desde 2012, quando o último venceu – disse Erika, olhando para o arquivo dele.

– Sim.

– Podemos supor que o senhor ficou no Reino Unido esse tempo todo, desde que seu último passaporte venceu.

– Sim, fiquei no Reino Unido – disse ele.

O advogado sugou os lábios e olhou para Charles.

– Por que você não tem um passaporte? – perguntou Erika.

– Inspetora, qual é a relevância disso? – perguntou o advogado.

– Sr. Wakefield?

– Não gosto de ficar longe – disse ele. – Prefiro minha própria cama.

– Então, o senhor raramente vai para longe de casa? Não sai de Londres?

– Exato.

– E o senhor tem uma verdadeira paranoia com autoridade...

– Detetive, francamente! – disse o advogado.

– O senhor não tem passaporte nem carteira de motorista. O número de seu telefone não está na lista. O senhor não tem celular, nem endereço de e-mail, nem televisão. Não tem sequer cartão de crédito ou débito, e todas as contas, assim como seu apartamento, estão no nome de seu irmão. O senhor não tem nem mesmo uma conta bancária. Como o senhor paga suas contas?

– Isso é particular e não tem qualquer relação com o caso – disse o advogado.

– O senhor não está registrado em nenhum médico ou dentista, sr. Wakefield? É bastante estranho, não acha?

– Fui abençoado com uma boa saúde.

– Inclusive, é como se o senhor tivesse desaparecido da face da Terra em 2012, em termos de burocracia. Por quê?

– Sem comentários – disse Charles.

– Por que sem comentários?

– Porque legalmente posso fazer o que quiser. E não há nenhuma lei que diga que tenho que ter qualquer uma dessas coisas! – estourou.

– Repassamos os registros de sua prisão por agredir um agente da polícia no dia 22 de outubro. Seu irmão, o comissário adjunto, interveio e proibiu o policial de plantão de coletar uma amostra sua de DNA. Por quê?

– Ele não proibiu nada. Sofro de odontofobia... Fobia de escovas de dente e outros objetos colocados em minha boca.

Erika viu que Moss tentava conter um sorriso.

– Não se atreva a rir de mim! – disse Charles, batendo a palma da mão na mesa e fazendo as duas se sobressaltarem. – É uma fobia legítima e debilitante.

É por isso que seu hálito fede a bunda de cachorro?, Erika quis dizer.

– Gostaríamos que um médico certificasse isso, mas, como você não tem um clínico-geral nem um dentista...

– Tenho sim um clínico-geral. Um médico particular. E tenho um diagnóstico. Quanto à amostra de DNA, não quis a coleta oral, e isso era um direito meu. No entanto, eu estava disposto a oferecer uma amostra de sangue, mas então tudo aconteceu muito rápido na manhã seguinte...

– E você foi tirado às pressas daqui – completou Erika. – Agora, porém, temos uma amostra de seu DNA, que estamos comparando com o DNA encontrado nos dois locais onde aconteceram os crimes. Parece que o enfermeiro lá de Hove conseguiu coletar.

– O que foi extremamente perturbador! Enfim. Vocês vão ver que meu DNA não corresponde a nenhum dos que encontraram, porque não estive nos locais dos crimes.

Ele está muito confiante, pensou Erika. Ela virou as páginas na pasta com a pesquisa que Crane havia compilado durante a noite e mandado para ela por e-mail.

– Vicky Clarke abordou você para falar sobre o podcast dela?

– Não. Por que ela me abordaria?

– Vicky estava trabalhando num episódio de podcast sobre um invasor que entrou nas moradias estudantis da ATG e atacou três jovens. Quando ela soube que o senhor tinha sido o zelador da ATG naquela época, quis conversar com você.

– Você está enganada. Ela não conversou comigo.

– Temos duas pessoas que afirmam que conversou.

– Até parece. Você tem alguma evidência real? Anotações que ela tenha deixado ou alguma gravação em que mencione que conversamos?

– Recuperamos algumas gravações – disse Erika.

– Eu teria interesse em ouvir – disse ele com outro sorriso maldoso.

– Seu álibi para a segunda, 22 de outubro...

– Já falei de tudo isso com ela antes – disse Charles, voltando-se para o advogado.

– Tivemos um problema para verificar seu álibi – disse Erika. – Você nos entregou um recibo e uma passagem de trem. Então fomos verificar as imagens das câmeras de segurança no período em que a passagem foi comprada, e a pessoa no vídeo que *pode ser* o senhor está usando um chapéu de feltro e a aba cobre o rosto dela.

– Eu tenho um chapéu de feltro.

– Ter um chapéu de feltro não é um álibi.

– Detetive, estamos andando em círculos aqui. – O advogado parecia entediado. – Você esgotou todas as suas vias de investigação? O funcionário da bilheteria se lembra de ver meu cliente? E as outras imagens das câmeras?

Erika voltou a olhar as anotações do caso.

– O rosto da pessoa está obscurecido em todas as imagens das câmeras, e não conseguimos encontrar o senhor Charles Wakefield em nenhuma outra imagem da rede. A pessoa que trabalhava na bilheteria da estação de trem Blackheath naquele dia não se lembra de ter visto o sr. Wakefield. O senhor é próximo de sua vizinha, Henrietta Boulderstone? – perguntou ela, voltando a se dirigir a Charles.

– Ela é uma boa amiga.

– Como o senhor, ela também tem um chapéu de feltro e um *trench coat* preto. Quando os vi no funeral de Vicky Clarke, notei que vocês dois têm alturas e portes parecidos. Essa pessoa na imagem comprando uma passagem de trem poderia facilmente ser Henrietta.

Erika tirou a imagem impressa da câmera de segurança da pasta e a deslizou sobre a mesa.

– Detetive, meu cliente pode não ter um álibi que a satisfaça, mas isso tudo é ridículo e demonstra que estão desesperados. Vocês precisariam relacionar a falta de álibi de meu cliente a evidências mais do que circunstanciais. Vocês não têm a arma do crime de nenhum desses assassinatos. Não foram encontradas evidências forenses de meu cliente quando a polícia entrou no apartamento dele no dia 22 de outubro. Ele não conhecia nenhuma das jovens mais do que casualmente. E agora você insinua o quê? Que ele mandou a vizinha idosa dar uma voltinha na estação de trem, vestida como ele, para servir de álibi? Francamente.

A reprimenda doeu. Erika rangeu os dentes.

– Seu cliente nos impediu de coletar uma amostra de DNA quando foi preso na noite de segunda-feira, 22 de outubro, o que prejudicou gravemente nossas investigações – rebateu Erika.

– Não, ele não impediu. Ele tem um motivo legítimo para não fornecer uma amostra oral. E vocês agora têm essa amostra, não?

– Sim, temos.

– Querem fazer mais alguma pergunta? Sugiro liberar meu cliente. Vocês não têm evidências para acusá-lo.

Erika encarou os dois.

– Temos 96 horas antes de precisarmos acusar seu cliente. Sugiro fazermos um intervalo rápido.

Erika e Moss saíram da sala de interrogatório e voltaram ao setor de investigação. A cabeça dela estava zonza e, depois do primeiro *round* com Charles e o advogado, Erika estava com medo de já ter perdido.

Crane e Peterson estavam assistindo ao interrogatório pelos monitores e saíram para o corredor. Eles encontraram McGorry, que vinha da entrada principal.

– Chefe, acabamos de voltar do apartamento de Charles Wakefield.

– A vizinha dele, Henrietta, estava por lá? – perguntou Erika.

– Não. Mas olha só, encontramos isso escondido numa gaveta do apartamento dele – disse McGorry entregando um saco plástico transparente de evidência.

Dentro havia um envelope branco e uma pequena carta em papel A5. Não havia data nem assinatura, mas escrito em tinta preta no centro do papel estava:

DUAS PALAVRAS: "LILY PARKES".
SEU SILÊNCIO MANTÉM VOCÊ VIVO

CAPÍTULO 59

De volta ao setor de investigação, Erika exibia o saco plástico transparente de evidência para todos.

– Precisamos nos dividir em equipes e encontrar um caminho. Pode ser algo e pode não ser nada. Por que Charles recebeu esta carta? Quem é Lily Parkes e por que ela é relevante para o silêncio dele? – Erika olhou o relógio. – E alguém pode correr atrás dos resultados do DNA que coletamos de Charles Wakefield ontem?

As primeiras respostas vieram de Crane um pouco depois.

– O papel vem de Veneza – disse ele. – Não é o que eu chamaria de raro, mas é específico de um fornecedor italiano. – Ele ergueu o saco sob a luz. – Tem uma marca d'água com o nome Benatku estampado.

– Então, não é um papel qualquer? – disse Erika.

– Não, mas encontrei facilmente na internet a loja onde ele pode ter sido comprado. Com certeza muita gente visita Veneza anualmente e volta com lembrancinhas como essa... além de máscaras venezianas e aqueles aventais com a estátua do cara pelado.

– Tenho um desses aventais – disse Moss.

Crane sorriu.

– É a sua cara. Ah, além do papel, também tem um envelope do mesmo tipo.

– Deve haver centenas, se não milhares, de pessoas que moram em Londres com um papel desses em casa – disse Erika, voltando à mesa dela.

– Sim. Mas quase ninguém escreve cartas – disse ele. – O que torna isso uma raridade. Há algo de chocante em receber uma carta escrita à mão. Não me lembro da última vez em que alguém me escreveu uma. Além disso, temos que levar em conta que o envelope não tem selo, ou seja, foi entregue pessoalmente – disse ele, erguendo o saco de evidência de novo. – Só tem o nome dele no envelope. Eu teria ficado apavorado, e olha que sou um dos mocinhos. – Crane sorriu.

Erika revirou os olhos e sorriu:

– Se você diz – respondeu ela.

Ela se lembrou da última vez em que foram a Honeycomb Court, na manhã em que haviam conversado com Maria e depois com Tess. Eles não tinham visto Charles diante da caixa de correio, agindo um pouco estranho? E, pensando na caixa de correio dele, que tipo de correspondência ele recebia? Charles tinha tomado o cuidado para que houvesse muito pouco sobre ele nos registros oficiais. Se a pessoa não está nos registros, ninguém vai escrever para ela. Erika pegou a carta no saco de evidências e foi até onde Moss e Peterson estavam trabalhando em Lily Parkes.

– Existe ficha criminal para duas pessoas chamadas Lily Parkes – contou Moss. – Uma tem 80 anos e está cumprindo pena em Wormwood Scrubs, e a outra Lily Parkes ficou presa de 2009 a 2013 por esfaquear o marido, na Escócia. Quer que eu investigue mais a fundo?

– Sim.

– E as redes sociais? – Erika perguntou a Peterson.

– Tem setenta Lily Parkes no Facebook. A maioria mantém o perfil fechado ou sem fotografia – disse Peterson. – Tem muito menos no Instagram. Ainda não verifiquei em outras redes sociais.

Erika voltou a entrar em contato com Sheila da secretaria da ATG e perguntou se eles tinham ou haviam tido alguma aluna chamada Lily Parkes. Sheila disse que não tinha ninguém com este nome matriculada na escola nem nenhuma ex-aluna com esse nome no sistema.

É claro que não, pensou Erika.

– Não guardamos registros detalhados de nossos alunos. Aqui não é a Gestapo, detetive Foster. A senhora vive me pedindo informações bizarras. Temos nomes, datas de nascimento e detalhes sobre a habilidade vocal de cada um. Posso passar para vocês uma lista de todos os barítonos e sopranos, mas definitivamente não tenho como dizer se tem algum depravado que gosta de estuprar e saquear – completou Sheila, com irritação na voz.

– Certo, obrigada – disse Erika, terminando a ligação. A dor funda e latejante em seu pé não estava passando. Pelo contrário, estava aumentando. Ela olhou o relógio. Faltavam duas horas para ela poder tomar outro comprimido.

Em seguida, Erika ligou para Kathleen e Becky para perguntar se conheciam alguém com este nome ou se Vicky o havia mencionado. Ela deixou mensagens para as duas pedindo para ligarem para ela o quanto antes. Também deixou uma mensagem para Cilla, perguntando a mesma coisa. A manhã deu lugar à tarde, e Erika trabalhou durante o horário de almoço, pedindo para um dos funcionários da administração buscar um sanduíche para ela.

Igor ligou para Erika bem quando ela estava terminando o sanduíche. Ela estava prestes a atender, mas, na mesma hora, o advogado de Charles Wakefield interfonou para dizer que tinha que ir embora em uma hora e que, se quisessem interrogar Charles depois disso, teriam que esperar por um dos colegas dele.

Pela segunda vez naquele dia, Erika entrou na sala de interrogatório sentindo-se na defensiva. Dessa vez, Peterson a acompanhou, e Moss, Crane e McGorry ficaram na sala de observação.

– Quem é Lily Parkes? – perguntou Erika, observando Charles atentamente do outro lado da mesa. Ela o viu se crispar, bem de leve, e então ele tentou disfarçar coçando o nariz. Ele tinha unhas muito compridas e brilhantes, o que dava arrepios em Erika.

– Não faço ideia do que você está falando – respondeu ele. Charles olhou para o advogado, que encolheu os ombros.

Erika pegou o saco de evidências com a carta escrita à mão e o colocou sobre a mesa.

– Um dos meus agentes acabou de encontrar isto no seu apartamento. Chama a atenção, porque foi escrita à mão para você, e você recebe pouca correspondência.

– Como você sabe quantas correspondências recebo? – disse ele com o ar imperioso, quase ofendido pela ideia de que ninguém nunca escrevia para ele.

– Você mal existe no papel, Charles. Suas contas de serviços básicos estão no nome do seu irmão. E esta carta foi encontrada em seu apartamento, escondida numa gaveta.

Houve uma longa pausa. Charles olhou de novo para o advogado, que manteve o rosto inexpressivo. Erika pegou o saco de evidência.

– *"Duas palavras: 'Lily Parkes'. Seu silêncio mantém você vivo"* – leu enquanto o observava. Ele se crispou de novo.

– Foi entregue *diretamente* na sua caixa de correios – disse Peterson. – Podemos até acreditar que você não faz ideia do que a carta significa, mas acabou de mentir dizendo que não sabia nada sobre a existência da carta.

Charles corou. O vermelho se espalhou por suas bochechas macias e brilhantes.

– Não, não foi isso que eu disse... Eu me recuso a ser chamado de mentiroso! Você ouviu do que eles me chamaram? – disse ele, olhando mais uma vez para o advogado.

– Sr. Wakefield. Duas mulheres estão mortas, e ambas moravam a poucos metros de seu apartamento – disse Erika. – Vicky Clarke estava preparando um podcast sobre agressões sexuais nas moradias estudantis em que *o senhor* trabalhou. Você tinha a chave de todos os apartamentos e poderia ter acesso a eles a qualquer momento. Então precisamos começar a encontrar uma lógica nisso. Lily Parkes não era aluna da ATG. Isso já sabemos. O senhor diz que não sabe de quem se trata, mas alguém acha que o senhor a conhece o suficiente para tentar garantir seu silêncio ou, pior, fazer uma ameaça de morte. – Erika se inclinou para a frente. – Permita que eu ajude o senhor. E fazer o que for possível para começar a entender o que está acontecendo aqui. Seu comportamento e sua negação estão disparando todo tipo de alarme.

Charles tremia de raiva e parecia estar tentando se controlar.

– Sim. Recebi a carta. Sim! Mas só achei que tinha sido entregue por engano – disse ele com cuidado, ainda tremendo.

– Charles. Tem seu nome no envelope – disse Erika, erguendo-o diante dele. – Foi entregue diretamente em seu endereço. Quem quer que a tenha entregado precisaria ter como entrar em Honeycomb Court. A porta da frente exige um cartão de entrada.

Charles balançou a cabeça e seu tremor se agravou; toda cor havia se esvaído de seu rosto inchado agora.

– Eu só... Só... Só...

– Você só o quê?

– Sei lá, pensei que fosse um tipo de pegadinha de crianças.

– Pare de mentir! – gritou Erika, batendo a mão na mesa, sentindo uma onda de fúria também. – Isso é mais do que uma pegadinha infantil!

– Não sei! – berrou ele, batendo os punhos na mesa. – Não sei, porra, está bem? Se vocês me torturarem, ainda não vou saber!

– Quem é Lily Parkes, Charles?

– Pare de dizer o nome dela.

– O que você fez com ela?

– Nada! – insistiu.

– O que ela fez com você, Charles? Ela fez alguma coisa, não?

– Ela mentiu. Me enganou.

– Enganou como? – perguntou Erika, recostando-se e sentindo que estava muito perto. – Mentiu sobre o quê?

Nesse momento, ele realmente perdeu o controle e se levantou, com o rosto vermelho, e gritou com Erika. Charles bateu os punhos na mesa:

– Não! Por que vocês não podem me deixar em paz? Me deixem em paz. Em paz!

Ele deu um passo para trás e cambaleou por sobre a cadeira, então se inclinou para a frente e vomitou por todo o chão. Seu advogado se levantou de um salto da cadeira e deu um passo para trás, com repulsa, tirando os papéis de cima da mesa.

Erika e Peterson se recostaram, em choque. Charles ficou parado, com o olhar fixo voltado para o chão, teve mais uma ânsia de vômito e cuspiu. Em seguida, limpou a boca, e toda raiva pareceu se esvair de seu corpo e ele se acocorou, tremendo e chorando.

– Minha nossa... minha nossa... que sujeira que eu fiz. Mil desculpas.

– Já chega, precisamos de um médico aqui, agora! – exigiu o advogado dele.

CAPÍTULO 60

– Caramba, fazia tempo que não acontecia de uma pessoa vomitar no interrogatório – comentou Moss quando ela e Peterson saíram da sala. Charles Wakefield tinha sido encaminhado de volta à sala de custódia por um dos oficiais uniformizados, mudo e retraído, totalmente apaziguado do estado desvairado e ensandecido da fúria anterior.

– Acha que deveríamos chamar um médico para dar uma olhada nele? – perguntou Peterson com a voz baixa. – Acho que Charles pode estar no limite e talvez...

– Colocá-lo na vigilância de prevenção ao suicídio? – completou Erika. Moss fez que sim, concordando com Peterson. – É, tem razão. Pode chamar.

Erika estava profundamente frustrada. Ela tinha chegado tão perto de tirar a verdade de Charles para saber quem era Lily Parkes e o que ela havia feito com ele. Voltaram ao setor de investigação em silêncio, e o pé dela estava latejando.

– Alguma resposta sobre a amostra de DNA coletada de Charles Wakefield? – perguntou, pelo que parecia ser a décima vez naquele dia.

Crane levantou a cabeça e olhou para McGorry.

– Acabamos de ficar sabendo que foi enviada de Hove para Londres – disse ele.

– Como assim? Não processaram no laboratório deles? – perguntou, consternada.

– Acho que se confundiram e pensaram que deveria ser mandada para Londres para o laboratório da Polícia Metropolitana de Londres processar – disse McGorry.

Erika sentiu um lampejo de raiva. Ela tomou mais dois analgésicos com um pouco de café frio.

– E quanto tempo isso vai demorar?

– Prometeram os resultados nas próximas horas.

O resto da tarde passou devagar. Um médico foi chamado para ver Charles Wakefield e, até a consulta, ele não poderia ser interrogado. Erika recebeu uma resposta de Kathleen, que disse nunca ter ouvido falar de uma menina chamada Lily Parkes. Em seguida, Erika recebeu uma ligação de Cilla.

– Desculpa, não vi sua ligação antes, detetive. Como posso ajudar?

Erika disse que queria fazer algumas perguntas sobre ex-estudantes.

– Estou entrando no metrô agora para dar uma aula especial de canto. Quer passar lá na casa do meu colega mais tarde?

– Gostaria de falar com você hoje, é urgente – disse Erika, olhando o relógio.

– Jante com a gente. Vou fazer um jantarzinho para Colin e Ray. Por que não passa e aproveita para fazer suas perguntas?

Erika ouviu o barulho do trem de metrô se aproximando no fundo.

– Prefiro conversar ao telefone.

– Estou muito atarefada estes dias, detetive. Passe em casa e vou dar minha atenção total a você.

– Vou depois de vocês jantarem. Pode ser às 20h?

Cilla concordou e deu o endereço da casa em Telegraph Hill.

Conforme a tarde foi passando, o pessoal da equipe começou a sair e, quando deu 19h, só restavam Erika e Moss no setor.

– Como está o pé? – ela perguntou quando viu Erika se remexendo e fazendo careta.

– Tenho que tomar uma última dose do remédio daqui a duas horas – respondeu ela, perguntando-se como conseguiria dormir sem poder tomar mais até a manhã seguinte.

– Tá, tome cuidado. Estou indo embora. Depois me liga para contar como foi com Colin, Cilla e Ray.

Antes de sair, Erika entrou em contato com o laboratório para saber do resultado do exame de DNA de Charles e ouviu que eles ainda estavam pendentes.

– O tempo está passando. Se eu não tiver um resultado de DNA logo, vou ter que liberar o suspeito. Parem de coçar o saco e andem logo com isso! – estourou, batendo o fone no gancho. Ela ficou encarando o telefone por um momento. Não era uma boa estratégia irritar o laboratório, mas já era tarde demais.

Erika se levantou. Precisava conversar mais um pouco com Charles. Considerou por um momento, depois saiu para a sala de custódia, pegando o elevador, irritada porque o trajeto levava três vezes mais com o pé machucado.

– Como está Charles Wakefield? – perguntou à policial de plantão.

– Acabei de dar uma olhada nele. Foi sedado e está dormindo como um bebê – respondeu ela. Erika assentiu e olhou ao redor. A sala de custódia estava vazia.

– Posso dar uma olhada nele?

– Dar uma olhada?

– Sim, quero ver como ele está. Confirmar se está tudo bem.

– Ele acabou de passar por consulta.

– Sim, acabei de ver o médico dele – mentiu, torcendo para que fosse mesmo um médico homem.

A policial de plantão considerou por um momento, depois concordou. Ela acompanhou Erika pelo corredor estreito e longo até a cela de Charles. Abriu a portinhola e a detetive espiou na penumbra. Charles estava deitado em posição fetal no pequeno banco sem roupa de cama, roncando baixo. Ele parecia estar dormindo profundamente.

– Viu? Dormindo como um bebê – sussurrou a policial de plantão. – Ele é o único prisioneiro hoje, então estou torcendo para uma noite tranquila com um bom livro.

– O médico ficou preocupado? – perguntou Erika. – Com a condição dele e tudo?

– A esquizofrenia? Sim. Ele vomitou todos os remédios, então o médico teve que fazer com que ele tomasse todos de novo. Foi uma luta.

Esquizofrenia, pensou Erika. Ela se lembrou dos frascos de remédio com as etiquetas arrancadas que encontrou no armário do banheiro dele.

– O médico confirmou se ele não é violento? – perguntou Erika.

– Sim. Ele não é violento, mas pode ficar muito paranoico. Ele também tem pavor de tecnologia. O médico disse que, durante parte da psicose mais grave dele, Charles arrancou o telefone fixo e nem mesmo tem um rádio no apartamento.

– Tomara que eu ainda possa falar com ele amanhã – disse Erika.

– O médico vai voltar de manhã, e você deve saber que o irmão dele é o comissário adjunto.

– Sim.

– Aqui entre nós, ele está pressionando o médico para que Charles seja colocado na ala de pacientes psiquiátricos.

– *Sério?*

Ela deu mais uma olhada em Charles, que estava adormecido, e seu coração se apertou. Se ele fosse levado à ala de pacientes psiquiátricos e sofresse um episódio psicótico, eles não poderiam interrogá-lo novamente. E tudo que Charles já dissera no interrogatório poderia ser considerado improcedente.

A policial de plantão fechou a portinhola com delicadeza. Erika saiu da sala de custódia e se dirigiu ao estacionamento.

CAPÍTULO 61

Erika ficou contente de ver que seu carro estava no estacionamento, mas, enquanto mancava para chegar até o veículo, se perguntou se conseguiria dirigir. Avaliou que, apesar do incômodo, os analgésicos estavam mantendo a dor sob controle, então ela dirigiu até Telegraph Hill.

Telegraph Hill ficava muito perto da Academia de Teatro de Goldsmith. A casa ficava em uma região nobre de Londres, numa colina íngreme que subia de New Cross. Havia um parque e muitas casas geminadas de tijolinho vermelho. Fazia Erika se lembrar da área sofisticada em que Marsh morava. A casa de Colin ficava bem no alto da colina mais íngreme. Era uma casa isolada de aparência grandiosa que ficava recuada da rua num terreno grande. Uma torre pequena de pedra se erguia na alvenaria, o que parecia um pouco de ostentação para South London.

– Que excêntrico – murmurou Erika, espiando a casa. – Pessoas em casas de pedra agem como reis.

Não havia vagas na rua, e ela viu que tinha uma trilha de asfalto, como uma pequena estradinha, que dava na entrada da garagem com porta de madeira. Tinha espaço ao lado de dois outros carros enfileirados, então ela entrou na estradinha e ocupou a vaga.

A casa era bem reservada em relação à rua atrás da cerca viva e das árvores altas que cercavam o muro da frente. Uma luz de segurança se acendeu enquanto Erika ia mancando até a porta. Ela tocou a campainha, que ressoou dentro da casa, e já estava quase achando que um mordomo assustador atenderia a porta.

Mas quem abriu a porta foi Cilla. Ela trajava um largo vestido verde vivo que lembrava uma bata com bolsos fundos dos dois lados. Estava com um par de saltos verde-esmeralda imponentes, com uma crosta de brilho prateado nos dedos. O cabelo tinha mudado de cor desde o funeral. Estava vermelho vivo.

– Boa noite! Chegou a tempo para o café – disse ela, cumprimentando-a com um entusiasmo teatral.

Erika entrou, crispando-se ao subir os dois degraus altos, apoiando-se nas muletas.

– Meu Deus, o que aconteceu com seu pé? – perguntou Cilla quando elas entraram no corredor.

– Pisei num caco de uma garrafa que meu gato quebrou – contou ela. Cilla ajudou Erika a tirar o casaco e o pendurou num enorme cabideiro de ferro ao lado da entrada. A detetive observou o grande corredor ao redor. Havia muitos painéis de madeira e chão de ladrilho. Uma pequena janela de vitral dava para a garagem, e Erika sentiu como se estivesse dentro de um pequeno castelo ou de uma butique com mania de grandeza. Um cheiro delicioso de comida chegava ao corredor, e ela ouviu as vozes e risos masculinos que vinham da primeira porta. A detetive se arrependeu de ter aceitado o convite. Teria sido mais fácil conversar ao telefone.

– Venha – disse Cilla.

Erika a seguiu para dentro da sala de estar integrada à sala de jantar. Era cheia de móveis brancos e acessórios de latão, e havia uma imensa e moderna lareira de concreto com uma chama crepitante.

– Ah! Detetive! Boa noite! Aceita um café? – perguntou Colin. Sua cordialidade era tão forçada quanto a recepção de Cilla. Ele estava ao lado de Ray à mesa, e os dois estavam sentados muito próximos. Ray afastou um pouco a cadeira, e Erika sentiu que sua entrada tinha interrompido um momento íntimo.

– Puro. Obrigada – disse ela.

– Você está chegando de alguma guerra? – perguntou Ray, batendo um maço de cigarro na mesa e tirando um. Ele a encarou enquanto acendia o cigarro.

– Foi um acidente bobo. Pisei em um monte de cacos de vidro – respondeu ela.

– Por favor, sente-se – disse Colin, apontando para a cadeira à frente. Ray se levantou, deu a volta pela mesa e puxou uma cadeira para Erika se sentar. Cilla voltou à sala com uma xícara de porcelana de café preto em um pires.

– Cigarro? – ofereceu Ray, estendendo o maço.

– Não, obrigada.

Ray voltou a se sentar ao lado de Colin.

Erika viu as horas, pegou dois analgésicos da embalagem e os colocou na boca. Colin a observava.

– Desculpa – disse ela, engolindo-os com um gole de café quente.

Cilla se sentou ao lado de Erika. O que restou do jantar ainda estava sobre a mesa: uma torta de carne e uma travessa com legumes.

– Não quer mesmo jantar? – perguntou Colin, apontando para a comida.

– Não, obrigada – disse Erika. Seu estômago estava roncando, mas ela queria acabar logo com aquilo e voltar para casa.

– Queria fazer algumas perguntas sobre a ATG, estudantes antigos e Charles Wakefield.

Todos olharam para ela com um ar um pouco imperioso. Erika continuou:

– Posso perguntar por que Charles Wakefield deixou de ser o zelador da faculdade?

– Quem é esse? – perguntou Ray, apagando o cigarro e acendendo outro.

– Charlie Wakefield foi o zelador de algumas das moradias estudantis. Ele esteve no cargo até alguns anos atrás – respondeu Cilla.

– Esse não é meu departamento, meu bem. Dou aulas de dança, não me envolvo com a moradia deles – disse Ray.

– Mas a ATG é uma faculdade pequena... – disse Erika.

– Verdade. Às vezes pequena até demais – disse Ray.

– Vocês não teriam ouvido algum comentário insinuando que o zelador, Charles Wakefield, tivesse sido acusado de algum comportamento inapropriado com uma estudante?

– Nunca falei com ele, e vocês? – Ray questionou, voltando-se para Colin e Cilla.

– Ouvi comentários de alunas dizendo que ele era meio esquisitão, um pouco assustador. Que ficava rondando... mas, claro, nada sério. Nas poucas vezes em que ouvi falarem dele, as meninas estavam conversando em tom de brincadeira – disse Cilla.

– Tem certeza disso?

– Acho que sim.

– Vicky estava preparando um episódio para o podcast sobre invasões às moradias estudantis. Ela não mencionou Charles Wakefield a nenhum de vocês? Fez alguma pergunta? – disse Erika.

Colin e Ray balançaram a cabeça.

– Não, já falei para vocês, Vicky não disse nada – respondeu Cilla. – E posso perguntar o que está acontecendo com Charles Wakefield? Houve uma comoção tão grande no crematório quando aqueles policiais o levaram.

– Ele ainda está sob custódia – disse Erika.

Cilla, Ray e Colin trocaram olhares.

– Vocês suspeitam que ele é o assassino de Vicky e da outra garota? Suspeitam a sério? – perguntou Ray.

– Ele é de grande interesse para nós – disse Erika. – O que me leva a outra pergunta. Algum de vocês ouviu falar de uma jovem chamada Lily Parkes?

Novamente, os três trocaram olhares. E a temperatura na sala pareceu despencar.

– Sim. Era uma adolescente da região que trabalhou na ATG por pouco tempo. A menina ajudava nos bastidores – respondeu Cilla. Pelo tom da voz dela, Erika teve a impressão de que ela não gostava nem um pouco de Lily Parkes.

CAPÍTULO 62

— Nos bastidores? Como assim? – questionou Erika. Tinha começado a chover, e o aguaceiro tilintava no telhado em meio ao silêncio. Ray tragava seu cigarro, alternando o olhar rapidamente entre Cilla e Colin, com os olhos apertados, e quase se divertindo com o constrangimento.

– Lily ajudava a construir e a preparar os cenários para as peças e os shows – respondeu Cilla. Ela alternou o olhar entre os dois homens, confusa sobre o que estava acontecendo. – Ela trabalhou com a gente como jovem aprendiz.

– Por que na escola não existe nenhum registro dela e desse estágio? Ainda mais se era tão jovem – perguntou Erika.

– Seria de se supor que tivesse – disse Colin.

– Quando ela estagiou na ATG?

Cilla olhou para Colin.

– Quando foi, Colin?

– Em 2009, acho – respondeu ele.

Um silêncio constrangedor tomou conta da sala. Ray apagou o cigarro no cinzeiro e se levantou:

– Meus amores e detetive Erika, me desculpem, mas tenho que ir embora. Marquei de tomar um drinque em West End. Não sei nada sobre essa tal de Lily Parkes, mas parece que, embora fosse apenas uma adolescente, ela sabia bem como causar uma confusão.

O silêncio constrangedor continuou e ele alternou o olhar entre Cilla e Colin.

– Seria bom conversar com todos vocês – pediu Erika.

– Não, meu bem, me desculpa, mas preciso mesmo ir. Cilla pode passar para você o número do meu celular, se quiser continuar a conversar amanhã – disse ele. – Colin, você pode afastar o seu carro para eu poder sair com o meu?

– Cilla, você faz isso, por favor? – pediu Colin, recuperando a compostura. Ela pareceu surpresa com o pedido.

– Tomei muito vinho... E estou de salto.

– Esses sapatos não são para dirigir – disse Ray. – São para te deixar linda.

Cilla não sorriu, mas ergueu a cabeça. Ray se abaixou e deu um beijo na bochecha dela. Colin pareceu irritado por ela recusar o pedido.

– Colin, se eu tirar esses saltos, não vou conseguir colocá-los de volta.

– Muito bem. Então faça companhia a Erika enquanto estou lá fora – pediu Colin.

Ray se despediu de Erika com um aceno de cabeça, e eles saíram. Erika queria dar uma olhada no restante da casa e, para distrair Cilla do assunto, perguntou à mulher onde era o banheiro.

– É no segundo andar, a escada fica no final do corredor – indicou Cilla, servindo-se de outra taça de vinho.

Erika pegou as muletas e começou a atravessar o longo corredor, que dava em uma cozinha enorme. A chuva era mais barulhenta naquela parte da casa e, ao chegar à escada, viu que tinha três lances, sendo o último pavimento a torre com a claraboia de vitral no alto. A escada era íngreme, mas os analgésicos de Erika estavam fazendo efeito. Ela chegou ao segundo andar e encontrou o banheiro, perto de dois quartos grandes. A detetive espiou dentro de cada um deles. Um tinha uma decoração em estilo marroquino, com muitos móveis com verniz dourado e cores vivas. Uma das paredes ostentava uma foto gigante da grande bailarina Martha Graham e, em cima da cama, um pôster de um homem sem camisa. O segundo quarto só tinha móveis brancos; o toque de cor ficava a cargo das estantes que forravam todas as paredes.

Quem dorme onde?, pensou Erika. Ela precisava fazer xixi com urgência, então entrou no banheiro e fechou a porta.

Enquanto se sentava no vaso, Erika observou a decoração teatral do cômodo. O vaso, a pia e a banheira eram em estilo *art déco*, e havia um grande espelho atrás da porta, que era bonito, mas a detetive se perguntou qual era a razão de ter uma peça daquelas ali. Por que alguém ia gostar de se ver sentado na privada? Algo estranho rolava entre aqueles três. Era uma dinâmica esquisita ou eles só eram muito boêmios? Erika não identificava o que poderia ser. Enquanto secava as mãos, ouviu o barulho de saltos na escada.

Erika saiu do banheiro e estava prestes a voltar para a sala no térreo, quando ouviu Cilla gritando no andar de cima:

– Colin! É você? Estou procurando o álbum de fotos de *West Side Story*... Estou no escritório. Onde elas estão?

Não houve resposta. Pela janela na frente dela, no patamar do lado de fora do banheiro, Erika viu a garagem e a rua da frente, onde Colin estava dando tchauzinho para Ray. A detetive começou a subir a escada na direção de Cilla. Erika precisava pegar o número de Ray. Ela deu uma olhada para baixo, constatando a altura da escada e o perigo de não ter um guarda-corpo. Uma queda do terceiro andar poderia ser fatal.

Erika encontrou Cilla em um grande escritório forrado por painéis de madeira, parecido com o escritório de Colin na ATG. Havia fileiras de estantes e uma escrivaninha bagunçada, cheia de coisas. Cilla percebeu o barulho na escada e se virou com um álbum de fotos na mão, equilibrando-se em seus saltos altos.

– Ah, pensei que fosse Colin – disse ela. Cilla parecia um pouco agitada e fechou o álbum.

– O que você tem aí? – perguntou Erika.

– Bom... Eu queria muito perguntar para Colin antes. Essas fotos são dele... Achei uma foto de uma produção de *West Side Story*. – Ela abriu o álbum e hesitou por um momento. – Esta é Lily Parkes.

Erika olhou para a foto. Era um retrato de todo o elenco e a equipe no centro de um palco. Ao lado de Colin, havia uma menina baixa e magra com o cabelo loiro-escuro e comprido. Ela era a única pessoa que não estava olhando para a câmera. Em vez disso, olhava para Colin com intensidade no olhar. Ele olhava para a frente e sorria, com o braço envolvendo a cintura da menina. Erika olhou mais de perto. Não. A mão dele estava acima da cintura dela, na verdade parecia estar tocando a parte de baixo de seu seio.

– Acho que nunca vi esta foto antes. Quer dizer, nunca olhei direito para ela – disse Cilla, falando consigo mesma.

Erika olhou ao redor do escritório. Do outro lado da escrivaninha, havia um conjunto de prateleiras com algum material de escritório e, acima dela, uma máscara veneziana. Erika ouviu a voz de Crane: "*muita gente visita Veneza anualmente e volta com lembrancinhas como essa*". Ela se aproximou da prateleira e viu que havia uma pilha de papéis e envelopes. Erika pegou uma das folhas e a ergueu sob a luz. Tinha a mesma marca d'água com o nome *Benatku*. Ela olhou os papéis sobre a mesa. Eram extratos bancários e tabelas com dados e orçamentos da ATG. A detetive queria encontrar alguma coisa com a caligrafia de Colin. Ela abriu uma gaveta e, sob uma pilha de contas, encontrou um envelope em que estava escrito PARA RAY – PELAS PASSAGENS. Sentindo uma onda de emoção crescendo no peito, Erika revirou o bolso e tirou o celular. Ela navegou até encontrar a foto do bilhete apreendido no apartamento de Charles. DUAS PALAVRAS: "LILY PARKES". SEU SILÊNCIO MANTÉM VOCÊ VIVO. Comparando as duas, viu que a letra era a mesma, particularmente na palavra "duas" em caixa alta.

– O que você está fazendo? – perguntou Cilla, alarmada pelo barulho da gaveta sendo revirada e virando-se para Erika.

As tábuas do assoalho rangeram, e Erika viu Colin parado no batente da porta. Ele encarou a detetive, que segurava o envelope com a letra dele e a foto no celular.

– O que foi? – perguntou Cilla, alternando o olhar entre Erika e Colin.

Ele entrou no escritório e viu que Cilla estava com o álbum aberto na foto que as duas mulheres tinham acabado de ver. O celular de Erika tocou, mas ela continuou a encarar Colin.

– Não vai atender? – indagou Colin.

Erika silenciou a ligação.

– Isso é seu? – perguntou ela, erguendo o envelope.

Colin sorriu e fez que sim.

– Este escritório é seu? E esta é sua letra?

Colin começou a rir baixo, ainda assentindo. Cilla continuava atônita e sem entender completamente nada. O celular de Erika apitou com uma mensagem de texto, e ela olhou para o aparelho, vendo que Crane a havia enviado. Era a imagem de uma câmera de segurança que mostrava Charles Wakefield caminhando ao longo de uma plataforma da estação de metrô, usando o *trench coat* e o chapéu de feltro pretos. A cabeça estava erguida, observando o painel de embarque, e seu rosto era visível. No canto da foto estava impresso: 22/10/2018 16h58.

Meu contato na Transport for London acabou de me mandar isto, tirado na estação de metrô Baker Street no dia do assassinato de Sophia. Charles estava falando a verdade. Ele foi a Londres, o álibi dele confere!

CRANE

Colin avançou rapidamente e pegou o celular da mão de Erika. Ela ficou chocada com a velocidade com que o homem se movimentou. A detetive o observou enquanto ele lia a mensagem e mudava a expressão no rosto.

– O que é isso? Colin, pode me dizer o que está acontecendo? – questionou Cilla.

– Ele matou Sophia, pensando que era Vicky – contou Erika. – E então, quando percebeu o erro em sua casa, voltou para Londres para terminar o trabalho e matou Vicky. – Erika observava Colin, que ainda segurava o celular dela. – Mas Vicky não sabia que era você quem estava invadindo as moradias estudantis e agredindo aquelas jovens... Ela só estava perto de saber, não é isso? Vicky tinha entrevistado Charles Wakefield. Ele sabia de tudo? Charles era o zelador na época. Como ele descobriu?

O maxilar de Colin estava tenso, e uma veia pulsava em sua testa.

Erika voltou a olhar para a foto no álbum.

– O que aconteceu entre Charles e Lily? – Ela observou o rosto de Colin e voltou a olhar para a foto nas mãos de Cilla. Então se lembrou do que Charles havia falado durante o interrogatório, que Lily havia mentido e o enganado. Na foto, a jovem está olhando para Colin com uma expressão intensa. Desejo e subserviência. – Lily dormiu com Charles, não foi? Ela fez isso por você?

Colin se moveu para ficar entre Erika e Cilla. Erika continuou:

– Charles descobriu que você estava invadindo aqueles quartos de madrugada e você precisava de um podre dele, para mantê-lo quieto. Então seduziu Lily, uma menor de idade, e mandou que ela o seduzisse... – Erika estava pensando alto, tentando juntar os fatos, mas viu que Colin estava entrando em pânico.

– Colin? – indagou Cilla. – Não pode ser verdade! Você me disse que não teve nada com a Lily. Você sabia que ela era menor de idade.

– E, depois que Charles foi seduzido por Lily, ele ficou na palma de sua mão. Ele era mentalmente frágil e poderia ser acusado de dormir com uma menor. O irmão dele é um oficial superior da polícia. Tenho certeza de que você deixou claro para Charles que Lily cooperaria com a polícia e que a pena seria pesada para um pedófilo com um policial na família.

– Cala essa boca! – disse Colin.

– Colin! Isso é ridículo! Diga a ela agora mesmo que não é verdade! – pediu Cilla, com os olhos arregalados de medo.

– E essa sua mansão, em cima da colina. Daqui dá para ver a Academia de Teatro e as moradias estudantis na Jubilee Road e na Hartwood Road – disse Erika, apontando para a janela onde dava para ver claramente o cruzamento de ruas perto da estação New Cross Gate, iluminado sob o céu da noite. – Elas estão tão perto. Você podia ir a pé... Sabia que estávamos perto da verdade, não? Por isso escreveu o bilhete para Charles, para que ele se lembrasse do que estava em jogo. – Ela estalou a língua e balançou a cabeça, reprovando-o. – São sempre os pequenos detalhes. Já vi isso tantas vezes, com psicopatas como você. Acham que vão ficar impunes e se enchem de uma falsa sensação de confiança. É aí que cometem erros.

Ela ergueu o envelope no ar, mas só viu o punho de Colin quando era tarde demais. Ele deu um soco forte na cara dela, e Erika caiu estatelada no chão.

CAPÍTULO 63

Erika estava caída no chão do escritório. A lateral de sua cabeça estava dormente, e ela estava zonza. A detetive abriu os olhos e viu Colin diante de Cilla, que ainda segurava o álbum de fotos. Ela tremia e olhava fixamente para ele. De súbito, Colin a agarrou pela parte detrás do vestido e a arrastou pelo escritório. Cilla gritou e derrubou o álbum de fotos. Mesmo em seu estado entorpecido, Erika percebeu o terror e a confusão nos protestos da mulher.

– Colin, não! O que você está fazendo? – gritou Cilla enquanto girava, os saltos batendo no piso de madeira. Ela trombou na estante enquanto ele a arrastava para fora do escritório e, quando saíram para o patamar, ele bateu porta. Houve um momento de silêncio e, então, Erika ouviu a voz suave e suplicante de Cilla, que começou a gritar. – Não! O que você está fazendo! *Não, por favor!*

Erika ouviu um arrastar de pés, um estrondo, e o longo grito de horror de Cilla pareceu se expandir pelo corredor e ecoar pela casa. Por fim, a detetive ouviu um baque repulsivo, depois o silêncio. Um minuto se passou e, então, no silêncio, o som da chuva voltou.

Erika conseguiu se sentar, apoiando as costas na estante, e tentou se aprumar, mas o cômodo estava girando. As muletas estavam longe de seu alcance e seu celular ainda estava com Colin. Ela ouviu passos do outro lado da porta e o piso de madeira rangeu quando ele entrou no cômodo e parou diante dela. O homem se agachou e a encarou por um momento. Erika tentou se levantar, mas estava atordoada e zonza demais. Colin estendeu o braço, agarrou o cabelo dela pelo topo e bateu a parte de trás da cabeça de Erika na estante de madeira. Uma, duas, três vezes. Estrelas e dor explodiram por trás de seus olhos, e ela pensou que iria desmaiar. Ele a soltou.

– A vida é cheia de oportunidades – disse Colin com a voz calma. Ela sentia o hálito quente dele em seu rosto, uma mistura azeda de alho e vinho. Ele estendeu a mão e tateou o bolso direito da calça dela, depois o esquerdo, passando as mãos demoradamente entre as pernas dela. – Ah, aqui estão. – Ele tirou a embalagem de analgésicos, removeu a cartela de papel-alumínio e começou a tirar os comprimidos um a um, passando-os para a outra mão dele, em forma de concha. – *Seis*. Será que é muito? Pouco? – ele se questionou. – Não, mais um, para dar sorte.

Colin tirou mais um comprimido da cartela. Ele se agachou bem perto e Erika tentou recuar. Com os dedos de uma das mãos, ele forçou o maxilar dela, fazendo a boca abrir. Em seguida, tampou a boca e o nariz dela. Erika tentou resistir, mas ele inclinou a cabeça dela para trás, fazendo os comprimidos deslizarem na língua e, por reflexo, ela os engoliu. Os comprimidos ficaram presos na garganta, então ele inclinou a cabeça dela para trás e apertou com mais força, fazendo-a engolir por completo.

– Agora, vamos dar uma olhada em seu celular – disse ele. Colin ergueu a tela na altura do rosto dela, e Erika viu seu reflexo na câmera do celular: os olhos vermelhos, o lábio inchado e o nariz ensanguentado e roxo.

– Vou te colocar na cadeia – ela tentou dizer, mas sua voz saiu pastosa e distorcida. Ele a ignorou. A câmera de reconhecimento facial registrou o rosto dela e o celular destravou. Colin se levantou e começou a navegar.

– Para quem você disse que viria aqui? Crane é um colega? – perguntou ele, erguendo o celular. Erika sentia o cômodo girar, como se não conseguisse se segurar no chão, e era difícil se concentrar na tela. – Não importa. Mesmo que tenha contado para todo mundo que estava vindo aqui, vão pensar que você foi embora sozinha.

Colin terminou de escrever uma mensagem e clicou em enviar. Erika deve ter desmaiado porque, quando veio a si, Colin tinha trocado de roupa e estava limpando o celular dela na camisa, removendo as impressões digitais. Ele o colocou de volta no bolso dela, e novamente apertou os dedos entre as pernas dela.

Ele se recostou e a observou por um momento, depois olhou a hora.

– Será que esses analgésicos estão funcionando? – Ele pisou em cima do pé machucado de Erika com força. Ela sentiu uma dor incômoda e distante. No fundo de sua mente, sabia que devia estar doendo muito e que ela deveria resistir, mas Erika sentia estar flutuando e que tudo era muito distante, como olhar as coisas pelo lado errado de um telescópio.

Colin se aproximou e estendeu a mão. Ele encaixou os braços embaixo dos dela, depois tudo virou de ponta-cabeça. O cômodo girou, trocando chão e teto de lugar. Ele a pegou no colo e a jogou por sobre o ombro, como um socorrista carrega uma vítima inconsciente.

O piso de madeira do escritório saiu do prumo e logo eles se aproximaram do patamar; depois um ruído metálico os acompanhou enquanto ele descia a escada com ela nos ombros, balançando. O movimento a embalou e Erika sentiu que estava perdendo a consciência.

Ao chegarem ao pé da escada, viu Cilla estatelada no chão. Um dos sapatos verdes tinha arrebentado e estava jogado num canto do corredor, e o outro ainda estava em seu pé. A cabeça dela estava dobrada em um ângulo para trás, e ela estava imóvel.

– Coitada da Cilla, não foi por falta de eu avisar para ela tomar cuidado com esses sapatos bobos na escada – disse Colin.

Erika tentou se focar no corpo de Cilla, querendo fazer alguma coisa, mas tudo se apagou por um momento.

Erika não sabia quanto tempo havia se passado, mas de repente se deu conta que estava no banco de motorista de seu carro, embaixo da garagem. Ela estava inclinada para a frente, meio debruçada para fora do banco com o peito pressionado no volante e o rosto perto do para-brisa. Colin estava apoiado na porta e encaixava o pé dela embaixo do banco, de modo que ela ficasse ajoelhada. Os pés e os tornozelos dela estavam curvados para trás. Erika tentou se mover, mas não conseguiu. Braços e pernas estavam pesados e se recusavam a se mexer. Colin fechou a porta de motorista, e ela observou enquanto ele rodeava o carro e abria a porta de passageiro. Ele se inclinou para dentro e soltou o freio de mão. Apesar da posição, ela viu que Colin usava luvas de couro e um boné de beisebol. Erika observou enquanto ele se afastava, fechando a porta e saindo da estradinha para verificar a rua, olhando para os dois lados.

Depois Colin voltou e abriu a porta do motorista. Ela sentiu o volante se virar e se mexer sob seu peito enquanto ele o virava. Pegando o volante em uma mão e o lado de fora da porta com a outra, o homem tirou o carro e o levou para a estradinha. O volante se moveu para a esquerda para entrar na rua. Colin puxou o freio de mão e o carro parou com um solavanco.

Erika podia ver a colina íngreme pelo para-brisa. Era uma linha reta, quase uma queda íngreme que descia até a rua principal logo embaixo. Ela tentou erguer os braços e mexer as pernas, mas estavam embaixo do banco, junto de seus sapatos pesados.

Colin olhou para os dois lados da rua, depois se inclinou rapidamente, girando o volante abaixo do peito dela para que ficasse travado. Ele se debruçou sobre a detetive, soltou o freio de mão, e o carro deu um solavanco para a frente. Ele tirou o corpo e bateu a porta. O carro ganhou velocidade rapidamente. Erika o viu ficar menor no espelho retrovisor enquanto Colin voltava para a garagem. Quando Erika olhou novamente pelo para-brisa, viu que o carro estava avançando pela colina, descendo em ponto morto com o motor desligado. Ela não conseguia mexer as pernas e, quando ergueu as mãos para tentar o volante, ele estava travado com os pneus em linha reta.

Erika sentiu uma calma distante, como se estivesse assistindo a isso em um telão no fundo do cinema. Mas havia uma pequena voz gritando em sua cabeça, que dizia: *Faça alguma coisa*! Mesmo com o motor desligado, o velocímetro estava passando de sessenta por hora. Ela avançava pelas fileiras de carros estacionados dos dois lados da rua e pelas casas recuadas. Em pouco tempo chegaria ao cruzamento movimentado no pé da colina, onde os carros passavam em ambos os sentidos.

Erika tentou se sentar, mas seus joelhos estavam no chão, e os pés dolorosamente presos embaixo do banco. Ela conseguiu flexionar os dedos da mão direita. No ângulo em que seu corpo estava, caído sobre o volante, a detetive conseguia esticar a mão na direção dos pedais.

O carro chegou ao pé da colina e passou rapidamente pelo cruzamento. No local em que a inclinação da rua mudava, ele atingiu o asfalto com um solavanco violento, fazendo com que Erika batesse a cabeça no teto. Por pouco, seu carro não bateu em uma van enorme, cujo motorista buzinou enquanto ela cruzava a primeira faixa. Uma SUV cinza e grande freou cantando pneu e, enquanto Erika passava em alta velocidade pela segunda faixa, ela conseguiu esticar o braço e apertar o pedal do freio. O carro diminuiu a velocidade, mas era tarde demais. Com um tremor devastador, o carro atingiu o meio-fio do outro lado da segunda faixa, subiu na calçada e passou por um trecho largo de canteiros de flores que separavam a calçada do estacionamento do supermercado.

O carro chegou ao estacionamento e bateu na traseira de um pequeno Porsche preto. Antes de perder a consciência, o último pensamento que passou pela cabeça de Erika foi que todos pensariam que ela havia sofrido um acidente de carro na volta da casa de Colin e que ele não seria punido pelos crimes que cometeu.

EPÍLOGO

Por um longo tempo, Erika sentiu recuperar e perder a consciência, mas sempre abaixo da superfície. Escutava bipes, chiados de ar, um clangor metálico, vozes de pessoas conhecidas e, por vezes, a sensação de uma brisa fria em sua pele desnuda. Fora isso, ela parecia flutuar à deriva de um mar morno de inconsciência.

Quando começou a sentir dor, a realidade retornou. Por duas vezes, ela acordou num quarto vazio sentindo uma dor latejante e incômoda, mas foi na terceira ou quarta vez que conseguiu abrir os olhos e ver que era dia e que estava deitada em uma cama ao lado de diversas máquinas de painel iluminado que apitavam e pulsavam com pequenas luzes.

Tudo era turvo e um rosto familiar surgiu diante dela, mas logo desapareceu.

Em outro momento que acordou, o quarto estava diferente. A cadeira de espaldar alto no canto estava próxima dela, e o rosto conhecido ficou nítido. Era sua irmã, Lenka.

– Você acordou – disse ela, sorrindo. Lenka era pequena e baixa se comparada à irmã, e seu cabelo loiro e comprido estava preso em um rabo de cavalo.

– O que está acontecendo? – perguntou Erika. Sua voz parecia distorcida. Ela tentou erguer a mão e viu o braço coberto de cortes cicatrizados, como se tivesse lutado para sair de um arbusto cheio de espinhos. O punho estava cheio de tubos. Erika tentou se sentar, mas uma dor terrível disparou em seu peito e nas pernas. Ela não conseguia sentir as pernas.

– Não tente se levantar – disse Lenka, sentando-se e pegando o braço dela com delicadeza.

– Estou paralisada? – perguntou com a voz rouca.

– O que você disse? – perguntou Lenka. – Quer uma água? O médico disse que eu deveria tentar fazer você beber. – Ela pegou um copo com um canudinho, e Erika deu um gole. Ela sentiu que tinha algo no rosto e não conseguia respirar pelo nariz. Ela ergueu a mão, o que disparou mais uma faísca de dores sinuosas no peito. Havia um curativo rígido e imenso em seu nariz.

– Minhas pernas, o que aconteceu? – disse ela, tentando se sentar para poder olhar para as pernas. As cobertas ao pé da cama não revelavam nada. Ela não conseguia distinguir o formato das pernas nem mesmo se ainda as tinha. Não havia sensação nenhuma lá embaixo.

– Está tudo bem. Você quebrou as duas pernas, embaixo do joelho. Colocaram pinos em você, e você está tomando muitos analgésicos... Não se lembra? Já falei isso três vezes – disse Lenka. Ela não parecia irritada, apenas preocupada.

– Meu rosto? – suspirou Erika. Mesmo essa conversa curta a estava esgotando.

– O *air bag* do carro quebrou seu nariz e seis das suas costelas... – Acharam que você tinha fraturado a bochecha, mas é só um hematoma feio.

Erika recostou a cabeça no travesseiro. Ela queria perguntar mais, mas a exaustão a dominou novamente, e ela fechou os olhos e dormiu.

Erika só recuperou completamente a consciência uma semana depois. Sua irmã tinha sido uma presença constante em sua cabeceira. A detetive não sabia quanto tempo havia se passado, mas notou que Lenka estava usando algo diferente toda vez que abria os olhos. Em uma tarde em particular, na qual ela acordou quando o médico estava fazendo a ronda, ficou contente em saber que sua cicatrização estava indo bem, mas que ainda haveria um longo caminho até a recuperação.

– Há quanto tempo você está na Inglaterra? – perguntou Erika.

– Duas semanas. Estamos hospedados na sua casa. Marek também está aqui. As crianças estão com a mãe dele na Eslováquia – disse Lenka.

– O que Marek está fazendo?

– Ele adora seu gato, e ele está consertando algumas coisas.

Erika suspirou e se crispou com a dor nas costelas.

– Espero que ele não esteja pintando minhas paredes de verde ou laranja – disse ela.

– O que tem de errado com verde e laranja? – perguntou Lenka, na defensiva. – Mas é isso. E Igor está ajudando.

Erika suspirou.

– Você conheceu Igor?

– Sim. Eu me lembro dele de antigamente, um bonitão. A irmã dele ainda mora em Nitra, eu a conheço um pouco. O lance é sério?

– Lenka, isto é sério – disse Erika, apontando para a cama e os tubos em seus braços. – O que está acontecendo com meu caso?

– Seus colegas virão te visitar hoje mesmo. Você não me contou que trabalhava com uma pessoa chamada Kate Moss!

Erika sorriu; ela queria ver um rosto familiar de sua vida em Londres. Ter a irmã ali era surreal.

No fim da tarde, Moss e Peterson foram visitar. As expressões dos dois deixaram Erika assustada.

– Oi, chefe – disse Moss. Ela estava com um grande ramalhete de flores que Lenka deixou na mesinha de canto. – Você tem um quarto só para você. Chique.

– Ei, Erika – disse Peterson. Ele se inclinou e deu um beijo na bochecha dela, e, quando ele chegou perto, ela viu a preocupação no rosto dele.

– Não estou morrendo – disse ela.

– É claro que não – disse Moss. – Nós só, só ficamos...

– Preocupados – completou Peterson. – Vimos o carro depois da batida.

– Não fui eu – disse Erika, enquanto a lembrança do que aconteceu voltava com tudo, e ela sentiu de repente uma angústia e um pânico profundos. – Eu não estava dirigindo. Ele me colocou no carro. Me fez tomar um monte de analgésicos. Foi Colin! Foi ele!

– Não se preocupe – disse Moss. – Estamos com ele. Ele está sob custódia. E foi acusado dos assassinatos de Sophia, Vicky e Cilla Stone... E da tentativa... A tentativa de assassinar você.

Erika se recostou, sentindo um pequeno alívio.

– Mais alguém se feriu na batida?

– Não – disse Peterson. – Você deveria ver as fotos.

Moss lançou um olhar para ele.

– Você está com elas, as fotos? – perguntou Erika.

– Você não precisa vê-las – disse Moss.

– Não. Eu quero.

Peterson olhou para Moss, tirou o celular do bolso, navegou e ergueu a tela para ela ver.

Na foto, o carro de Erika era um destroço retorcido, esmagado na traseira de um Porsche pequeno, que tinha ficado em um estado ainda pior. O para-brisa dela tinha sido obliterado, e havia vidro por toda parte. A foto tinha sido tirada de frente para a colina que dava na casa de Colin, e era possível ver a trilha de carnificina; na rua bem em frente ao estacionamento, um policial estava desviando o tráfego para uma única faixa vazia. A segunda faixa estava bloqueada por um acidente com três carros, dava para ver uma SUV cinza com um Smart esmagado na traseira. Outra ambulância estava cuidando dos três motoristas, que pareciam zonzos e ensanguentados, todos perto da calçada, olhando boquiabertos para os canteiros de flores revirados.

– Não acredito que sobrevivi a isso – Erika disse com a voz baixa, diante do choque das imagens.

Peterson mexeu no celular.

– Esta pode fazer você se sentir melhor – disse ele. Era uma captura de tela do site da BBC News com a manchete:

PROFESSOR DE SOUTH LONDON PRESO
POR ASSASSINATO E CASOS ANTIGOS DE
AGRESSÕES SEXUAIS CONTRA ESTUDANTES

Embaixo da manchete, estava uma foto de Colin sendo escoltado para fora de casa por dois policiais. As mãos dele estavam algemadas na frente do corpo.

– Como vocês o pegaram? – Erika perguntou.

– Colin estava tão confiante de que sua armação tinha dado certo que esperou uma hora depois que você saiu para chamar a ambulância. Ele disse à operadora que Cilla havia sofrido um acidente e caído da escada. Os policiais que chegaram primeiro ao local do seu acidente viram que as chaves não estavam no carro, o que os fez questionar a versão de Colin dos acontecimentos; ele tinha falado que você saiu da casa dele depois da visita. Ele tinha empurrado o carro em ponto morto com o motor desligado, mas, com a pressa, o idiota esqueceu de colocar a chave na ignição – disse Peterson.

– A polícia encontrou as chaves de seu carro no chão do escritório dele – disse Moss. – Quando vasculharam a casa, encontram roupas manchadas de sangue em uma lixeira da garagem. O sangue era de Sophia. Na mesma garagem, também encontramos os cadernos e pen drives de Vicky Clarke. Um verdadeiro oásis de informações. Ela estava muito perto de descobrir que Colin foi o responsável pelos ataques nas moradias estudantis.

– E, como a história chegou aos jornais, outras jovens que fizeram testes para a ATG se apresentaram para depor – disse Peterson.

– É o suficiente para a promotoria levar Colin a julgamento pelo assassinato de Sophia e Vicky? E Cilla? – perguntou Erika, o coração se animando com a notícia.

– Sim. E ele vai ser julgado pela tentativa de assassinar você, estamos cuidando disso. A equipe legal de Colin está tentando argumentar que não temos como provar uma relação entre ele e o assassinato de Sophia, porque o cara diz que as roupas manchadas de sangue foram plantadas na garagem dele, mas agora a comparação com o DNA dele bate com o encontrado no apartamento de Vicky e as roupas manchadas de sangue. Acabaram de tirar outra amostra microscópica de saliva do estrado do sofá-cama, e corresponde ao DNA dele. E o DNA dele também corresponde à saliva no ombro de Vicky Clarke.

– E as armas do crime? A faca do apartamento de Vicky que foi usada para matar Sophia? – perguntou Erika.

– Não encontramos. Parece que ele se livrou das armas do crime. E Colin se recusa a nos dizer onde – disse Peterson.

– Já temos alguma testemunha? Alguém que tenha visto algo em Honeycomb Court? Tenho o péssimo pressentimento de que ele vai conseguir se livrar dessa.

– Aconteceu mais uma coisa – disse Moss. – Localizamos Lily Parkes. Bom, nós a interrogamos e descobrimos que matemática não é o forte dela.

– Como assim?

– Ela depôs dizendo que foi coagida por Colin a dormir com Charles Wakefield aos 15 anos de idade, quando ainda era menor. Seja como for, as datas que ela nos deu não batem e constatamos que ela tinha 16 anos, quase 17, quando dormiu com ele, não 15, como levaram Charles a crer. Então, embora ainda seja uma ideia bastante perturbadora, Charles não dormiu com ninguém menor de idade de acordo com a lei. Contamos isso para ele e agora Charles está disposto a depor contra Colin McCabe.

Ele contou que flagrou Colin em algumas ocasiões tentando invadir os quartos de estudantes mulheres no primeiro andar da Jubilee Road.

– Por que ele guardou segredo? Por que não denunciou Colin quando o encontrou? – perguntou Erika.

– Charles é muito vulnerável mentalmente.

– Charles vai pegar uma pena de prisão por ocultação de provas? – perguntou Erika.

– A promotoria está considerando fazer um acordo que vai proteger tanto ele como Julian Wakefield.

– Quando isso vai a julgamento? – perguntou Erika.

– A promotoria diz que precisam de seis a oito meses para instaurar o processo, então lá pelo outono. Tempo de sobra para você se recuperar completamente – disse Moss.

Erika sentiu alívio e exaustão a invadirem de repente.

– Talvez ela precise descansar um pouco – disse Lenka, que estava sentada pacientemente no canto e viu como Erika tinha se cansado.

– Sabemos por que Colin fez isso, por que perseguiu e atacou aquelas mulheres? – perguntou Erika. Moss lançou um longo olhar para ela, depois encolheu os ombros.

– Não. Achamos que ele fazia isso porque sentia prazer. É simples e perturbador assim. – Erika concordou com a cabeça e deixou de questionar o porquê. Ela não podia se debruçar no motivo pelo qual ele fez o que fez. O mais importante era que Colin estava preso.

– Obrigada por virem, pessoal – disse ela, sentindo-se grata por ver os colegas. – E pelas flores.

– Todos assinaram o cartão – disse Moss. – Isaac, McGorry e Crane. Está todo mundo pedindo para vir te ver. Mas, por enquanto, descanse. Saiba que pegamos Colin McCabe e que vamos garantir que fique um bom tempo na prisão.

Cinco semanas depois, em uma manhã fria e ensolarada de dezembro, Erika recebeu alta do hospital. Era a antevéspera de Natal, e Isaac, que tinha se tornado uma visita regular durante sua internação, foi buscá-la. Ela estava se recuperando bem e já conseguia andar de muletas por distâncias curtas. Ele a ajudou a entrar no carro e a levou para a casa nova. Durante o trajeto, Erika estava muito quieta, e Isaac perguntou por que ela parecia triste.

– Não estou triste, só estou nervosa por ir para uma casa cheia de gente, e não apenas gente. Minha família – disse Erika. – Minha irmã, o marido dela, Marek, e até meus sobrinhos que chegaram por esses dias estão lá... e eles decoraram a casa.

– Não tem por que se preocupar com isso – disse Isaac, erguendo a mão e sorrindo. – Fui muito duro com Lenka. Está tudo bonito, neutro e sóbrio.

– E ela convidou Igor para o Natal.

– Igor é gato – disse Isaac. – Ele ficou sem camisa para pintar sua cozinha e fiquei impressionado.

Erika sorriu.

– Só tivemos dois encontros e, nas últimas semanas, ele me visitou no hospital, me vendo assim – disse ela, apontando para as muletas. – Estou mais animada para ver George.

– Ele faz muito sucesso com as crianças – disse Isaac. O carro entrou na rua de Erika, e ela viu que a fachada tinha sido pintada e havia uma árvore de Natal na janela da frente.

Isaac olhou para ela.

– Erika. Você está viva. Acabou de resolver um caso enorme e está com a casa cheia de gente que a ama esperando por você. Por favor, dê uma animadinha natalina. – Eles pararam na frente da casa. Ela notou que as janelas de cima agora tinham cortinas. – E, se precisar de um descanso de todas as festividades, estou logo na esquina – disse ele com um sorriso. Isaac pegou a mão dela e apertou com firmeza. – Respire fundo.

– Certo, estou pronta – disse ela.

Ele a ajudou a sair do carro e a subir os degraus até a porta da frente. Erika respirou fundo e abriu a porta.

– Oi, gente! – disse. – Estou em casa.

NOTA DO AUTOR

Escrever um livro é um estranho misto de solidão e trabalho em equipe. Obrigado aos meus editores de língua inglesa, Charlotte Herscher, Robin Seavill e Tom Felton. Obrigado aos tradutores talentosos do mundo todo que dão vida a meu trabalho. Obrigado a Henry Steadman por mais uma capa excelente. Obrigado a Jan Cramer, que dá vida às edições dos audiolivros de Erika Foster de maneira tão maravilhosa.

Obrigado, como sempre, à equipe Bryndza – ou, como são conhecidos agora, a Raven Street Publishing. Sim, agora também somos uma editora! Janko, Vierka, Rilky e Lola, amo muito vocês e obrigado por me ajudarem a seguir em frente com seu amor e apoio!

Um agradecimento enorme às pessoas mais importantes, meus leitores. Obrigado por todas as mensagens comoventes. Quando comecei, vocês estavam lá, lendo e promovendo meus livros, e isso acontece até hoje. Ao longo dos últimos anos, o que mais me impressiona é como os livros nos unem. Recebo mensagens de leitores que não ligam para política e recebo mensagens de leitores que ligam. A coisa que aquece meu coração nesses tempos de divisão é que as opiniões políticas de meus leitores podem variar muito, mas todos amam os mesmos livros, o que me faz pensar que não somos tão diferentes assim, no final de contas. Amo ler porque os livros abrem portas para um mundo diferente, e todos são bem-vindos.

E, por fim, sempre escrevo sobre o boca a boca, que é a forma mais potente de publicidade. Se você adorou este livro ou algum dos meus outros, por favor, indique a amigos, familiares, colegas, vizinhos etc.

Como sempre digo, há muitos outros livros por vir! Em breve, haverá mais Kate Marshall, Erika Foster e outras histórias empolgantes. Espero que você me faça companhia nessa jornada!

Este livro foi composto com tipografia Electra Std e impresso
em papel Off-White 70 g/m² na Formato Artes Gráficas.